Heidi Schumacher

Mörderisches Semester

EDITION LEMPERTZ

Impressum

Math. Lempertz GmbH
Hauptstraße 354
53639 Königswinter
Tel.: 02223 / 90 00 36
Fax: 02223 / 90 00 38
info@edition-lempertz.de
www.edition-lempertz.de

1. Auflage – Juni 2018

Text: Heidi Schumacher

Umschlaggestaltung: Ralph Handmann
Lektorat: Philipp Gierenstein, Eva Weigelt
Titelbild: fotolia

Printed and bound in Germany

ISBN: 978-3-96058-199-4

Heidi Schumacher lehrte von 1986 bis 2006 an den Universitäten Siegen, Marburg, Erlangen-Nürnberg und Bonn.
Seit 2010 hat sie drei Krimis und zwei weitere Romane veröffentlicht. „Mörderisches Semester“ ist ihr vierter Krimi mit der Privatermittlerin Antonia Babe.

Für Inken und Marianne: … it's all fiction.

Prolog

„Heiliger Erzengel Michael,
Fürst der himmlischen Heerscharen,
stoße den Satan und die anderen bösen Geister,
die in der Welt umherschleichen,
durch die Kraft Gottes in die Hölle.
Amen.“

Immer wieder sprachen sie das Gebet während der Nacht, murmelten, flüsterten es. Dann lauter und mit fester Stimme. Der Engel schien sie zu hören, denn er hob das Schwert höher und bohrte seinen Fuß tiefer in den Bauch des Drachen: Jeden, der glaubte, er sei wie Gott, würde er in die Hölle stoßen. Der Tag war gekommen und der Erzengel übte Vergeltung an denen, die Unrecht getan. Nach den ersten Toten würden die anderen folgen, alle, die den wahren Wert des *Einen* nicht erkannt hatten und immer noch nicht erkannten. Er würde endlich Ruhe finden nach den vielen entbehrungsreichen Jahren. Wie sagte das spanische Sprichwort: „Jedes Schwein wird einmal geschlachtet!“

1

„In wenigen Minuten erreichen wir Bonn Hauptbahnhof! Hauptbahnhof Bonn, Ausstieg in Fahrtrichtung rechts. Our next stop is Bonn central station, use se door on se right side, please."

Antonia schreckte hoch. Sie war während der Fahrt eingeschlafen und die IC-Ansage auf Englisch hatte sich mit einem Traum vermischt, in dem sie mit vielen Hunden in der Straßenbahn saß und jemand „use the *dog* on the right side please" sagte.

Sie wollte dem Schaffner gerade erklären, dass der Hund links, der so übel roch, ihrer Chefin gehörte, als sie aufwachte. Die Fahrgäste um sie herum waren wie immer mit ihren Handys oder Tablets beschäftigt. Antonia setzte sich etwas benommen aufrecht hin und beobachtete, wie die Daumen ihrer Nachbarin eine SMS nach der anderen tippten, während der Fahrgast ihr gegenüber mit dem Mittelfinger über sein Handy wischte. Die Wahrnehmung all dieser User war einzig und allein auf winzige Bildschirme ausgerichtet. Niemand schaute aus dem Fenster oder auf die Mitreisenden. Gute Zeiten eigentlich für Kriminelle, dachte Antonia. Die können sich weitgehend unbeobachtet fühlen.

Sie gähnte herzhaft. In der letzten Nacht hatte sie kaum ein Auge zu getan. Ralfi, der altersschwache Hund ihrer Chefin Rita Welsch (von der Detektei Welsch & Welsch in Köln), war mehrfach ins Gästezimmer gekommen. Gegen drei Uhr hatte er sie angewinselt, sie solle mit ihm spazieren gehen. Als Antonia ihn vor die Tür gesetzt hatte, scharrte und fiepte er so lange an der Schwelle, bis sie ihn wieder hereinließ. Er war zwischen Bett und Flur hin und her gelaufen, und hatte sie, seine zitternden Vorderbeinchen auf ihrer Bettkante aufstützend, mit blanken Augen erwartungsvoll angesehen. Rita wollte es wohl nicht wahrhaben, aber der Hund war offenbar verwirrt. Ob es so etwas wie Hunde-Alzheimer gab? Außerdem stank er.

Am Morgen wagte Antonia nicht, sich zu beschweren. Rita hatte ihr ohne Umstände ihr Gästezimmer überlassen und der Hund war ihr Ein und Alles. Sie hatte Antonia abends gebeten, ihre Zimmertür nicht zu schließen. Ralfi ginge manchmal in der Nacht umher, er brauche das.
Ralfis Ausdünstungen drangen auch morgens bis in die Küche und nahmen Antonia die Lust aufs Frühstück. Sie trank rasch einen Espresso und machte sich auf den Weg nach Bonn.
Nach der schlaflosen Nacht beschloss sie, bei Paula oder in einer Pension zu übernachten. Jedenfalls an einem Ort, an dem Ralfi ihr nicht seine Aufwartung machen konnte.
„Melde dich doch mal", hatte Rita ihr freundlich durchs Treppenhaus nachgerufen. „Der Hund scheint dich zu mögen!"
Noch ein paar Minuten bis Bonn. Der Zug verlangsamte sein Tempo und die Reisenden tauchten unwillig aus ihrer kleinen Welt der Smartphones und Tablets auf, um sich der wirklichen Welt zu stellen. Antonia suchte in der Manteltasche nach ihrem Mobiltelefon und sah nach, ob sie eine Nachricht von Paula hatte. Nichts Neues, nur der gespeicherte Anruf von gestern.
Dann hielt der Zug. Auf dem schmalen Bahnsteig herrschte Gedränge. Da sie Hamburg und Köln gewohnt war, sah Antonia erstaunt auf einen mittleren Provinzbahnhof mit vier Bahnsteigen. Das war's? Immerhin war die Stadt jahrzehntelang Regierungszentrum der Bundesrepublik Deutschland gewesen. Auch die Straße und der Platz vor dem Gebäude vermittelten einen Eindruck von Enge.
„Bonn ist zwar klein, zum Wohnen ist es aber netter als Köln. Es ist sehr grün!", hatte ihr Paula, Florians Kusine, am Telefon gesagt. Nach mehreren Besichtigungen in der Kölner Südstadt und im Uni-Viertel hatte Antonia die Wohnungssuche in der Domstadt erst einmal eingestellt. Entweder waren die angebotenen Mietobjekte zu hässlich oder sie waren unbezahlbar. Mit Wehmut dachte sie an ihre hübsche Altbauwohnung in Hamburg-Altona, die sie nun verlassen musste. Sie hatte als

Privatermittlerin den Vertrag für die Kölner Detektei unterschrieben und würde dort am 1. Juni anfangen. Florian, ihr Freund, wollte nach Beendigung des Semesters in Hamburg eine Orgelprofessur an der Kölner Musikhochschule antreten und mit Antonia in ihre erste gemeinsame Wohnung ziehen. Paula Niedlich studierte Spanisch in Bonn und hatte Antonia ermuntert, sich doch auch dort nach Wohnungen umzusehen. „Billig ist es hier auch nicht gerade", hatte sie Antonias Optimismus gedämpft und als Treffpunkt ein Café gegenüber der Uni angegeben. Antonia hörte noch einmal die Mailbox auf ihrem Handy ab und folgte Paulas Anweisung:

„Vom Bahnhof immer geradeaus bis zum Münsterplatz. Da dräut Beethoven von seinem Denkmal. Rechts liegt das romanische Münster, unbedingt später besichtigen, vor allem den Kreuzgang. An der Kirche gehst du entlang und geradeaus bis zur Ampel. Von dort noch 200 Meter nach links. Gegenüber dem Haupteingang der Uni ist das Café, da warte ich auf dich!"

Es war nicht schwer, sich in der kleinen Stadt zurechtzufinden. Der Himmel war bedeckt, aber ab und an gab es längere sonnige Phasen, in der die Stadt freundlich und einladend wirkte. Wie in Köln saßen auch hier viele Menschen schon draußen, um ihren Kaffee oder einen Imbiss zu genießen. Auf dem Platz mit dem Beethoven-Denkmal gab es zahlreiche, gut besetzte Tische. Viele Gäste trugen zu winterlicher Kleidung bereits Sonnenbrillen, möglicherweise um der Rede von Bonn als nördlichster Stadt Italiens Rechnung zu tragen. Paula hatte das zitiert, während Rita diesen Zusammenhang vehement bestritt. Dies sage man von Köln und *nur* von Köln.

Antonia erkannte das Denkmal, von dem der Komponist mit finster-entschlossener Miene auf die umliegenden Kaufhäuser sah. Sie ging an der romanischen Kirche und zwei monumentalen Köpfen vorbei, die quer vor der Apsis lagen. Dann wandte sie sich nach links. Paulas Blond leuchtete ihr von Weitem entgegen. Sie saß mit anderen Besuchern draußen vor dem Café.

Florians Kusine hatte langes seidiges Haar, mit einem Mittelscheitel und ein liebes, ein wenig ausdrucksarmes Gesicht. Obwohl sie hanseatisch frisch in blau-weiß gestreiftem Sweatshirt, weißen Jeans und weißen Turnschuhen an Nordseeurlaub erinnerte, wirkte sie angespannt. Vor ihr stand ein Café Latte, der bereits halb ausgetrunken war. Der bräunliche Schaum klebte am Glasrand. Antonia überkam dann immer das Gefühl, dass man die Gläser nicht ordentlich spülte, aber eigentlich war es so, dass sie mit Kaffee Porzellan verband und er ihr aus Glas oder Pappe nicht schmeckte.

„Was möchtest du trinken, ich hol dir was. Hier ist Selbstbedienung. Wie geht es Flori?"

Es dauerte etwas, bis Antonia die Sätze, die aus Paulas Mund wie ein einziges zusammengezogenes Wort klangen (Wasmöchtesttrinkenichholdirwasrst Selbstbedienunggehtes Flori), dechiffriert hatte.

„Einen Cappuccino bitte, wenn's geht, in einer Tasse! Florian scheint es gut zu gehen. Der Umzug stört natürlich sein Üben. Ich soll dich grüßen!"

Paula kam mit dem Kaffee an den Tisch zurück. „Hier!Cappuccinosimmerinner Tasseschöns Florigutgeht!"

Die Aprilsonne schien warm. Antonia nahm einen Schluck Kaffee.

Paula schob sich nervös eine Haarsträhne hinter ein Ohr und räusperte sich. „DsdastderHaupteingangdUni!"

Antonia sah zu dem großen Portal hinüber, durch das Menschen ein und ausgingen. „Da ist ja richtig viel los, ich dachte, das Semester hätte noch nicht angefangen ..."

Paula winkte ab. „Das sind keine Studenten. Viele Bonner benutzen den Arkadenhof als Abkürzung zum Hofgarten, sonst muss man ganz außen um das Gebäude herumgehen."

Ihre Stimme wurde dünn und sie saß da, als ob sie gleich einen Wettlauf starten wollte, die Schultern angezogen, die Hände auf den Tisch gestützt, die blauen, leicht vorstehenden Augen starr auf Antonia gerichtet. „Ich muss dir etwas Schreckliches erzählen", stammelte sie.

Antonia lehnte sich zurück. „Dann schieß mal los! Oder besser nicht. Sprich langsamer, dann muss ich nicht nachfragen!"
Paulas blaue Augen waren jetzt weit geöffnet und sie sah sich furchtsam um, so als könnte sie jemand belauschen. „Vor zwei Wochen hat man einen Toten im Hofgarten gefunden, einen Obdachlosen, der vor dem Akademischen Kunstmuseum mit zertrümmertem Schädel lag. Eindeutig Fremdeinwirkung. Und letzte Woche ist dann so was Ähnliches bei uns in der Uni passiert! Stell dir vor! Zwei Mordopfer, kurz hintereinander."
Antonia nahm einen Schluck Kaffee. Sie glaubte zunächst, sich verhört zu haben. Sie wollte sich nur nach einer Wohnung umsehen, stattdessen pflasterten wieder einmal Leichen ihren Weg. So jedenfalls hatte sich Florian einmal ausgedrückt, als sie sich kennenlernten. Sie versuchte, ruhig zu bleiben.
„Und das zweite Opfer? Was ist mit dem?"
Paulas Stimme vibrierte. „Eine Woche nach dem Mord an dem Obdachlosen hat man einen alten Freund unseres Institutsdirektors Loser ermordet im Hauptgebäude aufgefunden. Es handelt sich um den ehemaligen Dekan der Philosophischen Fakultät, Professor Kahlschlag."
Antonia zog aus einem Reflex heraus ihr Ermittlungsheft aus der Tasche.
„Wann war das und wie wurde er gefunden?"
„Es ist während der Abschiedsfeier für Loser passiert. Ich darf eigentlich keinem was sagen. Die Öffentlichkeit soll noch nichts von dem Hergang erfahren, um die Ermittlungen nicht zu behindern. Verdächtig sind alle, die beim Fest waren, ich selbst übrigens auch. Tscha, und jetzt rätselt die Polizei, ob die beiden Morde zusammenhängen, weil man sowohl Kahlschlag als auch dem Obdachlosen den Schädel mit einem schweren Gegenstand eingeschlagen hat, und beide Opfer lehnten an einer Statue, so, als habe das was zu bedeuten."
Immerhin denkt die Polizei hier in Zusammenhängen, ging es Antonia durch den Kopf. Sie hatte einen Augenblick lang nicht zugehört. Paula ließ sich gerade über die Befragung des Instituts durch Kriminalbeamte aus.

„Mit mir waren sie eigentlich schnell durch. Aber zwei muslimische Kommilitonen wurden besonders lange befragt, was eine Unverschämtheit ist. Der eine von den beiden ist Nabil. Er studiert auch am Institut, ist Marokkaner und wohnt in meiner WG. Also, wir beide sind auch zusammen. Du kannst dir denken, dass wir seit Tagen über nichts anderes mehr reden."
Antonia löffelte den Schaum ihres Cappuccinos aus der Tasse und riss die Silberfolie des Kekses auf, der auf der Untertasse lag. Ihr Magen knurrte, sie hatte noch kein Frühstück gehabt.
„Paula, denkst du, dass ich hier noch irgendwo Frühstück bekomme?"
Paula sah sie überrascht an. „Ist das alles, was du dazu zu sagen hast?"
„Nein, aber mit leerem Magen kann ich nicht denken."
„Tscha, dann gehen wir am besten ins *Blau*."
Das *Café Blau* war ein Ort mit lebhafter Atmosphäre, an dem sich vornehmlich Studenten aufhielten. Es lag in Uni-Nähe neben dem Stadtmuseum. Man saß in Gruppen oder zu zweit, aß Pasta oder Salat zu günstigen Preisen, lachte und redete. Die unbekümmerte Stimmung versetzte Antonia in ihre eigene Studentenzeit zurück. Sie bestellte sich Spaghetti aglio olio, verzehrte sie in aller Ruhe und stellte Paula zwischendurch ein paar unzusammenhängende Fragen wie: Wo ist denn dieser Loser jetzt? Seit wann wohnt Nabil bei euch? Macht dir deine Arbeit Spaß? Kannst du mal fragen, ob ich Pfeffer haben kann?
Paula hatte sich nur ein Mineralwasser bestellt. „Ich esse heute Abend in der WG. Wenn du Lust hast, komm doch auch!"
Dabei blickte sie missbilligend auf die entspannte Antonia. Offenbar hatte sie etwas mehr professionelles Interesse von Florians Freundin erwartet.
„Was sagst du denn nun als Profi dazu?"
Antonia runzelte die Stirn. „Vergiss bitte nicht, dass meine Arbeit als Privatermittlerin erst im Juni anfängt!"
Als sie Paulas enttäuschtes Gesicht sah, fügte sie schnell hinzu: „Aber vielleicht wäre es ganz nützlich, einen Blick auf den Tatort zu werfen. Ist die Stelle abgesperrt?"

„Wo denkst du hin! Man hat den Flur nur zwei Tage verriegelt, sind ja noch Semesterferien und die Hörsäle werden noch nicht gebraucht. Sie haben ein Schild mit der Aufschrift *Reinigungsarbeiten* aufgestellt. Außerdem glaubt man, dass der Mord selbst in der Tiefgarage passiert ist. Der Täter hat den alten Kahlschlag später nach oben geschleift."

Antonia zahlte und folgte Paula zu einem Nebeneingang der Uni. Er führte durch eine Vorhalle, die für Aushänge und Plakate reserviert zu sein schien.

„Diese Halle hieß früher die *Blaue Grotte*, unsere Großeltern haben hier wohl schon ihre grottigen Studentenfeten gefeiert", erläuterte Paula. Dann ging sie in langen Schritten über den arkadengesäumten Innenhof der Universität und erklärte Antonia mit der sachlichen Stimme einer Fremdenführerin, dass man das ehemalige kurfürstliche Schloss im frühen 19. Jahrhundert in eine Universität verwandelt habe.

„Das Gebäude wurde im 2. Weltkrieg schwer beschädigt und nach dem Krieg wiederaufgebaut." Unter den Arkaden führte sie Antonia in ein Treppenhaus, dessen Stufen in zwei Bögen links und rechts hinaufführten. Oben betrat man eine helle Galerie, an deren hinterer Seite sich Fenster zum Arkadenhof, nach vorne zu einer breiten Rasenfläche öffneten.

„Wir befinden uns hier zwischen den beiden Flügeln des Gebäudes, über der *Regina Pacis*, einer Marienfigur mit Kind. Man hat von hier einen schönen Blick über den Rasen und die Bäume des Hofgartens. Was du da hinten, am Ende des Rasens siehst, das Gebäude mit der Rotunde, das ist das Akademische Kunstmuseum mit Abgüssen antiker Plastiken." Paula senkte ihre Stimme. „Davor hat man den ermordeten Obdachlosen gefunden."

Antonia sah auf das weite Grün hinunter, auf der hier und da Studenten lagerten und Jugendliche Fußball spielten, und machte mit ihrem Handy ein Foto. Sie wollte die Aussicht noch etwas genießen, aber Paula drängte zum Weitergehen und zog sie in einen langen Flur, der sich vom Treppenhaus

nach rechts erstreckte. Hinter den vielen dunklen Türen rechts und links befänden sich die Hörsäle. „Der Vorlesungsbetrieb geht erst morgen los, deshalb sind sie noch abgeschlossen!"
Am Ende des Flurs leuchtete eine vergoldete Statue auf einer Stele.
„Hier ist es. Eine Darstellung des Erzengels Michael, wie er den Teufel in Form eines Drachen besiegt!", flüsterte Paula. „Tscha, und hier hat man den alten Kahlschlag gefunden!"
Der goldene Erzengel trug eine barocke Rüstung und einen Helm mit Federbusch. In seiner dramatisch erhobenen Rechten führte er ein Schwert, das jeden Moment niedersausen konnte. Mit einem Fuß hielt er den Drachen nieder, in seiner Linken ein rundes Schild.
Antonia trat näher heran. „Was steht denn da auf dem Schild?"
„Das ist eine lateinische Inschrift: *Quis ut deus*. Er fragt den besiegten Teufel: *Wer ist wie Gott?*, womit er den Teufel nicht nur mit dem Schwert, sondern auch mit Worten bestraft. In der Offenbarung des Johannes tritt Michael als Bezwinger Satans auf, indem er ihn auf die Erde hinabstürzt. Michael wurde später auch Schutzpatron des Heiligen Römischen Reiches und noch später Deutschlands, daher vielleicht der Ausdruck vom deutschen Michel. Es gibt eine weitere Michaels-Statue hoch über dem Koblenzer Tor des Uni-Gebäudes."
Antonia sah die Jüngere erstaunt an. „Du kennst dich ja aus!"
Paula winkte bescheiden ab, dabei hielt sie Antonia die Tür zum Aufzug auf. „Ich muss manchmal auf Wunsch des Chefs Gäste des Instituts herumführen und etwas über die Geschichte der Uni erzählen. Jetzt gehen wir aber erst mal in unser sogenanntes Dienstzimmer!"
Das Zimmer der jüngeren Mitarbeiter lag im dritten Stock unter einer Dachschräge. Es war eng und ziemlich warm. Im Sommer muss es hier unerträglich sein, ging es Antonia durch den Kopf. Die beiden jungen Männer an ihren Schreibtischen ließen schon jetzt im April einen Ventilator laufen. Paula stellte ihr den wissenschaftlichen Mitarbeiter Dr. Alexander

Haussmann vor, einen schmalen jungen Mann mit schwarzer Brille und rundem Rücken. Zuviel Schreibtisch, dachte Antonia. Dr. Haussmann sah sie prüfend über den Brillenrand an. Er hatte schöne dunkle Augen, denen es für Antonias Geschmack jedoch an Wärme fehlte. Der andere Mitarbeiter, studentische Hilfskraft, war ein junger Spanier namens Jorge, der auch in Paulas WG lebte. Jorge lehnte sich entspannt in seinen Schreibtischstuhl zurück und kramte letzte Kartoffelchips aus einer zerknautschten Tüte. Er befand sich auf *facebook*, wie Antonia mit einem Seitenblick auf seinen Bildschirm erkennen konnte. Paula stellte sie vor.

„Das ist Antonia, erfolgreiche Privatermittlerin und Freundin meines Vetters Florian, dem weltbesten Organisten!"

Jorge grüßte Antonia mit einem munteren *Hola*, Alexander Haussmann saß vor einem Haufen aufgeschlagener Bücher und schien zu arbeiten. Er stand auf und begrüßte sie mit einem Händedruck, wobei sein Blick taxierend über Antonias Körper glitt. Dann setzte er sich sogleich wieder hin. „Entschuldigung, ich bin etwas unter Druck, weil ich noch an den Vorbereitungen für mein Seminar sitze. Wir sehen uns ja vielleicht heute Abend in Paulas WG!", sagte er kurz und hackte weiter in die Tastatur.

Paula, deren Schreibtisch quer zu den beiden Tischen der Kollegen stand, ließ sich auf einen Stuhl fallen. „Jorge geht für eine Weile nach Spanien und macht deshalb heute Abend ein Abschiedsessen. Komm doch auch! Dann können wir dich weiter mit der Situation hier vertraut machen!"

Jorge, dessen Haar im Nacken zu einem pechschwarzen Zopf gebunden war, trug ein verwaschenes, rosafarbenes T-Shirt mit der Aufschrift *Free Cannabis*. Er lachte in sich hinein und murmelte etwas auf Spanisch, offenbar hatte ihm Facebook etwas Lustiges mitgeteilt. Gleichzeitig griff er nach seinem Handy, auf dem ihm ein Plop eine neue SMS angekündigt hatte. Alexander hatte sie beide wohl auch vergessen, weil er plötzlich laut fluchte: „Fuck! Dieses Scheißzitat habe schon einmal aus dem Buch abgetippt, jetzt ist es weg!"

„Habt ihr denn keinen Scanner?“, fragte Antonia.
Paula winkte ab. „Doch, hatten wir, bis Dr. Lewald kam. Der hat als Erstes alle guten Geräte vereinnahmt und in sein Zimmer geschleppt. *Ausleihen* nennt er das. Er bringt aber nichts wieder zurück und wir können sehen, wo wir bleiben. Lass uns mal zu ihm gehen, ich stelle dich ihm vor, dann kannst du dich hier im Institut freier bewegen. Sag einfach, du suchst nach einem Thema für deine Doktorarbeit bei Loser, es wird ihn eh nicht interessieren.“
Offenbar rechnete Paula bereits fest damit, dass Antonia sich mit dem Mordfall beschäftigen würde. Antonia sagte nichts. Sie wollte die Dinge erst einmal auf sich zukommen lassen.
Der mit vielen Filzstiftgraffitis ausgemalte Aufzug fuhr sie wieder eine Etage nach unten. Am Ende eines breiten Flurs befanden sich die Zimmer der Professoren Loser und Kanz. Loser, soviel wusste Antonia bereits, hielt sich zur Zeit zu Forschungszwecken abwechselnd in Kalifornien und Madrid auf und wurde durch Dr. Lewald vertreten. Kanz hatte ein Forschungsfreisemester, was soviel hieß, dass er keinen Unterricht erteilen musste.
„Ich glaube kaum, dass er noch viel forscht. Er wird bald pensioniert und hat noch nie viel publiziert“, erläuterte Paula. Auf ein genäseltes „Herein“ öffnete sie die Tür zu Losers Zimmer. Antonia war vom Anblick, der sich ihr bot, hingerissen. Große kassettierte Fenster mit Blick auf den Hofgarten, hohe Bücherregale an drei Wänden und ein mächtiger Mahagoni-Schreibtisch, auf dem neben einem I-Pad nur der große Bildschirm eines Apple-Computers thronte. Der Mann, der davor saß, sprang auf. Er wirkte in der Eleganz des Raums ein klein wenig schäbig. Die Ärmel seines altmodischen Hemds waren hochgekrempelt, seine Hose endete ein Stück weit über den Socken und sein Haar glänzte fettig. Loser, der eigentliche Hausherr, trug nach Paulas Auskunft teure Anzüge. Er genoss internationale Bekanntheit, hatte den Ruf eines Lebemannes und war gern gesehener Gast auf Konferenzen weltweit.

Wahrscheinlich füllte er dieses Ambiente, Dr. Lewald jedenfalls tat es nicht. Der Dozent sah sie mit einer Miene an, als hätte man ihn bei etwas Wichtigem unterbrochen. Auf einem Sideboard stand eine Reihe technischer Geräte, zu denen er jetzt das I-Pad zurücklegte.
„Frau Niedlich, was führt Sie zu mir? Erinnern Sie mich bitte daran, dass ich Alexander Haussmann den Scanner zurückgebe, ich brauche ihn nicht mehr! Also, vielleicht nur noch diese Woche."
Paula warf Antonia einen vielsagenden Blick zu. Dann stellte sie Antonia als zukünftige Doktorandin von Professor Loser vor.
Antonia schüttelte Lewalds schlaffe Hand. Dann folgte sie einer Eingebung und log mit sanftem Augenaufschlag noch etwas hinzu: „Ich hoffe, Dr. Lewald, Sie legen ein gutes Wort für mich bei Professor Loser ein. Er kennt mich noch nicht. Ich wollte Ihnen demnächst das Konzept meiner Doktorarbeit zeigen. Sie können wohl am besten beurteilen, ob es wissenschaftlich etwas taugt!"
Ihre Schmeichelei zeigte Wirkung. Lewald fuhr sich mit der Rechten durchs schwarze Haar, das für sein Alter, er musste Ende vierzig sein, noch sehr voll, aber verdächtig einfarbig war.
„Ja, möchten Sie sich nicht setzen? Ich lasse meine Sekretärin Kaffee bringen!"
Antonia und Paula nahmen in einer schwarz-ledernen Designer-Sitzgruppe Platz. Das mittlere der drei Fenster war geöffnet und von draußen zog der Duft des Frühlings herein. Antonia wünschte sich einen Augenblick lang, ihre Story sei wahr und sie hätte tatsächlich noch einmal die Chance zu studieren und eine Doktorarbeit zu schreiben. Hier herrschten Frieden und Beschaulichkeit, zu dem das Vogelgezwitscher aus den nahen Baumkronen die passende Hintergrundmusik bildete. Die Welt draußen, in der Morde und andere Scheußlichkeiten passierten, schien weit entfernt. Dann fiel ihr wieder ein, war-

um sie da war und dass der tote Dekan nicht weit von hier im Flur gelegen hatte.
„Mit meinem guten Freund Loser habe ich noch heute morgen telefoniert."
Lewalds Stimme hatte einen falschen Klang. Wahrscheinlich kann er Loser in Wirklichkeit nicht ausstehen, dachte Antonia.
„In Los Angeles geht alles prächtig", säuselte Lewald weiter. Er sprach sehr nasal, so als habe er Probleme mit den Nebenhöhlen. „Nach der Konferenz fährt er kurz nach San Diego und dann fliegt er von LA zur nächsten Tagung nach Madrid. Der gute Loser, der hat ein Leben, was?"
Paula nickte servil. Sie wirkte, seit sie das Büro des Vertretungsprofessors betreten hatten, etwas geschrumpft.
Lewald schien seinen Blick nur ungern von Paula zu lösen, die offenbar hoch in seiner Gunst stand. Dann sagte er zu Antonia: „Am besten wäre es, Sie würden sich direkt an meinen Kollegen Loser wenden. Loser und ich haben doch ganz verschiedene Ansätze!"
Die Wirkung ihrer Schmeichelei war offenbar schon verpufft und bei Lewald gewann die Bequemlichkeit Oberhand.
„Nun", sagte Antonia rasch, „vielleicht kann ich ja auch bei Ihnen promovieren!"
Lewald schaute ungehalten. Dann lehnte er sich zurück und fragte von oben herab: „Um was geht es denn? Und wissen Sie schon, wie Sie das Thema eingrenzen wollen?"
Antonia nagte erschrocken an ihrer Unterlippe und sah hilflos zu Paula hinüber.
Paula blieb ruhig und antwortete routiniert. „Frau Babe hat noch keine genaue Idee, Herr Dr. Lewald. Aber das Spezialgebiet von Professor Loser wird eine Rolle spielen. Sie interessiert sich sehr für Kriminalität in urbaner Umwelt und möchte die spanischsprachige Kriminalliteratur berücksichtigen."
Antonia stellte erleichtert fest, dass Lewald schon nicht mehr richtig zuhörte, stattdessen einen Hemdsärmel herunterkrem-

pelte und die Manschette zuknöpfte. Es sah aus, als beende er einen Arztbesuch. Den Kaffee hatte er auch nicht bestellt. Sie stand auf und bedankte sich. „Wir wollen Sie auf keinen Fall von der Arbeit abhalten, Dr. Lewald. Ich komme dann demnächst in Ihre Sprechstunde, dann können wir ausführlicher über mein Konzept sprechen. Jetzt, da ich einen Ansprechpartner habe, geht es mir schon viel besser!" Dann schüttelte sie ein zweites Mal Lewalds schlaffe Hand und ging zur Tür. Am Garderobenständer nahm sie einen schweren Duft wahr, der sie an etwas erinnerte, aber sie wusste nicht an was.
Paula blieb bei Lewald stehen. „Geh doch bitte schon mal vor, Antonia. Ich muss noch etwas mit Dr. Lewald besprechen. Wir sehen uns dann gleich draußen am Hofgartenausgang!"
Antonia war froh, die Kurve bekommen zu haben. Wie peinlich, wenn Lewald sie nach ihren bisherigen Spanisch-Studien gefragt hätte. Sie konnte kaum Spanisch und verband mit dem Land nur traumatische Erinnerungen, weil vor Jahren ihr erster Freund dort bei einem Motorradunfall ums Leben gekommen war.
Im Arkadenhof kündigte ihr Handy eine SMS von Florian an. Er bat sie, in der Bonner Nordstadt beim Orgelhaus Klais einen Besuchstermin für ihn zu vereinbaren. „Geh bitte fr mich vrbei! Kmme übernchste Woche nach BN! Kuss, Florian."
Antonia ging durch den Ausgang zum Hofgarten und ließ sich auf der steinernen Einfassung nieder, die den Rasen vor dem Uni-Gebäude begrenzte. Die Sonne schien kräftig. Der Geruch der Beete mit gelben Primeln und weißen Narzissen hing in der Luft, über den Vorplatz schlenderte die akademische Jugend. Viele der jungen Frauen sahen aus wie Paula, blond und langbeinig, vom Leben noch wenig gezeichnet, die jungen Männer trugen Rucksäcke, aus denen Wasserflaschen ragten, so als gingen sie auf Wanderschaft. Wieder andere hatten sich auf der großen Wiese zum Plaudern oder Lesen niedergelassen. Niemand hatte es eilig, das Semester würde erst morgen beginnen. Antonia, die gerade dreißig geworden war,

schmerzte das Gefühl, das Paradies verloren zu haben. Ihr Beruf als Privatermittlerin machte ihr Spaß, aber nie wieder würde sie sich so frei fühlen wie zu der Zeit, als die Zukunft noch in unbestimmtem Nebel lag und die Frage aller Fragen sich weniger um das Studium als darum drehte, wo am Wochenende die beste Party stieg.

Zehn Minuten später ließ sich Paula neben ihr nieder. Über der Nase stand wieder die besorgte Falte, die Antonia heute schon ein paar Mal an ihr gesehen hatte.

„Lewald hat mir gerade bestätigt, dass wir morgen nochmal einzeln von der Kripo befragt werden!"

„Wer?", fragte Antonia.

„Alle, die am Institutsfest teilgenommen haben. Nabil muss morgen zum zweiten Mal hin. Ich bin stocksauer! Er spricht zwar ganz gut Deutsch, aber er wird nicht alles verstehen, und ich darf ihn nicht begleiten. Lewald sagte, er habe nichts für ihn ausrichten können bei der Polizei, sie wollen einen Dolmetscher heranziehen."

„Warum ist denen denn Nabil so wichtig?"

„Also, erstens ist er Marokkaner. Muslime sind ja bei uns per se schon verdächtig, aber zweitens, und das ist das Schlimmere, er hat kein Alibi. Er ist während des Festes verschwunden und hat sich mit Freunden getroffen, aber er kann sie nicht wiederfinden. Sie treffen sich meist am Bahnhof in einer Stehpizzeria und kennen sich alle beim Vornamen, aber Nabil weiß doch nicht, wo die wohnen. Da ist ein Kommen und Gehen. Ich bin schon zweimal mit ihm da vorbeigegangen, aber die Jungs, mit denen er in der fraglichen Nacht herumgezogen ist, waren nicht da! Komm, ich zeig dir noch die Stelle, wo man den Obdachlosen gefunden hat. Dann gehen wir zu uns. Ich muss sehen, dass Jorge unsere Küche nicht völlig in einen Saustall umarbeitet. Du kannst dich in meinem Zimmer so lange ausruhen!"

Die beiden Frauen schlenderten eine der beiden Alleen entlang, die vom Universitätsgebäude zum Akademischen Kunst-

museum führten. Das Museum bestand aus einem Mittelteil mit zwei streng geformten Seitenflügeln, im Mittelteil befanden sich an jeder Seite Treppen, auf denen jetzt Studenten saßen und die Sonne genossen. Über dem Mittelteil wölbte sich eine Kuppel, um deren unteren Rand sich ein Kranz von Fenstern zog. Antonia fragte, warum sich der Baustil des Gebäudes so sehr von dem der Universität unterschied.
„Es wurde erst gebaut, nachdem das Schloss zur Universität wurde. Also in den 1820er Jahren. Ursprünglich war hier die alte Anatomie der Universität. Unter der Kuppel war der Saal, in dem die Leichen seziert wurden. Tscha, etwas vom Geist des Ortes muss der Mörder wohl noch gespürt haben."
Links und rechts vor den Seitengebäuden standen die Abgüsse zweier griechischer Statuen, die eine Achill, die andere Athene darstellend, wie Paula ausführte. Der Ermordete habe an der Statue des Achill gelehnt und es habe ausgesehen, als habe er noch gelebt. „Die Verletzung am Kopf war nicht zu erkennen, der Mörder hat ihm eine Mütze übergezogen."
„Woher weißt du das so genau?"
„Die Kripo hat uns auf der Institutsversammlung ein Foto gezeigt. Sie wollten überprüfen, ob jemand aus der Uni das Opfer schon mal gesehen hat!"
Antonia horchte auf. „Und hat ihn einer gekannt?"
„Nee, von uns keiner!"
„Was haben sie sonst noch gesagt?"
„Wir sollen vorsichtig sein, man weiß doch nicht, was der Täter sonst noch alles anstellt!"

2

Vom Hofgarten aus waren alle Straßen mit Gründerzeithäusern gesäumt. Dieser Stadtteil werde Südstadt genannt, erklärte Paula. Antonia fiel auf, dass es an jeder Ecke Restaurants und Cafés gab und sie zählte auf dem Weg zu Paulas WG vier Apotheken. Paula nickte. „Es sind sechs oder sieben in unserer Nähe, die beiden vom Kaiserplatz nicht mitgerechnet. Tscha, es gibt hier viele Rentner. Die pflegen ihre Krankheiten. Außerdem: der Bonner liebt die Sicherheit."

Das Haus der Wohngemeinschaft lag in einer ruhigen Nebenstraße, die Wohnung befand sich in der ersten Etage. Antonia, die studentisches Chaos erwartet hatte, war überrascht. Im Flur und in der Küche herrschten penible Ordnung, an der Kühlschranktür klebte ein Putzplan, den Paula entworfen hatte.

„Darauf achte ich, dass der eingehalten wird", sagte sie mit kühler Stimme. „Sonst müssen Carmen und ich den beiden Jungs hinterherräumen. Nabil und Jorge können in ihren Zimmern machen, was sie wollen. Aber in Küche und Bad habe ich meine Standards. Möchtest du einen Tee? Nein? Dann geh doch in mein Zimmer und ruh dich aus. Du siehst müde aus. Ich taue mal den Pizzateig auf und bereite den Salat vor!"

Antonia war auf Paulas Bett eingeschlafen. Als sie wieder erwachte, hörte sie in der Küche ein lautes Stimmendurcheinander und ein Duft nach warmem Teig und Knoblauch hing in der Luft. Am Küchentisch saßen Paula und Alexander und tranken Rotwein. Jorge öffnete gerade eine weitere Flasche.

Ein dritter junger Mann mit kurz geschnittenen, schwarzen Haaren und braunem Teint nickte ihr zu. „Hallo! Ich bin Nabil!", sagte er mit einem Lächeln, während er eine Vinaigrette über dem Salat verteilte. Alle waren bester Laune. Als sich die große Kühlschranktür schloss, kam eine junge Frau dahinter zum Vorschein. Ihre knabenhafte Figur wurde durch breite Schultern und einen flachen Busen betont. Ihr Oberkörper steckte in einem zu großen Herrenunterhemd.

Paula klärte Antonia auf. „Darf ich vorstellen, Carmen und Nabil, meine beiden anderen Mitbewohner. Jorge hast du schon kennen gelernt. Alexander auch. Alexander wohnt nicht weit von hier und kommt fast täglich vorbei. Leute, das ist Antonia aus Hamburg, die Privatermittlerin, von der ich euch erzählt habe. Ich hoffe, sie kann uns helfen, Nabil zu entlasten. Aber jetzt hole ich erst mal die Pizza aus dem Ofen und dann wird gegessen!"

Jorge goss Antonia ein Glas Wein ein und sie nahm neben Alexander Platz. Während der ganzen Mahlzeit ging es lebhaft und fröhlich zu. Alle fünf kannten sich von der Uni, Alexander, Paula und Jorge als Kollegen, Carmen und Nabil waren Studenten des Instituts. Jorge wollte für das kommende Semester zurück nach Spanien gehen, um dort seine Bachelorarbeit zu schreiben, und sein Zimmer so lange untervermieten. Nabil kam aus Tanger und studierte im 3. Semester Spanisch und Germanistik, während Carmen kurz vor dem Bachelor-Examen stand und zur Zeit in der Altstadt in einer Kneipe kellnerte. Alle hatten direkt oder indirekt mit Professor Dr. Markus Maria Loser zu tun. Entweder war Loser ihr Dienstherr oder Doktorvater oder zukünftiger Prüfer.

„Wie ist Loser denn so?", fragte Antonia, während Paula ihr noch ein Stück von der Pizza nachlegte.

Keiner antwortete, bis Paula ein gedehntes „Mhm, tscha!" von sich gab. „Schwer zu sagen. Man kann nicht sagen, dass er nett ist, aber er ist auch kein Scheusal. Er ist nie ganz bei der Sache, immer im Kopf schon bei der nächsten Tagung, immer auf dem Sprung!"

Jetzt äußerte sich auch Alexander Haussmann. „Losers Interesse ist es immer gewesen, so oft wie möglich Bonn zu verlassen und zu Forschungsaufenthalten in Spanisch sprechende Umwelten, wie er das nennt, zu reisen."

„Dabei hätte er das billiger haben können, wenn er öfter mal bei uns vorbeigekommen wäre", meinte Carmen.

Alexander fuhr fort: „Das Bonner Schmuddelwetter hat er in

den letzten Jahren häufig mit der kalifornischen Sonne vertauscht und mal in Stanford, mal an der University of San Diego gelehrt. Sein durchaus überschaubares Spezialgebiet heißt *Literatur im Mexiko der zwanziger Jahre*. Er war gerade auf einer Konferenz in Acapulco, ist jetzt in San Diego und nächste Woche in Madrid. Nicht allein übrigens, sondern in Begleitung einer gut aussehenden Kolumbianerin, die Chancen hat, einmal seinen Bonner Lehrstuhl zu übernehmen."
Antonia sah ihn erstaunt an. „Und das geht einfach so? Andere Menschen können solche Reisen doch nur im Urlaub machen!"
Alexander erklärte ihr, dass Losers Wort in der Uni ein ziemliches Gewicht habe, weil er hohe Summen an Forschungsgeldern einhole, so viel, dass keiner ihm in die Parade zu fahren wage.
Antonia bekam große Augen. „Und wie kann das sein, dass seine Assistentin seine Stelle kriegt?"
Alexander lehnte sich zufrieden zurück. Offenbar genoss er die Insider-Rolle, die er Antonia gegenüber spielen konnte. Dann beugte er sich nach vorne, wobei er Antonias T-Shirt-Ausschnitt musterte: „Mein Onkel, der über dreißig Jahre auf einer Akademischen Ratsstelle gehockt hat, sagte mir neulich, dass es früher nicht besser war. Zu seiner Zeit herrschten die Professoren noch völlig uneingeschränkt, legten Studentinnen flach und wenn sie besonders hübsch waren, kamen sie auch leichter an einen Doktortitel. Das ist heute nicht mehr politisch korrekt, da muss man schon eine Stelle bieten!"
Carmen drehte sich trotz Paulas missbilligendem Blick in aller Ruhe eine Zigarette und grinste. „So ein Prof wie unser Chef wechselt nicht nur gerne die urbanen, sondern auch die vaginalen Umwelten. Ich steh ja mehr auf Frauen, deshalb kellnere ich immer noch!", sagte sie mit ihrer angenehm rauen Stimme. „Jedenfalls hat es bei mir noch keiner versucht!"
Dann ging sie auf den Balkon, um sich ihre Selbstgedrehte anzuzünden. Jorge rief ihr etwas auf Spanisch nach. Alle am

Tisch lachten. Antonia hatte nichts verstanden und sah Paula fragend an.
„Jorge meint, das wäre dem, der es versucht hätte, auch schlecht bekommen! Carmen kann sehr rabiat werden. Sie macht Kampfsport!“
Bald kristallisierte sich aus den Berichten über die Institutsfeier, an deren Abend der Mord an Kahlschlag passiert war, folgendes heraus: Markus Maria Loser war zu seiner Verabschiedung braungebrannt und strahlend eingeflogen und hatte allen Anwesenden das Gefühl gegeben, sie seien arme Tröpfe, weil sie ihr Leben an einer deutschen Uni unter grauem Himmel fristeten. Zwei Tage später hatte er sich nach Mexiko verabschiedet. Seine Dienstzeit würde am 30. September enden. Dann, so ging das Gerücht, würde er wieder nach Kalifornien gehen, wo er weiter lehren wollte.
„Und weiß man schon etwas Genaues über seine Nachfolge?“ Antonia erinnerte sich, dass ihr Freund Florian lange im Zweifel war, ob er die Orgelprofessur in Köln bekommen würde. Paula wischte sich einen Schnurrbart aus Tomatensauce vom Mund. „Tscha, das kann dauern. Möglicherweise will man die Professur auch streichen und wartet erst mal ab. Vertretungen sind für die Uni günstiger, weil sie weniger kosten.“
„Und Lewald? Hat der eine Chance?“
Alexander nahm einen Schluck Wein, bevor er antwortete. „Lewald ist, obwohl nicht mehr der Jüngste, ein noch unbekannter Stern am Himmel der Wissenschaft. Ich habe jedenfalls noch keine Veröffentlichung von ihm gefunden. Er hat bisher in Córdoba als Lektor gearbeitet. Aber er ist promoviert und Losers Protegé. Er macht nur noch dieses Semester, dann zieht er wieder ab nach Córdoba.“
Paula starrte düster in ihr Rotweinglas. „Und dann wird Loser wohl seine Mitarbeiterin, die Kolumbianerin vorschlagen!“ Sie klang verärgert. „Eine recht elegante Art, die Frauen zu wechseln, denn man munkelt, dass er in Madrid schon wieder eine Neue hat. Wir hier können uns dann mit Concepción he-

rumschlagen. Dabei wäre Alexander hundert Mal besser für die Stelle geeignet!"
Alexander sah geschmeichelt zu ihr hinüber und prostete ihr zu.
Carmen kam aus ihrer Raucherpause vom Balkon zurück. „Alexander hat eben nicht die langen Beine von Concepción!" An Antonia gewandt fügte sie hinzu: „Eine tolle Braut! Sie hat tatsächlich den sprechenden Namen Concepción, er nennt sie aber Conchita und vermutlich verhütet sie!"
Alexander leerte sein Glas und hielt es Jorge zum Nachfüllen hin. Während er weitersprach fixierte er Antonia. „Mein Onkel, der mit der Akademischen Ratsstelle, pflegte zu sagen, dass man früher als Mann eine Professur auf drei Arten bekam: 20 % per vaginam, indem man die Tochter des Vorgängers heiratete, 75 % per anum, also durch Arschkriecherei – diese Regel hat sich bis heute gehalten, bei uns sitzen auch die meisten weit oben im Arsch des Chefs – und nur 5 % per aspera, das sind die, die sich Mühe machen. So ist es im Großen und Ganzen geblieben, nur dass per vaginam jetzt aktiv eingesetzt wird!"
Paula widersprach. „Du mit deinen Macho-Reden. Nein, so ist es nicht. Das bezog sich auf Männer, Alexander! Eine Zeit, in der nur Männer eine Professur bekamen. Für Frauen stimmt das nicht. Mal abgesehen davon, dass heute immer noch nur knapp 20 % der Stellen mit Frauen besetzt sind, haben sich die wenigsten hochgeschlafen."
Alexander protestierte. „Hallo? Und was ist mit Concepción?" Jorge und Nabil lachten beifällig.
Antonia legte die verbrannten Ränder ihres Pizzastücks an den Tellerrand und fragte in die Runde: „Und Loser selbst ist im Fall Kahlschlag nicht verdächtig?"
Paula schüttelte den Kopf. „Wo denkst du hin? Er war die ganze Zeit da und ist nach der Feier sofort mit dem Taxi nach Hause gefahren, zusammen mit seinen ausländischen Gästen, die bei ihm übernachtet haben. Sowohl der Taxifahrer als auch seine Gäste haben das bestätigen können."

„Wo hast du das denn wieder her?", fragte Alexander erstaunt.
„Hab ich von Lewald und der hat es von Loser. Als Chef des Instituts hat die Polizei mit Loser zuerst gesprochen. Und außerdem: Was hätte Loser denn davon? Er hat alles, was man sich als Akademiker wünschen kann! Was hätte er davon, einen uralten pensionierten Exkollegen umzubringen?"
Antonia sah zu Nabil hinüber. Der junge Marokkaner beteiligte sich wenig am Gespräch und sah ein wenig traurig aus.
„Aber Nabil wird verdächtigt? Wieso um Himmels willen sollte ein Student aus Marokko einen uralten Mann ermorden, mit dem er nie etwas zu tun hatte?"
„Wegen der Kohle!", sagte Nabil niedergeschlagen.
„Wie?"
Paula klärte sie auf. „Es gibt inzwischen wilde Gerüchte, dass der geschiedene Ehemann von Concepción, auch Kolumbianer, Loser im Auftrag habe umbringen lassen, aus Eifersucht, und der ermordete Altdekan sei nur einer Verwechslung zum Opfer gefallen. Also in Wirklichkeit ging es um Loser, nicht um Kahlschlag!"
Antonia sah verwirrt in die Runde. Diese Information brachte ihr ganzes Bild durcheinander.
„Wer kommt denn auf so eine Idee?"
„Lewald!", prustete Carmen, die sich ein Stück Pizzarand von Antonias Teller genommen hatte und darauf herumkaute. „Lewald ist die Nachrichtenbörse des Instituts, nur noch getoppt von Frau Schwade, unserer Sekretärin. Erzähl denen etwas Vertrauliches und du kannst sicher sein, morgen weiß es jeder. Lewald plappert den ganzen Tag irgendeinen Unsinn und das mit dem eifersüchtigen Ehemann hat *er* der Polizei und jedem, der es hören wollte, aufgetischt. Der Mann ist so eine Flasche, keine *cojones*, aber andere denunzieren!"
Paula nickte. „Alexander hätte die Vertretung viel besser gemacht. Aber Loser musste unbedingt diesen Lewald holen. Die Studenten meckern schon. Im letzten Semester habe er fast nur Filme gezeigt und kaum Unterricht gehalten. Jetzt müssen wir ihn auch noch im Sommersemester ertragen."

„Ich brauche unbedingt ein Konzept für eine Doktorarbeit", meinte Antonia. „Ich habe keine Ahnung von spanischer Literatur. Aber dann hätte ich Gelegenheit, Lewald noch einmal aufzusuchen. Wenn er eine Nachrichtenbörse ist, kann er mir bestimmt weiterhelfen!"
Paulas Gesicht hellte sich auf. „Dann würdest du uns helfen?"
Antonia antwortete nicht sofort. Sie sah in ihr leeres Glas, als ob sie dort die Antwort fände. Dann nach einigem Zögern sagte sie leise: „Ich werde versuchen, etwas herauszubekommen. Aber versprechen kann ich nichts. Ich habe Urlaub, und Florian hat mir nach dem zweiten Fall in Rügen verboten, mich auf etwas einzulassen, für das ich keinen Auftrag habe. Er hat sogar damit gedroht, nicht mit mir zusammenzuziehen, wenn ich noch einmal ‚wild' ermittele. Es sei zu gefährlich. Also kein Wort zu Florian, versprochen?"
Alle nickten. Alexander goss ihr nach und machte ihr Glas randvoll. Antonia wusste nicht genau, wie viel sie schon getrunken hatte. Alexander rückte noch etwas näher an sie heran, wobei seine Augen erneut ihren Ausschnitt und ihren Hals streiften. „Du solltest unbedingt am Freitag auf die Institutsfete zur Semester-Eröffnung kommen, da lernst du die ganze Truppe kennen. Und bei dem Konzept für Lewald helfe ich dir gern. Komm doch morgen Nachmittag in die Uni, dann denken wir uns zusammen etwas aus! Für Lewald wird es schon reichen!"
Antonia nahm seinen Vorschlag an, gab jedoch zu Bedenken, dass sie womöglich zu alt sei, um als Doktorandin aufzutreten. Alle protestierten, und sie fühlte sich geschmeichelt, als Nabil sagte, sie sähe doch höchstens wie vierundzwanzig aus. Paula räumte den Tisch ab und Carmen tischte zum Nachtisch Crema Catalana auf. Gegen Mitternacht holte Jorge eine Gitarre aus seinem Zimmer und begleitete Carmen, die mit heiserer Stimme ein paar Cantes Flamencos sang. Dabei schluchzte sie herzergreifend und griff sich dramatisch ans Herz oder an die Kehle. Antonia, die diese Musik noch nie gehört hatte, war

hingerissen. Sie trank noch mehr Rotwein und bemerkte nach einer Weile, wie nah Alexander an sie herangerückt war. Nabil rauchte eine Shisha und ließ sie einmal ziehen.
Gegen zwei folgte sie Paula, die in ihrem Zimmer für sie ein Bett auf einer Matratze gemacht hatte. Bevor sie einschlief, murmelte sie: „Ich liebe eure WG, das ist ja hier wie Urlaub!"

Des Nachts hatte man sich vor dem Bild des Erzengels versammelt. Er war allein gekommen. Seine Brüder Gabriel, Uriel und Raphael waren beschäftigt. Heute würde ein anderer das Gebet verlesen. Er war nach schwerem Gefecht zu ihnen zurückgekehrt, um mit allen Soldaten des Erzengels zu beraten, welche weiteren Maßnahmen zu ergreifen seien. Der Eine, sein unangefochtener Liebling, errötete vor Stolz, als man ihn wegen der letzten Aktion auszeichnete. Alles sei mit großer Präzision vorbereitet und ausgeführt worden. Eine Leistung ersten Ranges, für die er den Orden verdiene. Man stimmte gemeinsam das Lied an, das die Gruppe bei diesem Anlass immer sang. Von unten schrie jemand „Ruhe da oben" und man verstummte, während der Eine seine Faust schüttelte und wütend mit dem Fuß aufstampfte.

Antonia erwachte mit brummendem Kopf. Der Rioja war aus verdächtig großen Flaschen geflossen und vielleicht doch nicht so gut gewesen, wie er schmeckte. Es war schon zehn Uhr. Paula hatte ihr einen Zettel auf dem Küchentisch hinterlassen. „Bin in der Uni. Kaffee (Pfeil) Thermoskanne. Jorge abgereist, überlässt dir sein Zimmer. Bis später!"
Antonia trank einen Schluck Kaffee. Im Badezimmer suchte sie in einem Schränkchen nach Aspirin, fand jedoch nichts. Im Spiegel sah sie in ein blasses Gesicht. Ihre blauen Augen waren gerötet. Ihr Lieblingsfriseur in Altona hatte ihr helles Haar im letzten Jahr stetig dunkler getönt. Es hatte jetzt einen kastanienroten Schimmer. Im Nacken war es zu einem kurzen Bob geschnitten, an den Kinnspitzen lief das seitliche Haar in schrägen, messerscharfen Strähnen aus. Messerscharf, dachte sie. Mit der Hand fuhr sie an der kleinen Narbe entlang,

die man ihr im Zuge eines Überfalls auf Rügen verpasst hatte. Der Stich war nicht tief, eher breit gewesen, zwischen Kehlkopf und Halsschlagader. Sie hatte damals Glück gehabt und vor Florian die Narbe mit einem Schal verborgen. Er hätte sie sofort nach Hause geschickt, wenn er von dem Vorfall gewusst hätte.

Als sie vor die Haustür trat, schien die Sonne. Die Kastanien in der Straße reckten ihre Knospen in den blauen Himmel und es sah aus, als habe die Stadt ein Lächeln aufgesetzt. Sie suchte die nächste Apotheke auf, kaufte Aspirin und ließ sich ein Glas Wasser geben. Dann schlenderte sie eine Weile benommen durch die Straßen des Viertels. In einem Stehcafé am Bonner Talweg griff sie nach dem Lokalblatt, um sich die Wohnungsanzeigen anzusehen. Es gab ein interessantes Angebot in der Altstadt und sie machte kurzentschlossen für den nächsten Tag einen Besichtigungstermin mit einer Maklerin. Für ein weiteres Telefonat googelte sie die Nummer des ermordeten Dekans. Sie erreichte seinen Sohn und fragte ihn, ob sie heute noch seine Mutter besuchen dürfe. Kahlschlag Junior klang misstrauisch, schlug jedoch 17.00 Uhr vor, als Antonia erklärte, dass sie im Mordfall seines Vaters ermittele.

Zufrieden mit sich machte sie einen Spaziergang in die Altstadt. Es gab dort viele Kneipen, das würde Florian stören, falls sie dort wohnen würden. Aber es gab auch jede Menge kleiner Läden, deutsche und türkische, sowie ein Hallenbad. Bei der Orgelbaufirma Klais riet man ihr, Florian solle an einer der offiziellen Führungen teilnehmen oder sich kurzfristig melden, wenn er allein vorbeikommen wolle. Mittags aß sie eine Kleinigkeit in einem vietnamesischen Restaurant gegenüber der Uni und um 14.00 Uhr besuchte sie Dr. Lewalds Vorlesung *Spanischer Film der Gegenwart.*

Der Hörsaal VI ging von dem Flur ab, an dessen Ende man den toten Emeritus gefunden hatte. Heute erinnerte jedoch nichts an Tod, im Gegenteil: Der Flur quoll über von gut gelaunten Studenten, die ihre Hörsäle aufsuchten. Antonia ging in H VI

und nahm hinter einer Hörerin mit üppiger Mähne Platz. Sie wollte nicht, dass der Dozent sie bemerkte. Dr. Lewald nahm jedoch kaum Blickkontakt mit dem Publikum auf. Er wirkte nervös, machte eine fahrige Begrüßung und rief dann einer studentischen Hilfskraft, die den Beamer bediente, „Film ab" zu.
Auf der Stirnwand des Hörsaals lief ein Film von Pedro Almodóvar. Während der Vorstellung redeten die Studenten untereinander, aßen Chips oder Kekse oder tranken aus den mitgebrachten Wasserflaschen. Die Veranstaltung erinnerte mehr an Kino als an eine Vorlesung. Nach der Vorstellung bat Dr. Lewald einen Teilnehmer, ans Pult zu kommen und seine Thesen zum Film vorzutragen. Danach schaute der Dozent ins Publikum. Noch Fragen? Nein? Dann ertönte die Klingel und die zweite Vorlesungsstunde war vorbei.
Antonia besorgte im Café gegenüber der Uni drei Coffee-to-go und drei Schokomuffins und fuhr damit im Aufzug zu Paula und Alexander in den dritten Stock.
Alexander war noch in seiner Veranstaltung, wohingegen Paula dankbar nach dem Kaffee griff und ihn gierig schlürfte. Sie saß an einer Literaturrecherche für Loser, die sie ihm nach Madrid mailen sollte, und fluchte leise. „Erst meldet er sich wochenlang nicht, jetzt soll alles von heut auf morgen sein. IchmusshierrausmeinKopfplatztwarzvielWeingestrn."
Antonia nickte, setzte sich an Jorges Schreibtisch und suchte im Internet nach der Adresse der Kolumbianerin. Die Universität von San Diego hatte auf ihrer Website unter dem Namen Concepción di Bonifacio die Sprechzeiten der Dozentin aufgeführt. Im Telefonverzeichnis von Bogotá fand sie den gleichen Namen zusammen mit dem Namen des Ehemanns, der allerdings vier Vornamen, nämlich Eduardo Alfonso Marian Jaume hatte.
Paula hatte inzwischen ihre Sachen gepackt und war zu einem Arzttermin aufgebrochen. Antonia war es recht, denn sie wollte einen Anruf erledigen. Obwohl es dort noch sehr früh sein musste, rief sie die Nummer in Bogotá an. Es meldete sich ein

Mann mit tuntiger Stimme, und als sie auf Englisch nach dem Ehemann fragte, sagte die Stimme „Moment please“ und gab offenbar den Hörer weiter. Eine noch tuntigere Stimme meldete sich mit Eduardo di Bonifacio.
Antonia tat so, als sei sie eine Studentin aus San Diego, die mit seiner Frau sprechen wolle.
Der Mann am anderen Ende gähnte und meinte in gleichgültigem Ton, seine Exfrau halte sich zur Zeit in Mexiko auf. Sie sei sehr selten in Kolumbien. Antonia dankte und legte auf. Die Theorie vom misslungenen Eifersuchtsmord konnte man wohl getrost aufgeben.
In diesem Moment kam Alexander Haussmann zur Tür herein und sank erschöpft auf seinen Schreibtischstuhl. „Am Anfang des Semesters ist es immer am anstrengendsten. Die Studenten haben jede Menge Fragen, alles geht durcheinander und man muss pausenlos organisieren. Und dann dieser elende Verwaltungskram …“ Er griff nach dem Kaffee, den Antonia mitgebracht hatte. „Danke, genau, was ich jetzt brauche!“
Mit der einen Hand den Pappbecher haltend, schaltete er seinen Rechner ein. „Dann wollen wir mal sehen, was wir Schönes für deine Doktorarbeit basteln können! Am besten etwas zu Krimis und Film. Film scheint Lewald zu interessieren. Er hat mir erzählt, in Córdoba habe er als deutscher Lektor immer deutsche Filme gezeigt.“
Antonia nickte. „Heute hat er einen spanischen Film gezeigt. Viel gesagt dazu hat er nicht.“
„Ich weiß“, sagte Alexander und tippte rasch ein paar Zeilen. „Der Kollege Lewald verbreitet sein Wissen recht sparsam. Wie wäre es damit? *Kriminalität in urbanen spanischsprechenden Umwelten unter Berücksichtigung der Populärmedien Krimi und Film.* Was meinst du?“
Antonia war beeindruckt. „Klingt sehr gelehrt.“
Alexander grinste. „Gelehrt und ziemlich ungenau. Also nach allen Seiten offen.“
Nach zwanzig Minuten, in denen Antonia über Google Maps die Adresse der Kahlschlags suchte, hatte er ein zweiseitiges

Thesenpapier geschrieben. „Das wird fürs Erste genügen! Ich denke, Lewald wird sich nicht sehr damit beschäftigen. Ihn interessieren vor allem die neuesten Computermodelle und Software-Updates. So Jungskram, würde Paula sagen. Und Loser hat vom Thema keine Ahnung." Dabei tunkte er seinen Schokomuffin in den Kaffee und lehnte sich zurück, während Antonia seinen Entwurf überflog. Sie sah hoch.
„Also, viel verstehe ich nicht davon. Ich soll nach bestimmten Figuren und nach der Täter-Opfer-Verbindung in spanischen Krimis und Filmen suchen? Aber in welchen?"
Alexander verdrückte den letzten Bissen seines Muffins und antwortete kauend: „Ist jetzt nicht so wichtig! Hauptsache, der Rahmen steht. Ich werde es später noch verfeinern. Unser Chef muss es erst mal schlucken. Film und Krimis sind nicht so Losers Sache. Du willst ja auch nicht wirklich bei ihm promovieren, oder?"
„Stimmt! Vielleicht kann ich mich später geschickt aus der Affäre ziehen. Wie dem auch sei. Ich habe eine wichtigere Frage: Hat das Mordopfer, dieser Kahlschlag, auch Spanisch unterrichtet?"
„Nein, soviel ich weiß, war er Germanist. Das war ja vor meiner Zeit. Wenn du etwas über ihn wissen willst, wendest du dich am besten an den dortigen Kustos. Der hat sie alle kommen und gehen sehen und war auch schon zu Kahlschlags Blütezeit da."
Antonia notierte sich Namen und Telefonnummer des Kustos. „Ich wollte heute zum Haus der Kahlschlags fahren. Sie wohnen ziemlich weit draußen. Wie komme ich da am besten hin?"
Alexander zog erstaunt die Augenbrauen hoch. „Dass du als Ermittlerin so flott arbeitest, hätte ich nicht gedacht!" Dann stand er auf, reckte sich und bot ihr an, sein Auto zu nehmen. „Ich gehe mit und zeig dir, wo es steht. Ich muss mir dringend die Beine vertreten."
In der Uni-Tiefgarage war die Luft stickig von Abgasen. Antonia sah sich um.

„Und hier soll also der Tatort gewesen sein?“
Alexander zeigte in die hinterste Ecke der Parkebene. „Dort hinten war eine Woche alles abgesperrt. Da hat Kahlschlags Wagen gestanden. Daneben hat man auch Blutspuren gefunden, die von ihm stammten. Wenn der Täter ihm da aufgelauert hat, konnte er sich gut verstecken. Hier ist es ja nicht sonderlich hell. Er hätte sich nur hinter ein anderes Auto ducken müssen.“
Antonia ging näher an die Parkbucht heran. „Ich sehe nichts. Hat man denn das Blut entfernt?“
Als sie sich umdrehte, stand Alexander dicht hinter ihr. Dabei legte er seine Hände um ihren Hals und meinte: „So war es! Dann hat er Kahlschlag gewürgt und dem Bewusstlosen den Schädel eingeschlagen.“
Antonia schob unwillig seine Hände weg und wiederholte ihre Frage. Der junge Mann zuckte mit den Schultern. „Ich denke schon. Den Wagen von Kahlschlag hat die Polizei abschleppen lassen. Man geht ja davon aus, dass der Mörder die Leiche zunächst im Kofferraum eines anderen Wagens zwischengelagert hat, bevor er sie in der Nacht nach oben schleppte!“
Antonia drehte sich erstaunt um. „Woher weißt du das?“
Alexander führte sie in die entgegengesetzte Richtung zu seinem Wagen, einen knallroten Mini Cooper. „Ich habe alle Details von Paula, und Paula hat einen guten Draht zu Urs Lewald, der wiederum die Kripo als Dauerbesuch bei sich hat. Hier ist mein Auto!“
Antonia war von dem roten Mini Cooper entzückt. „Genau so einen habe ich mir immer gewünscht!“
Alexander lächelte. „Du kannst den Wagen später in Paulas Straße parken. Ich komme dann vorbei und hol mir den Schlüssel ab!“
Antonia stieg ein, winkte Alexander zu und fuhr mit Schwung aus der Uni-Tiefgarage hinaus und in Richtung Rheinbrücke. Der nagelneue Mini roch gut und sie schaltete das Radio ein. Bei Radio Bonn/Rhein-Sieg verkündete eine muntere Stimme

das Wetter für die kommenden Tage, versprach viel Sonne und spielte dann einen Robbie Williams-Hit aus Antonias Jugend, den sie laut mitsang. Sie war in Urlaubsstimmung und klopfte mit einer Hand den Takt auf dem Steuer mit.
Als sie das Dorf erreichte, in das die Navi-Stimme sie gelenkt hatte, war sie erschrocken, wie aufgeräumt die Gegend war. Auch die Straße, in der sich das Haus der Kahlschlags befand, wirkte über die Maßen klinisch. Wie so oft in deutschen Neubaugebieten hatte hier jeder gebaut wie er wollte, ohne Rücksicht auf Verluste. Häuser im bayerischen Landhausstil standen neben bauhausinspirierten, würfelartigen Gebäuden, nüchterne Bungalows neben Villen in französischem Stil, alle mit handtuchbreiten Vorgärten und Doppelgaragen versehen. Jeder Grashalm in diesen Vorgärten schien an seinem Platz. Auch die Straße wirkte vollkommen sauber. Nichts, rein gar nichts lag auf Straße oder Bürgersteig. Es sah aus wie in einer Computerspiel-Simulation. Jeden Augenblick hätte eine Stimme erklingen und Antonia auffordern können, den Cursor auf eine Haustür zu bewegen und diese mit einem Mausklick zu öffnen.
Sie parkte den Mini vor Nr. 15, dem Haus des ermordeten Professors. Sie klingelte und ein Mann Ende Dreißig mit rötlichem Haar und Halbglatze öffnete ihr die Tür. Es war wohl Kahlschlag junior, mit dem sie wegen des Termins telefoniert hatte. Antonia zückte ein Dokument, das Rita Welsch ihr bei Vertragsabschluss ausgestellt hatte und das sie als Privatermittlerin der Fa. Welsch & Welsch mbH auswies. Der Mann, der sich als Jonas Kahlschlag vorstellte, bat sie, im Flur zu warten. Er gebe seiner Mutter Bescheid.
Antonia sah sich um. Kahlschlag junior war eine Treppe hochgestiegen. Im Flur war nur das nervtötende Geschwätz einer riesigen antiken Standuhr zu hören. Es roch nach Pflegemitteln. Antonia warf einen Blick in das große Wohnzimmer. Hohe Bücherwände und eine Biedermeiergruppe vor einem Fenster, das den Blick auf den Garten freigab. Ein Garten, der

ebenso überpflegt war wie der Rasen vor dem Haus. Die Uhr, der Geruch nach Möbelpolitur und die sterile Ordnung: Antonia hätte schwören können, dass es hier seit langem keine Veränderung mehr gegeben hatte.

„Meine Mutter kommt gleich, nehmen Sie Platz. Ich muss Sie aber bitten, sich kurz zu fassen", erklärte Jonas Kahlschlag mit mürrischer Stimme, als er wieder die Treppe herunterkam. „Es geht ihr nicht gut, sie kann den Tod meines Vaters nicht verkraften. Wir hatten ja schon die Polizei im Haus."

Antonia ließ sich auf einem der sechs Biedermeierstühle am Tisch nieder. Der Sohn schien ihr für die Beantwortung ihrer Fragen viel wichtiger als die Witwe. Sie nahm an, dass die Sechsundachtzigjährige in den letzten vierzig Jahren gekocht und Herrn Kahlschlag bedient hatte und von seinem beruflichen Umfeld wenig wusste.

„Sie wünschen?", ertönte eine dunkle Stimme von der Tür her. Frau Kahlschlag war zierlich, trug einen schneeweißen Pagenkopf und hatte verschwommen hellblaue Augen.

Antonia sprang auf und ging der alten Dame entgegen. Sie stellte sich ihr vor und war überrascht vom wachen Ausdruck in den Augen ihres Gegenübers.

„Sie sind also nicht von der Polizei?"

Antonia hatte diese Frage befürchtet. Sie kannte das Misstrauen gegenüber Privatermittlern und hatte immer die gleiche Ausrede auf Lager: „Mein Klient, der nicht genannt werden will, hat großes Interesse daran, dass der Mord an Ihrem Mann so rasch wie möglich aufgeklärt wird!"

Die Witwe ließ sich Antonia gegenüber am Biedermeiertisch nieder. Das Holz schimmerte in der Frühlingssonne honiggelb. „Wahrscheinlich ein guter Freund von Papi. Mein Mann hatte nur Freunde!", sagte sie, wobei sie mit verklärtem Blick zum Fenster schaute. „Mein Sohn und ich denken jeden Tag an meinen Mann. Der Papi fehlt uns so. In die Polizei haben wir wenig Vertrauen. Man hat uns befragt und unser Alibi überprüft, man stelle sich das einmal vor!" Die Stimme der alten Dame wurde jetzt schrill vor Empörung. „Und dann haben wir nichts mehr von denen gehört."

Man war in den Ermittlungen sicher noch nicht weit, dachte Antonia. Es gab keinerlei Hinweise auf einen Täter, keine Spuren, nichts. Nur die Leiche sowie das Blut in der Tiefgarage vor dem Wagen des Verstorbenen. Dem Opfer war auch nichts gestohlen worden. Man hatte seine Brieftasche und seine Uhr bei ihm gefunden.

„Das mit dem Alibi ist Routine, wissen Sie. Und diese Ermittlungen ziehen sich immer sehr lange hin", versuchte sie die Witwe zu trösten.

Frau Kahlschlag hatte ihre Fassung wiedergewonnen. „Und was wollen Sie jetzt noch wissen? Ich war hier geblieben an diesem Abend, mit einer Erkältung. Jonas und ich haben Schach gespielt und später einen Film über Bach auf Arte gesehen. Wenn ich Karl an diesem Abend begleitet hätte, wäre ihm vielleicht nichts passiert."

Die üblichen Schuldgefühle der Hinterbliebenen, dachte Antonia.

„Jonas, Ihr Sohn, lebt hier mit Ihnen?"

„Ja, unten in der Einliegerwohnung. Früher hatten wir hier immer Studenten, als mein Mann noch lehrte. Das war so praktisch. Im Winter haben sie Schnee geschaufelt und Kaminholz gehackt, im Sommer unseren Rasen gemäht. Dafür ließen wir sie günstig wohnen. Dann hat mein Sohn Examen gemacht und ist da unten eingezogen. Die Mieten in der Stadt sind ja so hoch und er hat nicht gleich Arbeit gefunden nach dem Examen …"

Antonia hatte an der Tür den Eindruck gehabt, dass Jonas die Dreißig schon länger überschritten hatte und sich der Vierzig näherte. Wie lange mochte sein Examen schon zurück liegen? Laut erkundigte sie sich nach dem sozialen Umfeld des Verstorbenen. „Frau Kahlschlag, auch wenn Sie eben das Gegenteil behauptet haben: Hatte Ihr Mann vielleicht doch Feinde? Ich meine, Menschen, die ihm den Tod gewünscht haben?"

Die Witwe des Professors zog sich die Strickjacke fester um den zarten Oberkörper. „Was soll diese Frage? Ich habe Ihnen doch schon gesagt, dass mein Mann sehr beliebt war. Haben Sie denn Feinde, die Ihnen den Tod wünschen?“

Antonia war überrascht. Diese Gegenfrage hätte sie nicht erwartet. „Nun ja, ich kann auch anders fragen: Könnten Sie sich vorstellen, wer ein Motiv für den Mord an Ihrem Mann hatte?“

„Nein, das kann ich nicht“, erwiderte die alte Dame. „Wir haben einen festen Freundeskreis, waren in der Kirche engagiert und mein Mann war ein angesehener Wissenschaftler. Wer also aus diesen Kreisen hätte ihn umbringen sollen?“

Antonia ließ nicht locker. „Hat Ihr Mann schon einmal von einem Streit erzählt, den er hatte? Mit jemandem aus den genannten Kreisen?“

„Wenn überhaupt, dann gab es nur in der Uni Konflikte“, meinte nun der Sohn des Opfers, Jonas Kahlschlag, von der Tür her. Er trat zu den beiden Frauen an den Tisch und ließ sich neben seiner Mutter auf einen der Biedermeierstühle nieder. „Mein Vater war acht Jahre lang Dekan der Philosophischen Fakultät, und da haben sie mit vielen unterschiedlichen Machtkonstellationen zu tun. Jeder Lehrstuhl will für sich das meiste Geld, jeder hat eigene Interessen und der Dekan sitzt da manchmal zwischen allen Stühlen …“

„Jonas!“ Die verwitwete Professorengattin erhob ihre Stimme, als ermahne sie einen Fünfjährigen. „Papi hat seine Sache immer gut gemacht! Er war beliebt bei seinen Kollegen, Skandale gab es während seiner Zeit keine. Weder Plagiate noch Verschwendung noch Liebschaften!“

Die Witwe hatte sich so ereifert, dass sie einen Hustenanfall bekam. „Worüber ich jetzt manchmal in der Zeitung lese!“, fügte sie mit einem vielsagenden Blick hinzu, nachdem ihr Jonas den Rücken geklopft hatte. So als sei die Universität ein Sodom und Gomorrha, seit ihr Karl nicht mehr das Heft in der Hand hatte.

Jonas strich sich über seinen Dreitagebart und ergriff das

Wort. „Es gab schon Anfeindungen, und zwar von Seiten der Examenskandidaten“, räumte er ein. Seine Mutter fiel ihm wieder ins Wort: „Das hatte der Prodekan für Forschung und Lehre zu verantworten, aber nicht Papi!“
Antonia machte sich Notizen. Das Wort Liebschaft hatte sie stutzig gemacht. Sie dachte an Loser und seine Kolumbianerin. „Entschuldigen Sie bitte, wenn ich zudringlich wirke. Aber ich muss Sie das fragen. War Ihre Ehe immer intakt? Hatte Ihr Mann vielleicht einmal außereheliche ...“
Auch sie konnte den Satz nicht beenden. Frau Kahlschlags Stimme hatte jetzt einen schneidenden Ton angenommen. „Wohl kaum! Mein Mann war sehr kontrolliert. Studentinnen und Mitarbeiterinnen waren für ihn tabu. Außerdem litt er an einer Kriegsverletzung, wenn Sie mich verstehen. Diese Dinge spielten in unserem Leben nie eine große Rolle. Wir hatten dafür geistige Interessen!“
Antonia sah verdutzt zu Jonas hinüber. „Immerhin haben Sie einen gemeinsamen Sohn!“
Wieder zog die alte Dame ihre Strickjacke fest um sich, als ob sie friere. „Jonas ist unser Adoptivsohn.“
Vom Flur her war für kurze Zeit nur das laute Ticken der antiken Standuhr zu hören. Antonia machte sich wieder eine Notiz und brachte dann das Gespräch auf Loser, der den Altdekan für den Abend eingeladen hatte. „Wie war denn das Verhältnis Ihres Mannes zu Professor Loser?“
Jonas rieb sich den Bauch, über den sich ein T-Shirt mit der Aufschrift *We don’t need no education* spannte. Ein später Protest gegen den familiären Background, wie Antonia vermutete. „Loser hätte ohne meinen Vater seinen Posten nicht bekommen!“, antwortete er entschieden. Die Witwe erhob Einspruch. „So kann man das nicht sagen, Jonas. Loser war eben der Beste, darum hat die Kommission ihn genommen.“
„Ja“, spottete ihr Sohn, „nachdem Papi alle Kommissionsmitglieder bearbeitet hat. Davon hat er doch selbst beim Essen immer erzählt!“

Frau Kahlschlag reckte ihr Kinn nach vorne und legte den Kopf schief, was ihr das Aussehen eines neugierigen kleinen Vogels gab. „Das ist zwanzig Jahre her, du warst damals noch zu klein, um das zu verstehen!“, kanzelte sie Jonas ab.
Nach Antonias Rechnung musste Jonas damals schon weit in der Pubertät gewesen sein. Sie schwieg und hörte dem Disput von Mutter und Sohn zu, der jetzt persönlicher wurde.
„Für dich hab ich ja nie was auf die Reihe bekommen, weil ich Papis Gene nicht geerbt habe“, maulte Jonas.
Seine Mutter sah ihn wütend an. „So etwas habe ich nie gesagt!“ Dann schaute sie beleidigt auf die glänzende Tischplatte des Biedermeiertisches und schwieg.
Antonia stellte noch ein paar Fragen zum Tagesablauf des alten Mannes vor seiner Fahrt nach Bonn, zu seinem Gesundheitszustand und weshalb Jonas den Vater nicht chauffiert hatte.
„Mein Mann hat darauf bestanden, allein zu fahren. Da war er sehr eigen. Außerdem hatte ich an dem Tag etwas Fieber und er wollte, dass unser Sohn bei mir blieb.“
Antonia machte sich eine letzte Notiz, bedankte sich für das Gespräch und fragte, ob sie gegebenenfalls noch einmal anrufen dürfe. Frau Kahlschlag stand auf und ging zu einem Sekretär. Dort stand eine große gerahmte Fotografie. Sie nahm sie in beide Hände, barg sie an ihrem mageren Körper und ging zu Antonia. „Das ist er, mein Karl, ein großer Mann!“
Antonia sah aus dem Augenwinkel, wie sich Jonas Gesicht verzog, als habe er in eine Zitrone gebissen. Waren Männer nicht schon wegen weniger als aus ödipalem Neid umgebracht worden? Sie besah sich das leere Gesicht des toten Dekans. Eine schwarze Hornbrille saß auf einer zu großen Nase, der Mund war fest geschlossen, kein Lächeln, weder auf den Lippen noch in den Augen. Das Gesicht eines Menschen, dem Güte und Humor offenbar fremd gewesen waren. Sie nickte Frau Kahlschlag zu und heuchelte Anteilnahme. „Ich kann verstehen, dass Sie ihn vermissen!“, log sie höflich.
Jonas begleitete sie zur Tür. Auf dem Plattenweg des Vorgartens drehte sich Antonia noch einmal um und fragte etwas,

was sie eigentlich schon wusste. „Herr Kahlschlag, noch eine Frage. Welche Fachrichtung vertrat Ihr Vater?“
„Er war Ordinarius für Germanistik.“ Die Antwort kam mechanisch, als hätte ein Roboter gesprochen. Jonas hatte diesen Satz wahrscheinlich schon oft sagen müssen.
„Ach, gut zu wissen. Ich dachte, er hätte auch etwas mit Spanisch zu tun gehabt.“
Antonia zögerte einen Moment. Ihre nächste Frage, um die es ihr eigentlich ging, war etwas heikel. „Herr Kahlschlag, noch etwas. Ich hoffe, ich trete Ihnen nicht zu nahe! Kennen Sie Ihre leiblichen Eltern?“
Jonas Kahlschlag schien entrüstet. Sein Gesicht lief rot an. „Nein, kenne ich nicht. Ich wüsste auch nicht, was das mit dem Tod meines Vaters zu tun hätte.“ Dann drehte er sich um und schlug Antonia die Tür vor der Nase zu.
Antonia summte zufrieden vor sich hin, als sie den Wagen über sonnige Landstraßen zurück nach Bonn lenkte. Das mochte sie an ihrem Job. Sie lernte die unterschiedlichsten Menschen kennen, und schon nach einem einzigen Besuch setzte sich oft ein erstes Bild zusammen, das für ihre Ermittlungen nützlich war. Es erinnerte sie an ein altes Gemälde: ein äußerlich intaktes Bild einer Familie, über das sich bei näherer Betrachtung ein Netz haarfeiner Risse ausbreitete. Risse, die sich mit der Zeit verbreitern konnten. Das hing von weiteren Informationen ab, die sie bekam. Manchmal brauchte man aber auch gar nichts zu tun, und die Menschen auf dem Bild selbst taten das Ihrige, um die Risse an der Oberfläche deutlicher werden zu lassen.

Den Abend verbrachte sie mit Paula, Alexander und Nabil auf dem Balkon vor der Küche der WG. Die drei berichteten von ihren Befragungen bei der Kriminalpolizei. Man hatte alle nach einem ähnlichen Schema befragt, nach Uhrzeiten, nach dem Ablauf des Abends, nach möglichen Beziehungen zu Kahlschlag. Lediglich Nabil hatte man noch einmal nach

Freunden gefragt, die seine Anwesenheit in der Pizzeria am Bahnhof bestätigen konnten. Nabil war dann am Ende ein türkisches Bistro eingefallen, in das er im Laufe des Tatabends auch noch eingekehrt war. Er kannte dort einen der Männer hinter dem Tresen und hatte den Beamten seinen Vornamen nennen können. Sie seien diesmal nicht mehr so streng mit ihm gewesen.

Gegen elf Uhr wurde es trotz der Decken, in die sie sich gehüllt hatten, zu kühl auf dem Balkon. Antonia hatte sich in Jorges Chaos einen Pfad zum Bett geschlagen, es mit Paulas Bettwäsche überzogen und wollte nun schlafen gehen. Die drei Freunde gingen jedoch statt ins Bett zur Garderobe und holten sich ihre Jacken.

„Wir fahren noch zu Carmen auf einen Absacker in die Kneipe. Sie kellnert heute Abend. Kommst du mit?", fragte Alexander. Es wurde drei Uhr, bis Alexander sie mit Paula und Nabil vor der Tür absetzte, und Antonia erinnerte sich, dass sie auch einmal studiert und die Nächte durchgemacht hatte.

Als sie am anderen Morgen die Treppen zum Institut für Germanistik hochstieg, war ihr übel. Carmens Kneipe hatte gegen eins geschlossen, und als die letzten Gäste gegangen waren, hatte Carmen Mojitos gemixt. Nach zwei Mojitorunden war man zu Gin Tonic übergegangen. Antonias Kopf brummte wieder wie am Tag zuvor.

Dr. Schleuder, der Kustos des Germanistischen Seminars, ein alter gebeugter Herr, stand auf, als sie sein Zimmer betrat. Er trug ein altmodisches Tweedjackett und eine Fliege und schien sich über ihren Besuch zu freuen. Antonia reichte ihm ihren Ausweis der Fa. Welsch & Welsch. „Ich hatte Sie angerufen, ich komme wegen Herrn Professor Kahlschlag!"

Dr. Schleuder verbeugte sich leicht und ging zur Tür. „Darüber reden wir später. Zuerst zeige ich Ihnen unser Seminar!" Antonia folgte dem Kustos in die Bibliotheksräume des Instituts, in denen Büsten von Goethe und Thomas Mann auf die lesenden Studierenden herabsahen. Sie passierten Bücherwände

und Kopiergeräte, bis der Kustos vor einer Wand haltmachte.
„Hier, sehen Sie! Deshalb sind Sie doch da: eine kleine Fotogalerie all unserer Ordinarien seit 1945. Hier unser lieber alter Kahlschlag zusammen mit Professor Loser aus der Hispanistik. Die beiden waren gut befreundet!“
Antonia erkannte den Mann mit der schwarzen Hornbrille wieder, dessen Foto ihr Frau Kahlschlag gezeigt hatte. Daneben stand ein strahlender junger Loser.
„Das ist jetzt zwanzig Jahre her. Das war nach der Antrittsvorlesung von Herrn Loser. Wie er sich freut, dass er die Stelle bekommen hat. Die Konkurrenz war groß damals, aber man wollte unbedingt ihn.“
Die beiden Professoren hielten Sektgläser in die Kamera. Um sie herum standen jüngere Leute, offenbar Mitarbeiter. Eine junge Frau mit blonder Ponyfrisur am Bildrand sah etwas verloren aus. Hinter ihr standen zwei junge Männer, die mit weit aufgerissenen Augen auf die beiden Professoren starrten.
„Und wer ist das?“, Antonia zeigte auf die Blonde.
„Das ist Frau Wasmuth, eine frühere Mitarbeiterin. Aber lassen Sie uns wieder in mein Büro gehen. Da können wir besser reden!“
Antonia folgte dem Kustos, ließ sich auf einem durchgesessenen Polsterstuhl nieder und hörte ihm zu. Sie brauchte gar keine Fragen zu stellen, der alte Mann fing von sich aus an zu erzählen.
„Ich sollte es ja eigentlich nicht sagen, aber es heißt, der Adoptivsohn der Kahlschlags soll das gemeinsame Kind von Brigitte Wasmuth und Karl Kahlschlag sein. Kahlschlags hätten das Kind adoptiert und der Wasmuth eine Menge Geld gegeben, damit sie schweigt. Aber in so einem Institut können sie nichts geheim halten. Brigitte hatte genug Freundinnen, denen sie sich anvertrauen konnte. Zum Beispiel meine Frau, da habe ich es aus erster Quelle. Brigitte hat dann nach der Adoption ihres Sohnes von dem Geld ein paar Jahre in Spanien gelebt, damit Gras über die Sache wachsen konnte. Kahlschlag hätte

es womöglich nicht nur seinen Ruf, sondern auch die Stelle gekostet. Insofern hat sie ihm einen großen Gefallen getan. Mehr ihm als ihrem Kind, wie man sich denken kann. Dann war sie aber plötzlich wieder in der Stadt und hat Kahlschlag in seiner Sprechstunde aufgesucht. Professor Loser hat sie dann, um Kahlschlag zu helfen, als Sekretärin eingestellt. Tja, eine Hand wäscht die andere."

Antonia bedankte sich für die Information und zog eine Kopie aus der Tasche. „Das hier, Herr Dr. Schleuder, ist eine Liste aller, die an der Verabschiedung von Professor Loser teilgenommen haben. Könnten Sie bitte nachsehen, ob Ihnen Personen auffallen, die mit Kahlschlag zu tun hatten? Hier ist meine Karte, falls Sie etwas bemerken."

Dr. Schleuder blickte nur flüchtig auf das Blatt und schob es zu ihr zurück. „Die Namen kenne ich schon von der Kriminalpolizei. Die meisten Teilnehmer, bis auf Loser, sind mir völlig unbekannt. Kahlschlag war ja schon seit fünfzehn Jahren emeritiert. Auf der Liste stehen fast nur Losers Leute, die sind alle viel zu jung, als dass ich sie kennen könnte."

Antonia sah in ihren Notizblock, auf dem das Wort Dekanat dick unterstrichen war. „Wo kann ich denn etwas über die Dekanatszeit von Professor Kahlschlag erfahren? Sein Sohn Jonas sprach davon, dass Querelen mit Examenskandidaten vorgekommen seien ..."

Der Kustos zögerte etwas. Er schien nicht richtig mit der Sprache heraus zu wollen. Dann seufzte er. „Ja, da war mal etwas sehr Unangenehmes mit einer Dissertation, die abgelehnt wurde. Ich glaube, der Kandidat hat sich das Leben genommen. Aber ich erinnere mich nicht an die genauen Umstände. Da müssten Sie im Dekanat Akteneinsicht beantragen."

„Hhm." Antonia machte eine Pause und sah den Kustos lange an. Dr. Schleuder sah auf seine Fingernägel. Eine unbehagliche Stille entstand. Antonia dachte, sie würde vielleicht noch mehr erfahren, aber Dr. Schleuder setzte sein Schweigen entschlossen fort. Als sie sich erhob, murmelte er leise: „Vielleicht fragen Sie auch mal Dr. Täubner, den Archivar!"

Antonia steckte die zerknitterte Gästeliste der Loser-Verabschiedung ein. Beim Hinausgehen fiel ihr noch etwas ein. „Frau Wasmuth, die leibliche Mutter von Jonas Kahlschlag, steht nicht auf der Liste!"
„Nein, sie war auch bestimmt nicht eingeladen. Sie hat das Spanische Seminar nach einigen Jahren wieder verlassen und arbeitet jetzt in Köln. Sie hat da wohl einen eigenen Laden, wie mir der Kriminalkommissar sagte."
Da war man bei der Kripo auch schon auf die Idee gekommen, die familiären Umstände des Toten etwas näher zu betrachten, dachte Antonia, als sie den Aufzug betrat. Sie ging in die Cafeteria der Uni, um sich ein Automatenfrühstück zu ziehen. Ein Automat spuckte einen übelriechenden Cappuccino im Plastikbecher aus, ein anderer ein trockenes Croissant. Sie trug beides an einen Stehtisch am Fenster, aber als sie in das Croissant beißen wollte, wurde ihr schlecht. Sie schwor sich, in den nächsten Tagen jeglichen Alkohol zu meiden. Paula hatte morgens auf dem Küchentisch ein paar Alka Seltzer zwischen Kaffeekanne und Marmelade platziert, und Antonia hatte sich vorsorglich eine Tablette eingesteckt. Sie ging noch ein zweites Mal an die Automatenwand, zog sich ein Mineralwasser, goss den Cappucino in einen Müllcontainer und befüllte den Becher mit Wasser und einer Tablette. Dann zog sie ihr Notizheft heraus und malte einen Kreis. In die Mitte schrieb sie *Kahlschlag*. Pfeile mit den Namen Loser, Jonas Kahlschlag und Brigitte Wasmuth zielten auf den Kreis, in dem der Name des Ermordeten stand.
Für zwei Tage Recherche gar nicht so schlecht, dachte sie, als ihr Handy klingelte. Sie musste das Handy etwas vom Ohr weghalten, denn aus dem Lautsprecher dröhnte ihr Rita Welschs muntere Stimme entgegen.
„Hallo, ich bin's, Rita! Ich muss dringend etwas mit dir besprechen. Wann passt es dir? Ginge es noch heute?"
„Und am Telefon geht es nicht?", fragte Antonia abwesend. Sie hatte gerade das Wort *Spanien* unter die Namen Loser und Wasmuth geschrieben.

„Nein, Antonia. Das geht nur unter vier Augen. Ich brauche deine Hilfe. Also wann passt es dir?"
Antonia seufzte. Sie ahnte, dass Rita sie jetzt, sechs Wochen, bevor sie ihre neue Stelle antrat, schon mit etwas beauftragen wollte. „Ich komme im Moment hier schlecht weg", entgegnete sie ausweichend.
Rita blieb fest. „Ich komme nach Bonn, ist doch klar. Noch bist du ja nicht angestellt!"
Antonia fügte sich ins Unvermeidliche. „Ab sechs bin ich auf einer Uni-Fete. Dann also besser vorher!" Als Treffpunkt schlug sie das vietnamesische Restaurant gegenüber der Uni vor, aber Rita fiel ihr ins Wort. „Tut mir leid, meine Liebe, aber von Glasnudeln werde ich nicht satt. Am besten treffen wir uns am Markt im *Höttchen*. Das kenne ich, da gibt es was Gediegenes! Dann bis später. Leider kann ich Ralfi nicht mitbringen, er hat eine Magen-Darm-Verstimmung. Ich hoffe, du bist nicht allzu enttäuscht!"
Gegen zwölf Uhr begab Antonia sich zur Wohnungsbesichtigung in die Bonner Altstadt. Eine freundliche und unaufdringliche Maklerin wartete vor einem Haus in der Breite Straße und zeigte ihr eine Wohnung im dritten Stock. Sie war hell, verfügte über drei Zimmer, eine ultramoderne Einbauküche und ein frisch renoviertes Bad. Ein Balkon ging in einen stillen, bepflanzten Innenhof.
„Sehen Sie mal, ein Innenhof wie in Palma, oder? Und nächste Woche haben Sie hier die Kirschblüte vor der Tür. Die ganze Straße ein Meer von rosa Bäumen, inzwischen eine Touristenattraktion! Japan können Sie sich sparen. Und alle Geschäfte, die man braucht, direkt in der Nähe."
Der Preis lag mit 1.400 Euro kalt weit über dem Limit, das sie und Florian sich gesetzt hatten. Und dann die vielen Kneipen, dachte Antonia.
„Es ist wunderschön, aber für uns etwas zu teuer. Ich wohne gerade bei Freunden in der Südstadt! Hätten Sie vielleicht etwas Ähnliches in der Südstadt?"

Die Maklerin warf ihr einen mitleidigen Blick zu und steckte ihr Klemmbrett mit den Exposés in ihre Tasche. Dann sagte sie kühl: „Im Moment leider nicht. Und billiger ist es da auch nicht."

3

Antonia sah ihre zukünftige Chefin Rita Welsch schon von weitem. Rita hatte sich einen Tisch in der Sonne vor dem alten Rathaus gesucht und studierte intensiv die Speisekarte des Restaurants. Sie trug ihre Körperfülle mit großem Selbstbewusstsein. Die Farben ihres Kleides, Rot, Rosa und Orange in einem kühnen Mix, leuchteten hell und brachten Leben in das vorherrschende Beige und Braun des Bonner Rentnerlooks oder das Schwarz und Grau der jüngeren Bewohner.
Rita hatte wie immer gute Laune und begrüßte Antonia, als hätte man sich seit Monaten nicht gesehen. Dann winkte sie dem Kellner. „Für mich einmal *Himmel un' Ääd*. Was nimmst du?"
Antonia wurde beim Gedanken an Essen übel. „Nur ein Wasser!" Dann fragte sie Rita, ob *Höttche* so viel wie kleine Hütte bedeute.
Rita klärte sie auf. *Höttche* sei rheinisch für Ecke oder Winkel. Das Restaurant liege eben ganz in der Ecke des Marktplatzes. „Und? Wie gefällt dir Bonn?"
Antonia kam ins Schwärmen. Bonn sei eine so hübsche Stadt, so grün, und überall komme man gut zu Fuß oder mit dem Fahrrad hin.
„Ja, ich mag die Stadt auch. Für uns Kölner ist Bonn ja mehr eine Art Vorort, aber nett iss es ja! Mit den vielen Bäumen und den alten Häusern, wie bei uns in Lindenthal oder im Belgischen Viertel, größer ist die Stadt ja auch nicht."
Dann wogen beide die Vor- und Nachteile des Lebens in Köln und in einer Provinzstadt gegeneinander ab. Mit Hamburg oder Köln könne man Bonn ja nicht vergleichen.
Nach einer Weile sah Rita Antonia prüfend an. „Schätzchen, hör mal, ich brauche deine Hilfe. Ich wollte dich fragen, ob du deinen Job nicht früher antreten kannst. Ein Bekannter von mir in London wird erpresst. Ich kann Ralfi jetzt nicht allein lassen, das geht nicht. Bitte flieg du für mich rüber! Es wird

auch sehr gut bezahlt, der Mann ist nicht arm! Finanzmakler!"
Antonia schrumpfte etwas zusammen. „Aber Rita, hat das nicht Zeit? Ich bin auf Wohnungssuche und …" Hier brach sie ab. Es würde Rita nicht gefallen, dass sie sich mit einem Fall beschäftigte, für den sie keinen Auftrag und damit auch keine Bezahlung in Aussicht hatte. Andererseits hatte sie ihren Job noch nicht angetreten und konnte mit ihrer Zeit anfangen, was sie wollte.
„Und?", fragte Rita misstrauisch.
Antonia nahm sich zusammen. Schließlich war sie im Recht. „Weißt du, ich mache noch Urlaub, und ich hatte lange keinen Urlaub. Wer weiß, wo ich da in London reingerate. Wieso nimmt dein Bekannter keinen englischen Privatermittler?"
Rita winkte verächtlich ab. „Erstens ist der Mann Kölner, zweitens sind wir einfach gut! Das weiß der!" Mit Behagen sah sie auf den Teller, den der Kellner vor sie hinstellte. „Mein Leibgericht!" Dann schob sie sich glücklich seufzend eine große Gabel mit gebratener Blutwurst und Kartoffelpüree in den Mund.
Antonia sah ihr leicht angewidert zu. Sie hatte sich an das rheinische Gericht noch nicht gewöhnen können. „Okay. Mal sehen, wie ich hier weiterkomme! Ich meine, mit der Wohnung. Wenn alles schnell geht, fliege ich für dich nach London!"
„Das ist meine Antonia!", sagte Rita zufrieden. „Herr Ober, wo bleibt meine Schale mit Apfelmus? Und noch ein Kölsch bitte!"
Nachdem sich Rita den letzten Bissen Blutwurst auf Püree einverleibt hatte, war Antonia komplett über den Londoner Fall im Bild. Sie hätte schon am anderen Tag fliegen können. Es gelang ihr aber, ihre verbleibende Zeit in Bonn zu retten, indem sie Rita versprach, den London-Job unverzüglich anzugehen, wenn sie in Köln anfange. Sie genieße das Leben in Paulas WG und fühle sich wieder wie eine Studentin. Das wolle sie noch etwas auskosten, war ihre Begründung. Und zum großen Teil stimmte sie ja auch.
Sie tranken noch einen Kaffee zusammen und dann begleitete sie Rita bis zum Eingang der Tiefgarage am Markt. Bevor sie

die Treppe hinunterstieg, drehte sich ihre Chefin in spe noch einmal um. „Und wenn du was über den toten Professor rauskriegst, lass es mich wissen!“ Dabei zog sie ein Exemplar des Kölner Stadt-Anzeigers aus der Jackentasche und gab es Antonia. „Wir in Köln lesen nämlich auch Zeitung und deine Paula arbeitet am Spanischen Seminar, also da, wo das Opfer zuletzt gesehen wurde. Ich kenne doch meine Pappenheimer.“
Dann schritt sie behände die Treppe hinunter und verschwand im unteren Eingang der Tiefgarage. Erwischt, dachte Antonia. Ich hätte es wissen müssen. In Bezug auf Ralfi hatte Rita vielleicht einen blinden Fleck, aber sonst konnte man ihr kaum etwas vormachen.
Die Zeitung berichtete vom gewaltsamen Tod eines Professors der Universität Bonn während der Verabschiedung des bekannten Hispanologen Markus Maria Loser. Die polizeilichen Ermittlungen liefen, so hieß es, auf Hochtouren.

Antonia beeilte sich, um zum Institut zu kommen. Alexander hatte ihr erklärt, dass der Name des Instituts jahrzehntelang *Institut für Hispanologie und spanische Landeskunde* lautete. Dann hatte Loser durchgesetzt, dass es in *Institut für Hispanologie und spanisch sprechende urbane Umwelten*, abgekürzt H-S-U-U, umbenannt wurde. Mit diesem Vorschlag wurde ein extra eingerichteter Ausschuss wochenlang beschäftigt, bis er der Fakultät zur Abstimmung vorgelegt werden konnte. Es habe dann lange Debatten darüber gegeben, inwieweit die Konzentration auf urbane Umwelten nicht die indigenen Sprachen und Dialekte diskriminiere, der Name nicht besser in *Hispanologie und spanisch sprechende urbane und nichturbane Umwelten*, also H-S-U-N-U-U, geändert werden sollte. Der Punkt wurde zweimal vertagt, weil Loser noch in Kalifornien lehrte, dann aber mehrheitlich angenommen und verabschiedet, weil Loser in einem schriftlichen Votum der Fakultät mitgeteilt hatte, dass er nichts dagegen habe.
Im HSUNUU also war das Fest schon in vollem Gange. Man

hatte im Flur Tische aus einem Seminarraum aufgereiht, auf denen selbstgemachte Salate und Kuchen standen. In der Mitte des Flurs gab es die üblichen Stehtische, an denen man aß und trank. Nabil und Paula öffneten Flaschen mit spanischem Wein und Sekt, zwei weitere Hilfskräfte schenkten aus oder sammelten gebrauchte Teller und Gläser ein.

Es war schwül geworden, man hatte die Fenster zu einem Innenhof des Gebäudes geöffnet. Im Hintergrund lief von einem CD-Player leise Gitarrenmusik von Paco de Lucia. Die Besucher standen in Grüppchen und unterhielten sich angeregt.

Antonia suchte Alexander Haussmann und entdeckte ihn an die Wand gelehnt neben einem Kopiergerät. Er hielt ein Glas Freixenet in der Hand und machte ein verdrießliches Gesicht.

„Antonia, endlich! Ich wäre fast eingeschlafen. Komm, wir gehen etwas herum und ich erläutere dir, was du siehst."

Er machte seine Sache sehr geschickt, schlenderte langsam mit ihr durch den Raum, nahm über sein Sektglas hinweg einzelne Besucher ins Visier und ließ dabei seine Sarkasmen los. Nach außen sah es so aus, als ob er sich angeregt mit Antonia unterhalte.

„Dieser Mann da, genau mir gegenüber, der mit der Gelfrisur, das ist unser spanischer Lektor, Miguel Amolador."

Antonia erblickte einen schlanken kleinen Mann mit schon leicht schütter werdendem Haar, das durch viel Gel in einzelne Furchen zerfiel. Er wirkte nervös und sprach hektisch auf eine junge Frau ein. Alexander trat nahe vor Antonia hin und murmelte ihr ins Ohr: „Amolador, ein Mensch, der nie zuhört, auch wenn er die andere Person vorher stundenlang mit seinen Problemen zugesülzt hat, immer mit den Augen jemanden suchend, der ihm nützlich sein könnte. Hat er so einen gefunden, lässt er weniger nützliche Menschen sofort stehen und wendet sich den wichtigen Personen zu. Er sitzt im oberen Dickdarm von Loser und konnte sich überhaupt nur so hier halten."

Antonia lächelte. „Bist du nicht ein bisschen hart in deinem Urteil?"

Sie erinnerte sich, dass Amolador wegen des Anfangsbuchstabens seines Nachnamens ganz oben auf der Teilnehmerliste des Empfangs gestanden hatte.
„Im Gegenteil. Ich untertreibe. Da, sieh nur! Was habe ich gesagt? Schon steuert er auf den Prodekan zu!"
Eben war ein neuer Besucher eingetreten und Amolador war tatsächlich der erste, der auf ihn zuging und ihn überschwänglich begrüßte. Seine Tischnachbarin sah ihm mit einem säuerlichen Ausdruck um den Mund nach.
„Und wer ist die Frau am Tisch?"
Alexanders Augen verengten sich. Er goss den Rest Sekt in sich hinein, bevor er in gereiztem Ton antwortete: „Das ist Chantal Flimm, Juniorprofessorin. Oberflächliche Betriebsnudel, aber hat Karriere gemacht. Weil sie weiß, welche modischen Reizwörter wann erfolgreich zu gebrauchen sind, um zur wissenschaftlichen Avantgarde gezählt zu werden. Sie arbeitet fast gar nicht, ist aber auf allen Konferenzen, spricht mit den wichtigen Leuten und sitzt immer in der ersten Reihe. Sie wird ihren Weg machen. Sie hat jetzt was mit Amolador."
Antonia fragte sich einen Augenblick lang, ob auch Alexander vielleicht gerne etwas mit Chantal Flimm gehabt hätte und sein Urteil deshalb so negativ ausfiel. Frau Dr. Flimm blieb nicht lange allein am Tisch stehen, denn eben gesellte sich Urs Lewald zu ihr, der bisher auf Paula eingeredet hatte. „Von Lewald hältst du doch auch wenig!"
Alexander entspannte sich. „Die Studenten halten nicht viel von ihm, und gelesen habe ich auch noch nichts aus seiner Feder. Die wenigen Male, die ich mit ihm gesprochen habe, fiel er immer wieder ins Spanische, das hat mich so genervt, dass ich die Unterhaltung schnell beendet habe. Loser hat wohl mit ihm in der urbanen Umwelt von Córdoba viele Flaschen Wein konsumiert. Mir wurde von Amolador zugetragen, dass Lewald unserem Chef das Gefühl gegeben hat, ohne Loser sei die ganze Disziplin nichts wert. Daraufhin hat Loser ihm wohl die Vertretung in Bonn angeboten. Ich halte Lewald für einen

Schwätzer mit geringer Frustrationstoleranz!" Hierbei kam Alexander ihrem Ohr so nah, dass sie seinen Atem spürte.
„Was für ein Klüngel", murmelte Antonia und rückte etwas von ihm ab.
Paula war zu ihnen getreten. Sie rieb sich die Handgelenke. „Ich habe jetzt gefühlt hundert Flaschen entkorkt. Die Kollegen saufen wie irre. Mir tun schon die Arme weh. Demnächst werde ich Lewald einen Catering-Service empfehlen."
Alexander hob Paulas Kinn und fragte mit gespielter Strenge: „Nun mein Kind, was hat denn der gute Onkel Urs mit dir besprochen?"
Paula tat so, als wische sie sich mit dem Handrücken den Schweiß von der Stirn. „Er hat schon wieder mit Händen und Füßen auf mich eingeredet, ich solle unbedingt mit ihm nach Córdoba kommen. Er könne da was für mich tun. Wieso gefalle ich diesem Soziopathen, könnt ihr mir das mal erklären?"
„Lewald hat eben Geschmack", schmunzelte Alexander. „Lass dir von mir altem Mann raten: Zieh deine Doktorarbeit durch und such dir schnell was anderes. Die Uni ist eine Sackgasse und durch Auslandssemester wird die Sackgasse nur länger. Ich war ein Semester in Sevilla. In Andalusien kannst du wegen der Sommerhitze mindestens vier Monate streichen."
Paula nickte. „Daran hat Lewald schon gedacht. Er meinte, ich könne mich zum Arbeiten ins Gebirge zurückziehen, er hätte da eine Hütte."
Alexander hob sein Glas und prostete in Lewalds Richtung. „Ein Mann, der weiß, was er will. Und vorher sollst du ihn heiraten?"
„Ich hoffe nicht", lachte Paula. „Ich hol mir noch einen Sekt!"
Antonia ließ ihren Blick wieder über die Anwesenden schweifen. Amolador war an Chantal Flimms Stehtisch zurückgekehrt und unterhielt sich jetzt mit Lewald. Alle drei schauten misstrauisch in ihre Richtung.
Alexander schüttelte sich leicht. „Ein echtes *dream team*, die drei da drüben!"

Antonia gewann mehr und mehr den Eindruck, dieses Institut sei eine Art Biotop, ein Reich mit seltsamen Pflanzen, von dem draußen, außerhalb der Uni, niemand etwas ahnte. Sie tippte Alexander leicht an die Schulter. „Und du übertreibst nicht?"
Alexander gab ein leises Rülpsen von sich. „Sorry, zu viel Sekt. Ich wünschte, es wäre so. Lewald ist übrigens heute Abend in seiner kleinen Eröffnungsansprache auf Kahlschlag eingegangen. Es ist ja noch nicht lange her, dass wir hier Loser verabschiedet haben."
„Und was hat er gesagt?"
„Er hat sein Bedauern mit einem kleinen Witz verbunden. Trotz seines Namens habe Kahlschlag, wie er gehört habe, immer für seine Leute gesorgt. Ich glaube, das war unterschwellig ein Hieb gegen Loser."
Antonia sah sich neugierig um. „Losers Verabschiedung hat hier im Flur stattgefunden?"
„Nein, hauptsächlich in Losers Zimmer. Vor der Tür gab es die Getränke und Tapas."
Antonia sah zum Büro des Institutschefs hinüber, in dem jetzt Lewald residierte. „Dann wäre es also nicht aufgefallen, wenn jemand den Empfang verlassen hätte und später wieder aufgetaucht wäre?"
„Nein, sicher nicht. So eine Feier ist ja eher informell. Ein Kommen und Gehen. Man holt sich was zu trinken, redet mit Leuten, geht hin und her. Oder man muss mal aufs Klo! In der ganzen Uni ist ja Rauchverbot und wir haben keinen Balkon, also gehen die Süchtigen manchmal auf die Toilette."
„Und du?", fragte Antonia. „Rauchst du auch?"
Alexander grinste. „Aufs Klo gehe ich dafür nicht, das verbietet mir mein Selbstrespekt!"
„Und wie lange ging die Veranstaltung?"
In dem Moment tauchte Paula wieder auf und brachte Alexander ein weiteres Glas Sekt mit. Alexander nahm es und trank in großen Zügen. „Entschuldigt bitte, aber ich halte das hier sonst nicht aus! Ich bin an dem Abend mit Paula erst so gegen

Ende weggekommen. Wir haben noch aufgeräumt, die Letzten sind so gegen halb elf gegangen!"
Antonia dachte nach. „Aber der alte Kahlschlag ist doch bestimmt nicht so lange geblieben, oder?"
Paula legte ihren Kopf schief und überlegte. „Nein, der war höchstens von sieben bis halb neun hier. Sein Sohn hat gegen zehn Loser angerufen und gefragt, wo sein Vater bleibe, seine Mutter mache sich Sorgen!"
„Also wäre es möglich, dass jemand gegen halb neun Kahlschlag in die Tiefgarage gefolgt ist?"
Alexander drehte das Sektglas zwischen den Fingern hin und her und nickte. „Ja klar. Die Polizei hat das auch gefragt. Wenn es einer vom Institut war, muss er Kahlschlag gefolgt sein. Es ist nur schwer zu sagen, wann wer wo war. Mir ist die Abwesenheit von Kahlschlag zum Beispiel überhaupt nicht aufgefallen. Ich habe mich die ganze Zeit um den Getränkenachschub kümmern müssen. Bei über siebzig Leuten behält man kaum den Überblick."
Antonia holte ihr Notizbuch aus der Tasche und warf einen Blick hinein. „Ach ja, fast hätte ich es vergessen! Sind alle vom Loser-Abend auch heute wieder hier?"
„Ich glaub schon", sagte Paula.
Alexander schüttelte den Kopf. „Stimmt nicht. Hauhechel fehlt heute. Loser hat noch einen wissenschaftlichen Mitarbeiter, Oliver Hauhechel, Mitarbeiter wie ich. Er wurde aber von Loser verdonnert, in vier Wochen seine Habilschrift einzureichen, das heißt, er verlässt im Moment sein Arbeitszimmer nur für das Nötigste."
„Aber an dem Abend war er da?"
Alexander nickte. „Er ist völlig unauffällig. Er war mit Frau und Kind da, hat seinen Diener gemacht, dann sind die drei wieder verschwunden."
Jetzt erinnerte sich auch Paula. „Ach ja, die! Die waren nur ganz kurz da und sind sogar wieder gegangen, bevor Kahlschlag aufgetaucht ist. Daran erinnere ich mich noch. Hauhe-

chels Frau fragte mich, ob ich wüsste, wo sie die Flasche für das Baby wärmen könnte. Die hat Nerven!"

Die studentischen Hilfskräfte des Instituts, zwei junge Männer, standen am Tisch gegenüber. Die beiden sahen immer mal wieder auf ihre Smartphones, als warteten sie auf eine erlösende SMS, die ihnen erlaubte, sich von der Veranstaltung zu entfernen. Antonia bemerkte, wie Urs Lewald am Nebentisch gerade von einem anderen Gast abgezogen wurde. Sie entschuldigte sich bei Alexander, ging auf den Stehtisch zu und stellte sich Chantal und Miguel vor.

„Hallo, mein Name ist Antonia Babe und ich bin neu hier am Institut. Ich möchte bei Professor Loser promovieren und würde gerne einmal mit Ihnen in einer ruhigeren Umgebung sprechen. Ob wir uns demnächst einmal treffen könnten?"

Chantal Flimm musterte sie neugierig mit großen, kajalumrandeten Augen. „Das machen wir doch gerne. Was halten Sie von morgen Mittag? Samstagvormittags machen Miguel und ich unsere Wochenendeinkäufe und danach gehen wir immer etwas essen. Wir könnten uns im Biergarten am Alten Zoll treffen. Man hat dort einen schönen Blick auf den Rhein."

Amolador, dessen Einverständnis Chantal Flimm wohl vorausgesetzt hatte, nickte zustimmend. Antonia war froh, dass die beiden so zugänglich waren. Sie machte noch etwas Small Talk und kehrte zu Paula und Alexander zurück.

„Jetzt muss ich aber schleunigst das Konzept studieren, das Alexander für mich geschrieben hat. Morgen treffe ich mich mit Amolador und Flimm. Alexander, du musst mich unbedingt noch kurz coachen!"

„Dann nichts wie in meine Studierstube", antwortete der schlaksige junge Mann, der sichtlich angetrunken war. „Für mich wird es sowieso höchste Zeit zu gehen."

Paula wünschte ihnen viel Spaß und ging zurück zu Nabil, um ihm weiter beim Weinausschank zu helfen.

Antonia folgte Alexander zum Aufzug, der sie eine Etage höher brachte. Bevor der Lift hielt, strich Alexander ihr eine Haar-

strähne aus dem Gesicht und versuchte sie zu küssen. Antonia drehte sich weg und Alexander murmelte: „Entschuldigung." Dann ging er, als sei nichts gewesen, voran und sie folgte ihm irritiert in das kleine Zimmer unter dem Dach. Alexanders Schreibtischlampe brannte. Mit den Bücherstapeln und den Schrägen wirkte der Raum jetzt am Abend heimelig. Alexander beugte sich über seinen Schreibtisch und rief eine Datei auf. „Voilà, dein Konzept! Ich hab es noch verbessert. Eigentlich ist es gar nicht so schlecht, wahrscheinlich könntest du damit wirklich bei Loser punkten."
Antonia nahm an Paulas Tisch Platz und überflog die drei Seiten. „Ehrlich gesagt, verstehe ich kaum etwas. Ich hoffe, deine beiden Kollegen entlarven nicht sofort meine Hochstapelei!"
Alexander drückte eine Taste, und sein Bildschirm gab die Sicht auf einen anderen Text frei. „Mach dir da mal keine Sorgen, es würde mich wundern, wenn die auch nur einen Hauch von Interesse an deiner Arbeit zeigen!"
Antonia sah, wie sein Rücken wieder rund wurde. Das Dachfenster über ihm spiegelte den jungen Mann, der jetzt seine Brille abnahm und putzte. Sie wurde nicht recht schlau aus ihm. Er verabscheute den Wissenschaftsbetrieb und fast alle, die am Institut arbeiteten, trotzdem tat er alles, um in der Uni aufzusteigen. Alexander setzte die Brille wieder auf und begann zu tippen. „Du bleibst noch?", fragte sie und kam sich ein bisschen dumm vor.
Er nickte und tippte noch schneller. „Ich hab noch zu tun!"
Antonia hatte keine Lust mehr, zum Institutsfest zurückzugehen. Stattdessen verließ sie den Aufzug auf der Höhe des Flurs, in dem man den toten Emeritus gefunden hatte, und ging zu der Statue des Erzengels. Das Flurlicht war nicht besonders hell. Sie stellte sich vor die Figur und betrachtete sie noch einmal genau. Der Drache streckte seine Zunge weit heraus, möglicherweise würde das Schwert sie zuerst treffen. Der Racheengel stand mit einem Fuß auf dem Bauch des Drachen und drückte ihn nieder, das Schwert war so hoch erhoben, als müsse es jeden Augenblick niedersausen.

Das fahle Neonlicht nahm der Vergoldung ihren Glanz, die Figur wirkte jetzt bleich und bedrohlich. So musste die Atmosphäre gewesen sein, als der Mörder sein Opfer hierher geschleift hatte. Vielleicht war es aber auch dunkel gewesen und er hatte eine Taschenlampe benutzt? Dabei fiel ihr ein, dass sie den Hausmeister fragen wollte, wie der Wachdienst in der Nacht funktionierte.

Als sie noch einmal näher an die Statue herantrat, hörte sie im Treppenhaus plötzlich ein Geräusch. Sie bewegte sich nicht und horchte. Oben blieb es still. Leise bog sie um die Ecke und ging die Treppe zum Ausgang hinunter, als sie über sich eilige Schritte vernahm. Jemand lief zum Institut hoch. War ihr jemand gefolgt? „Alexander?“, rief sie nach oben. Niemand antwortete.

Sie ging zum Arkadenhof hinunter und verließ das Gebäude. Es war erst zehn Uhr und der Abend mild. Am Kaiserplatz setzte sie sich auf den Rand eines Springbrunnens aus rosafarbenem Granit und genoss den Blick auf ein Schloss, das der Universität genau gegenüberlag. Die Kurfürsten mussten wohl nicht sparen, dachte sie, wenn sie im Abstand von drei Kilometern Schlösser bauen und unterhalten konnten. Eine interessante Topographie. Dann versuchte sie, den Mordfall für den Rest des Abends aus ihren Gedanken zu verbannen.

Die Nacht war unruhig gewesen. Die Matrone, die für den Einen die Wohnung säuberte, behauptete, sie habe gesehen, wie der Drache sein Haupt erhoben und der Erzengel auf dem Bild vor ihm zurückgewichen sei. Die anderen hatten ungläubig geschaut, aber die Stimme der Frau hatte sich überschlagen. Sie habe es gesehen, ganz deutlich. Der Eine war wütend geworden. Er mochte die Alte nicht. Das Ganze sei Männersache und man ließe sich von einer Frau nichts erzählen, schrie er in die Runde. Alle nickten. Er würde der Matrone einen Denkzettel verpassen. Auf dem Bild hielt der Erzengel weiterhin den Drachen nieder, hielt ihn in Schach und würde ihn jeden Augenblick töten. Niemand war wie Gott.

4

Am Samstagmorgen traf sich die WG zu einem späten Frühstück in der Küche. Antonia, die aus Gewohnheit früher als die anderen aufgestanden war, hatte für Paula, Nabil und Carmen den Tisch gedeckt und Espresso gekocht. Der General-Anzeiger, das Bonner Lokalblatt, hatte am Vortag unter dem Titel *Tod in der Uni* einen Bericht über den Mordfall gebracht und Carmen las ihn den anderen vor. Paula hatte einen früheren Artikel derselben Zeitung ausgeschnitten und mit einem Magnet an die Kühlschranktür geheftet. In diesem war noch von einem Unfall die Rede gewesen. Der ältere Artikel sprach von einer Kopfverletzung durch einen Sturz, und dass sich das Opfer danach möglicherweise noch bis zur Stele mit dem Erzengel geschleppt habe. Im aktuellen Artikel machte man deutlich, dass ein *Gewaltverbrechen* nicht auszuschließen sei.
Paula tauchte ihr Gesicht in ihre Schale Milchkaffee. „Ui!"
Antonia sah sie fragend an.
Paula wiederholte ihr „Ui" und klärte sie auf: „Das bringt den Rektor in die Bredouille. Am Montag ist die feierliche Semester-Eröffnung in der Aula. Wenn heute im *General-Anzeiger* was von Mord steht, dann muss er dazu Stellung nehmen!"
Carmen zündete sich eine Selbstgedrehte an und ging rasch auf den Balkon, bevor Paula etwas sagen konnte. Sie steckte den Kopf durch die Tür und meinte: „Wenn der Täter tatsächlich aus der Uni stammt, dann wird er jetzt vielleicht nervös. Es scheint doch so, als hätte die Polizei eine Spur!"
Antonia sah lächelnd zu ihr hinüber. „Der Täter oder die Täterin, der Gender-Korrektheit halber!"
„Olala!" Carmen machte ein schnalzendes Geräusch. „Wenn es Concepción war, besuche ich sie im Gefängnis!"
Paula war die Einzige, die ernst blieb. „Hauptsache, man lässt Nabil in Ruhe!" Der junge Marokkaner war nicht zum Frühstück erschienen. „Er ist heute mit Freunden nach Düsseldorf gefahren. Ich hoffe, er macht keine Dummheiten und kommt bald zurück!"

Antonia zog die Augenbrauen hoch: „Wie meinst du das?"
„Nabil wollte schon lange seinen Bruder in Holland besuchen. Zur Zeit soll er aber die Stadt nicht verlassen, sondern sich für weitere Fragen der Polizei bereithalten. Wenn er nun abhaut? Dann bestätigt er doch den Verdacht gegen sich." Paula rührte heftig in ihrem Müsli.
Carmens Stimme kam vom Balkon. „Der haut schon nicht ab. Seine Klamotten hängen doch noch im Flur. Außerdem stehen im Wohnzimmer seine Shisha und seine Babuschen, ohne die geht er bestimmt nicht!"
Antonia trank nach ihrem dritten Espresso ein großes Glas Wasser und sah die beiden Frauen hilfesuchend an. „In einer Stunde treffe ich Chantal Flimm und diesen Amolador. Gibt es etwas, das ich beachten muss?"
Paula nickte. „Er tut immer so, als wären sie kein Paar, sie hingegen lässt andauernd raushängen, dass sie zusammen sind. Diese Karrieretussi will alles perfekt haben. Job, Beziehung, schicke Wohnung. Dabei hasst sie Männer."
Carmen grinste. „Richtig! Mir hat sie mal gesagt, sie würde manchmal gerne einem Kerl den spitzen Absatz ihrer Stiefel in den Bauch bohren!"
Antonia blickte hoch. Das Bild vom Erzengel und dem Drachen stand ihr vor Augen. „Hat sie noch weitere männermordende Ideen geäußert?"
Paula stand auf und räumte den Tisch ab. „Sie ist furchtbar. Ich wette, sie lässt Miguel sofort fallen, wenn sich etwas Besseres am Horizont zeigt, aber so klapprig wie die ist, hätte sie den alten Kahlschlag wohl kaum schultern können!"
Antonia runzelte die Stirn. „Wäre denn nicht Alexander eine bessere Partie als dieser Amolador?"
Paula und Carmen sahen sich vielsagend an.
Dann meinte Paula: „Hhm, erstens sind die beiden Konkurrenten. Sowohl Alexander als auch Chantal sitzen auf einer befristeten Stelle, er als Mitarbeiter, sie als Juniorprofessorin, und zweitens: Überraschung! Die beiden hatten schon

mal was zusammen, bevor Miguel ans Institut gekommen ist. Dann wurde Alexander abserviert."
Carmen hob die Hand. „Veto! Der Fairness halber, nicht dass ich was für unsere gute Chantal übrig hätte, aber hatte Alexander nicht vorher was mit einer Studentin?"
Paula protestierte. „Das war aber doch nur was ganz Kurzes!"
Antonia wollte die Einzelheiten der Institutsliebschaften nicht so genau wissen. Sie lieh sich Paulas Fahrrad und radelte am Rhein entlang zum Alten Zoll. Das Gemäuer mit dem Aussichtsplatz hoch über dem Rhein war in helle Plastikplanen gehüllt, hinter denen anscheinend größere Umbauten vor sich gingen. Vom Rhein führte eine Treppe nach oben. Links davon lag der Biergarten.
Chantal Flimm und der Spanisch-Lektor saßen schon da. Sie hatten unter einer riesigen Platane Platz genommen und wirkten angespannt. Antonia hörte, dass sie sich stritten. Als sie an den Tisch trat, legte Chantal augenblicklich den Schalter um. Ihre Stimme wurde sanft und sie lächelte süßlich. „Hallo Antonia, da sind Sie ja. Wir haben schon auf Sie gewartet."
Antonia, die zehn Minuten vor der verabredeten Zeit angekommen war, war sich keiner Schuld bewusst. Sie ließ Chantals Vorwurf unkommentiert und nahm neben Miguel Platz.
Der Blick auf den Rhein an einem so strahlenden Tag war herzerfrischend. Frachtschiffe und kleinere Ausflugsboote zogen weiße Schaumlinien im Wasser. Am Ufer begleiteten Radfahrer und Spaziergänger den Fluss in beide Richtungen. Auf der gegenüberliegenden Seite sah man die verschränkten Baumkronen der Beueler Promenade und über die Kennedy-Brücke fuhr in der Ferne eine Straßenbahn in Spielzeuggröße. Ein lauer Wind bewegte die Blätter der riesigen Platane, unter der sie saßen, und Antonia bedauerte, dass Florian noch nicht da war. Sie hätte diesen Morgen gerne mit ihm geteilt.
Dann wandte sie sich dem Paar zu und machte ein besorgtes Gesicht. „Ob Professor Loser mich noch als Doktorandin annimmt, was denken Sie? Schließlich geht er ja von Bonn weg."

Miguel Amolador rückte seine Sonnenbrille ins gelichtete Haar und sah Antonia prüfend in die Augen. „Keine Sorge. Für Examina fliegt er immer noch ein.“
Antonia sah zu Chantal hinüber, die ihren Blick verdrossen auf den Rhein richtete, und fragte sich, warum die Juniorprofessorin so schlecht gelaunt war.
„Und Doktorandinnen haben es bei ihm immer etwas leichter, vor allem, wenn sie so hübsch sind wie Sie!“, fügte Miguel hinzu. Er lächelte, was ihm aber nicht unbedingt gut stand, denn seine Augen lächelten nicht mit. Chantal Flimm reagierte verärgert auf seine Bemerkung. „Miguel, es genügt, wenn der Institutschef sexistisch ist!“
Miguel faltete seine Hände wie zum Gebet und schaute auf die vorbeiziehenden Lastkähne auf dem Fluss. Antonia erinnerte sich an eine Bemerkung, die Alexander beim WG-Essen über ihn zum Besten gegeben hatte. Ein Freund Alexanders hatte beobachtet, wie Amolador mit Sonnenbrille und hochgeschlagenem Mantelkragen in den Beate-Uhse-Shop gegenüber der Uni gegangen war. Von den Fenstern eines Leseraums des Philosophischen Seminars habe man den Eingang voll im Blick. Antonia hatte sich gewundert, weil man doch im Internet jederzeit alle mögliche Pornografie zur Verfügung hatte, aber Alexander war der Meinung, Amolador reize hierbei die Gefahr, entdeckt zu werden. Vielleicht von Chantal.
Als Antonia Amoladors beleidigte Miene sah, wollte sie die Spannung zwischen den beiden mildern und schob rasch eine Frage nach. „Sie kennen doch Professor Loser gut, wie steht es denn bei ihm mit der Betreuung von Examenskandidaten, wenn er jetzt weggeht?“
Miguel Amolador schnaufte höhnisch. „Studenten spielen nun wirklich die geringste Rolle im Leben unseres Chefs. Bei seiner Abschiedsrede hat er vor allem über seine vielen Ehrungen im Ausland gesprochen, über Auszeichnungen, die man ihm in Spanien und Mexiko verliehen hat. Über die herrlichen Abendessen mit Kollegen in aller Welt. Doch nicht über die Niederungen des akademischen Lebens!“

Antonia erkundigte sich, ob die beiden die kolumbianische Mitarbeiterin von Loser kannten.
„Jaaa“, meinte Miguel gedehnt. „Bei der Verabschiedung war sie aber nicht da. Sie ist in San Diego geblieben.“
Antonia nickte. Der Name Bonifacio hatte nicht auf der Institutsliste gestanden.
Ein Kellner brachte die Getränke und drei Teller mit Crostini und Besteck. „Wenn ich gleich kassieren dürfte!“
Zwischen Miguel und Chantal gab es ein Geplänkel, wer „dran sei“ mit dem Zahlen, bis Antonia einen Schein auf den Tisch legte. „Darf ich Sie einladen?“ Als sie das Wechselgeld verstaute, warf sie nebenher ein: „Frau Bonifacio gilt ja als eine mögliche Kandidatin für die Nachfolge Losers.“
Amolador winkte ab. „Das ist nur Gerede. Loser hatte in den letzten Jahren nicht nur Freunde in der Fakultät. Ich denke, man wird niemanden nehmen, der etwas mit ihm zu tun hat.“
„Mal abgesehen davon“, warf jetzt Chantal Flimm mit verkniffenem Mund ein, „dass die Bonifacio gar nicht die Qualifikation für eine W3-Professur hätte. Nach unseren Maßstäben hat sie gerade mal einen Master. Und dann noch einen aus Kalifornien. Das wäre ja noch schöner!“ Heftig zerrte sie auf ihrem Teller eine noch grüne Tomatenscheibe auseinander.
Antonia war in Gedanken schon bei dem Abschiedsabend für Loser. „Hat der ermordete Altdekan, Professor Kahlschlag, bei der Abschiedsfeier auch ein paar Worte gesagt?“
Das Paar sah sie verständnislos an. Eine seltsame Frage aus dem Mund einer Doktorandin, die bisher noch nie etwas mit dem Institut zu tun gehabt hatte. Chantals Nasenlöcher, die sich oval nach oben zogen, was für Antonia immer ein Zeichen für ein überwertiges Interesse an Geld war, weiteten sich. Ihre Nasenflügel bebten, als ob sie Witterung aufnähme. Dann sagte sie betont langsam: „Nein, da hat nur der amtierende Dekan gesprochen und Loser die guten Wünsche der Fakultät zur Pensionierung ausgerichtet. Wieso interessiert Sie das?“
Miguel Amolador führte ein Stück Tomaten-Crostino zum

Mund und sah Antonia mit forschendem Blick an. Er schien zu spüren, dass sie etwas verschwieg.
Für einen Augenblick war Antonia fast so weit, den beiden die Wahrheit über ihre Anwesenheit am Institut zu sagen. Dann ließ sie es jedoch bleiben und fügte beiläufig hinzu: „Ich habe über den Mordfall in der Zeitung gelesen. Ist doch schrecklich. Ich dachte, da hat der alte Mann vielleicht eine Art Abschiedsrede gehalten und dann erwischt es ihn."
Amolador wischte sich mit der Papierserviette über den Mund und bemerkte: „Kahlschlag ist an dem Abend früh gegangen. Loser hat ihn kurz begrüßt und dann stehengelassen. Ich erinnere mich noch, dass der Alte mich gefragt hat, wo die Garderobe sei. Jemand hatte ihm seinen Mantel abgenommen und im Flur aufgehängt. Er kannte ja kaum jemanden dort und so ein Stehempfang ist nichts für alte Menschen."
Antonia fragte sich, ob Kahlschlag vielleicht die Uni bereits verlassen hatte, in die Stadt gegangen war und erst später in der Tiefgarage überfallen wurde. Aber ein Dieb, ein Junkie etwa, hätte sich sicher nicht die Mühe gemacht, sein Opfer durch die halbe Uni bis zur Statue des Drachentöters zu schleppen.
Chantal Flimm teilte derweil ihre Crostini mit Messer und Gabel in immer kleinere Stückchen. Das Basilikum, das schon bessere Tage gesehen hatte, legte sie an den Rand. „Ich gehe davon aus, dass eigentlich Loser als Mordopfer gemeint war. Das habe ich auch der Kripo gesagt. Und wissen Sie weshalb?"
Antonia schüttelte den Kopf.
„Sowohl Kahlschlag als auch Loser fuhren einen dunklen Volvo. Meiner Meinung nach handelt es sich um einen Auftragsmord und der Mörder hat sich vertan und den falschen Mann erschlagen!"
Antonia widersprach. „Das glaube ich nicht. Auftragsmörder bekommen doch genaue Informationen über das Opfer, nehme ich mal an. Das wäre nur plausibel, wenn die beiden sich sehr ähnlich gesehen hätten. Der Altersunterschied wäre einem Profi-Killer doch aufgefallen!"

Miguel Amolador pflichtete ihr bei. „Und wer sollte Loser überhaupt umbringen wollen? Loser ist doch *everybody's darling*, er hat keine Feinde!"
Chantal rümpfte die Nase. „Da wäre ich mir nicht so sicher. Bei dem Verbrauch an Gespielinnen, den der hat." Dann brach sie ab. Offenbar wollte sie vor einer Fremden nicht aus dem Privatleben ihres Chefs plaudern.
Antonia dachte an ihr Telefonat mit dem Ehemann der kolumbianischen Assistentin, den sie als Täter bereits ausgeschlossen hatte. Sie überhörte die Bemerkung und fragte eher beiläufig: „Kannten Sie Professor Kahlschlag näher?"
Beide schüttelten den Kopf. Chantal lachte kokett. „Als der Dekan war, ging ich noch in den Kindergarten!"
„Und was sagen Sie dazu, dass die Bonner Presse jetzt über die Tat als Mordfall berichtet?"
Chantal zuckte mit den Schultern. „Ich vermute, das ist Politik. Am Montag ist die feierliche Semestereröffnung in der Aula, da will man wissen, wie sich die Universitätsleitung zu dem Fall stellt! Der jetzige Rektor gilt als pressescheu, das ist jetzt die Quittung!"
Sie hatte das letzte der drei Tomaten-Crostini verzehrt und tupfte sich geziert den geschminkten Mund. „Miguel, Schatz! Ich denke, wir müssen los. Wir haben heute Abend Gäste und müssen noch alles vorbereiten. Bis bald, Antonia. Schön, dass wir Sie kennengelernt haben. Danke für die Einladung. Wir laufen uns bestimmt im Institut noch über den Weg!"
Antonia sah den beiden nach, wie sie mit ihren vielen Einkaufstüten den Platz vor dem Biergarten überquerten. Miguel mit gebeugtem Rücken, hinter Chantal, die, ganz verkörperter Ehrgeiz, kerzengerade und mit hochgerecktem Kinn in Richtung Innenstadt strebte.
Antonia bestellte sich einen zweiten Kaffee und gönnte sich noch ein paar Minuten im Schatten der Platane. Sie öffnete ihr Notizbuch und strich die Namen Miguel und Chantal aus der Liste der Verdächtigen. Diese Leute, dachte sie belustigt, sind

viel zu viel mit sich und ihrer Karriere beschäftigt, da bleibt keine Zeit zum Morden.
Auf dem Rückweg fuhr sie an der Uni vorbei und suchte den Hausmeister in seinem Büro auf. Sie zeigte ihm den Ausweis der Detektei Welsch & Welsch und verwies gewichtig auf ihre Schweigepflicht als Privatermittlerin. Meist lockerte dieser Satz bei den Informanten die Zunge. Dies war auch hier der Fall, und der junge Mann erklärte ihr leutselig, was er wusste. Die Uni war in den Gängen ab 22.00 Uhr teilweise unbeleuchtet. Bei Veranstaltungen blieben sie so lange beleuchtet, bis der Hausmeister sich davon überzeugt hatte, dass alle Anwesenden die Räume verlassen hatten. Gefunden hatte die Leiche des Altdekans der Mann vom externen Wachdienst, als er seine Runde durch das Gebäude machte. Er hatte den Notarzt und die Polizei verständigt.
Der Mörder musste sich im Gebäude ausgekannt haben, dachte Antonia, als sie das Fahrrad zum Kaiserplatz schob.
Sie kaufte sich ein Schokoladen-Pistazien-Eis, setzte sich wie am Vorabend auf den Rand des großen Springbrunnens und beobachtete die Punks und die Skateboarder, die sich auf dem Vorplatz vergnügten. Es *muss* einer oder eine vom Fest gewesen sein. Wenn es einer von draußen war, kamen aus der Nähe des Opfers bisher nur Jonas Kahlschlag und seine leibliche Mutter Brigitte Wasmuth in Frage. Sie fühlte sich plötzlich mutlos. Sie kannte jetzt zwar die wichtigsten Leute des Lehrpersonals, aber von den übrigen Besuchern wusste sie nichts. Wenn man die studentischen Hilfskräfte ausschloss, die als Täter am unwahrscheinlichsten waren, dann blieb immer noch eine große Gruppe von Menschen, von deren Leben und Tun sie keinen blassen Schimmer hatte. Realistisch wie sie war, musste sie zugeben, dass der Fall zu unübersichtlich war. Hinzu kam die ungelöste Frage, ob der Mord an dem Obdachlosen und der Mord an Kahlschlag tatsächlich zusammenhingen. Sie würde Paula enttäuschen müssen und nach Köln zurückfahren. Bevor sie endgültig aufgab, wollte sie aber noch

mit dem Archivar der Uni und Brigitte Wasmuth, der Mutter von Jonas Kahlschlag, sprechen.
Am Nachmittag holte sie Florian am Bahnhof ab. Er war am Vortag in Köln eingetroffen, um sich mit seinen zukünftigen Kollegen an der Musikhochschule zu treffen und wollte bis Montag in Bonn bleiben. Antonia freute sich, ihn wiederzusehen, hakte sich bei ihm unter und führte ihn zum Tuscolo, einem Italiener in der Innenstadt, der für seine riesigen Pizzaportionen bekannt war.
Beim Vorspeisenteller sah Florian plötzlich hoch. „Und warum bist du in Bonn geblieben? An Paula kann es doch nicht liegen. Die fandest du früher doch immer ein bisschen fade!"
Antonia schaute schuldbewusst hoch. „Das war ein Vorurteil. Jetzt finde ich sie eigentlich sehr nett. Ich konnte nicht bei Rita bleiben. Nicht mit Ralfi!"
„Und was macht die Wohnungssuche?"
„Bisher habe ich erst eine einzige besichtigen können. Ich komme ja zu nichts."
Fast hätte sie zu viel gesagt.
„Und es ist nicht dieser Anwalt, der dich in Bonn hält?"
Antonia verstand ihn nicht gleich. Dann fiel ihr ein, dass er Claus von Ravenorst meinte, den Anwalt aus Bad Godesberg, der sie bei ihrem letzten Rügener Fall unterstützt hatte. Florian schien von ihrer jetzigen Umtriebigkeit nichts zu ahnen und sie fand es ratsam, ihn bei seinen Phantasien zu belassen. Umso weniger würde er Verdacht schöpfen, dass sie wieder einmal auf eigene Faust in einem Mordfall recherchierte. Sie hasste sich zwar für dieses Versteckspiel, wollte sich aber, wenn sie an einem Fall interessiert war, von nichts und niemandem davon abhalten lassen.
„Bei dir ist es doch mit dem Orgelspiel dasselbe, du würdest das doch auch durchziehen", sagte sie in Fortführung ihrer Gedanken.
Florian sah sie verständnislos an. „Wie?"
Antonia war froh, dass in diesem Augenblick ein gewandter Kellner die Teller und eine Pizza in der Größe eines Wa-

genrads mit Schwung vor sie hinstellte und „Buon appetito“ schmetterte. Sie zwitscherte ein übertriebenes „Grazie!“ und lobte den Belag und den hauchdünnen Teig ihrer Pizza Pugliese.

„Claus von Ravenorst treffe ich demnächst zum Essen, aber wegen ihm bin ich nicht in Bonn. Mir gefällt einfach Paulas WG, und zufällig ist dort ein Zimmer frei geworden. Es ist, als wäre ich selbst wieder Studentin. Stell dir vor! Neulich bin ich mit denen noch nach elf Uhr losgezogen. Wir beide gehen doch immer brav um spätestens halb zwölf schlafen!“

Dann schilderte sie begeistert die einzelnen Mitglieder der WG, erzählte von der Institutsfete und dass sie in der Vorlesung über spanischen Film einen ganzen Almódovar-Film gesehen habe.

„Einen Film statt der Vorlesung? Das wäre ja so, als ob ich in meinem Seminar den Studenten neunzig Minuten lang Orgelwerke auf CD vorspielen würde!“

„Ja, komisch, nicht?“

Als sie von den offenkundigen Konkurrenzkämpfe unter den Institutsangestellten erzählte, nickte Florian. „An den Hochschulen laufen viele Intrigen, wie überall, wo Menschen zusammenkommen und um Arbeitsplätze konkurrieren. Ich weiß, wovon ich rede, nachdem ich dieses Berufungsverfahren hinter mir habe.“

Antonia schob ihm ihren Teller hinüber. „Ich habe neulich gehört, dass es besonders schlimm ist, wenn man Kandidaten bei der Promotion ablehnt. Was meinst du?“

Florian übernahm den Teil der Pizza, den Antonia nicht mehr schaffte. „Natürlich ist das schlimm. In eine Doktorarbeit oder Habilitation stecken die Kandidaten drei, fünf oder mehr Jahre Arbeit. Wenn eine solche Arbeit abgelehnt wird, dann kann das auch bei einer stabilen Psyche eine schwere Krise auslösen. Außerdem ist es eine Existenzfrage. Manche verlieren dann ihre Stelle oder werden nicht befördert, und Menschen die lange im Wissenschaftsbetrieb waren, sind oft unfähig, anderswo Fuß zu fassen.“

Antonia sah hoch. „Unfähig, anderswo Fuß zu fassen", wiederholte sie versonnen. Ob das auch auf Alexander zutraf? Vielleicht klebte er deshalb so an seiner Stelle.

Zurück in der Wohnung der WG, war Florian entsetzt, wie vollgestopft Jorges Zimmer war.
Am nächsten Morgen beklagte er sich, dass er schlecht geschlafen habe. „Wie hältst du es hier nur aus? Die ganze Zeit, als ich nicht schlafen konnte, lag ich mit dem Gesicht nur wenige Zentimeter von einem meterhohen Stapel Computerzeitschriften entfernt, daneben ein Turm mit Computerspielen und DVDs."
Antonia lachte. „Ich finde es auch furchtbar, aber ich rette mich damit, dass ich abends schnell das Licht ausmache. Bei Rita hätte ich ein bequemes Gästezimmer, aber du machst dir keine Vorstellung davon, wie dieser Hund riecht."
Florian verzog sich ins Bad, kam aber sofort wieder zurück, weil er Carmen unter der Dusche überrascht hatte. „Sie hat nicht abgeschlossen!", bemerkte er vorwurfsvoll. Das Frühstück mit den drei Frauen schien ihm jedoch zu gefallen. Antonia bemerkte wohlgefällig, wie ein Stück des alten Florian zurückkam, als er seinen ganzen Charme spielen ließ und Paula und Carmen mit Geschichten über Pannen bei seinen Konzerten unterhielt. Er hatte am Vortag in Köln den Dom besichtigt und schwärmte von der hängenden Orgel. „Die würde ich gerne einmal spielen! Und zwar von der Decke schwebend, mit dem Kopf nach unten, wie im Zirkus!"
Carmen war von der Idee begeistert. „Dann brauchen wir aber eine ganz neue Liturgie!"
Antonia erinnerte Florian an die Orgel auf Rügen, die erst wieder spielte, als man die Pfeifen von einem grausigen Inhalt befreit hatte.
„Oh je! Die Story kenn ich!" Paula verzog das Gesicht. „Bitte keine Details beim Frühstück!"
Für den Nachmittag schlug Antonia dem Freund einen Spa-

ziergang zum Kunstmuseum vor. In einer Ausstellung zu den rheinischen Expressionisten sahen sie sich Bilder von August Macke an und beschlossen, später das Macke-Museum in der Altstadt zu besuchen. Unterwegs bekam Florian jedoch Kopfschmerzen und schimpfte über die schlechte Luft in Bonn. Tatsächlich hing ein Tiefdruckgebiet über der Kölner Bucht, auch Paula hatte morgens über Wetterfühligkeit geklagt. Antonia, in deren Kopf Mosaiksteine zum Mordfall herumwirbelten und nach einer Zusammensetzung drängten, beachtete das Wetter nicht weiter.

„Und wann kommst du nach Hamburg, um mir beim Packen zu helfen?" Florians Frage riss sie aus einer Theorie, die sie sich für den Tathergang zurechtgelegt hatte. Der Täter, wenn er denn tatsächlich zum Umkreis der Institutsangestellten gehörte, musste das Fest unbemerkt verlassen haben, um Kahlschlag in die Tiefgarage zu folgen. Vielleicht war er, als er sah, dass der alte Mann sich zum Aufbruch anschickte, schon vorher in die Tiefgarage gelaufen, um ihm an dessen Wagen aufzulauern. Dann musste er die Leiche verstecken und auf dem Fest wieder auftauchen, um keinen Verdacht zu erregen. Später hatte er sich dann irgendwo in der Uni versteckt, um in der Nacht, vor oder nach einem Rundgang des Wachpersonals, die Leiche nach oben in den Flur mit dem Drachentöter zu schleppen.

„Wie krank ist das denn?", murmelte sie halblaut vor sich hin.

„Wie bitte? Antonia, hörst du mir zu?"

Antonia fühlte sich ertappt. „Natürlich helfe ich dir beim Packen, im Moment komme ich hier nur schlecht weg!"

Florian seufzte.

„Wegen der Wohnungssuche", fügte sie hastig hinzu. Sie hatte Paula und Carmen noch einmal eingeschärft, den Mordfall auf keinen Fall vor Florian zu erwähnen. Er würde sofort wissen, was sie tatsächlich in der Stadt hielt. Dass sie sich wieder einmal um einen Fall kümmerte, der sie nichts anging. Deshalb verabschiedete sie Florian am anderen Morgen mit gemischten Gefühlen. Sie bedauerte es, dass er abreiste, war aber gleichzeitig erleichtert, dass sie Zeit gewann, um ungestört recherchieren zu können.

Am Montagmorgen lagen in der Uni auf den Fensterbänken und in der Cafeteria Flugblätter der Fachschaft, in der die Spanisch-Studenten auf ihre Studiensituation aufmerksam machten. Man hatte auf den Artikel in der Lokalpresse reagiert und den Titel abgewandelt.
Statt *Tod* stand dort dick gedruckt *Tot in der Uni*, darunter ein Foto von schlafenden Studenten in überfüllten Hörsälen. Ein Foto zeigte eine umgekippte Flasche, unter der vom *Leerkörper* und schlechter Betreuung die Rede war.
Antonia steckte sich ein Flugblatt ein und sah auf ihre Swatch. Sie war schon spät dran und beeilte sich, zu Lewalds Sprechstunde zu kommen. Das Konzept, das Alexander geschrieben hatte, war sie wieder und wieder durchgegangen. Dazu sagte sie sich im Geist die Namen von Autoren und Regisseuren auf, die sie im Internet gefunden hatte, um sich keine Blöße zu geben.
Vor der Tür von Lewalds Zimmer saßen bereits zwei Studenten, die, wie einer der beiden säuerlich bemerkte, schon seit einer Dreiviertelstunde darauf warteten, von Dr. Lewald empfangen zu werden. Aus dem Zimmer drangen ab und an Flüche, dann auf einmal ein erlöstes „Aaaah".
Antonia überlegte kurz, ob sie so viel Zeit hätte, vorher bei Paula und Alexander vorbei zu schauen, als sich die Tür öffnete und Urs Lewald einen Techniker verabschiedete.
„Diese neue Software macht nur Probleme!", näselte er, bevor er mit einem lustlosen *Der Nächste bitte* den Wartenden hereinbat. Der Student neben ihr stand auf und ging mit gesenktem Kopf in das Sprechzimmer. Jetzt waren nur noch sie und eine junge Frau mit Kopftuch übrig, die ihr Smartphone studierte.
Antonia seufzte. „Schon ganz schön heiß für diese Jahreszeit, was?"

Die Studentin nickte und fuhr fort, über ihr Handy zu wischen. „Wie ist denn Lewald so? Ich bin hier neu!"
Die junge Frau zuckte mit den Achseln. „Ich wollte ihn nur nach meinen Credits fragen. Sonst finde ich ihn nicht interessant. Man lernt spanische Filme bei ihm kennen, wenn man sich dafür interessiert."
Der Student vor ihnen wurde nach zwei Minuten wieder auf den Flur komplementiert und die Studentin mit dem Kopftuch war an der Reihe. Auch sie kam nach einigen Minuten wieder aus Lewalds Zimmer und sah sofort auf ihr Smartphone. Antonia schenkte sie keinen Blick mehr.
Antonia machte sich Gedanken, ob ihre mangelnden Spanischkenntnisse auffallen könnten, aber ihre Sorge war unbegründet. Lewald bat sie herein und ließ, nachdem Antonia ihm noch einmal erklären musste, was ihr Anliegen war, seinen Blick nur kurz über ihr Konzept gleiten. Dabei kommentierte er es hin und wieder mit einem „Hhm, so so!"
Um ihn zu beleben, ergänzte Antonia ihre Vorstellung mit der Bemerkung: „Ich bin eine Freundin von Paula Niedlich!"
Lewalds Blick leuchtete auf. „Paula, ach ja. Eine sehr begabte junge Wissenschaftlerin. Sie muss nur aufpassen, dass sie ihre Ziele nicht aus den Augen verliert. Sie muss für meinen Kollegen Loser diese vielen Recherchen machen. Dabei sollte sie zügig ihre Doktorarbeit schreiben. In ihrem Alter war ich längst promoviert!"
Antonia nahm auf dem Besuchersofa Platz.
„Professor Loser ist ein sehr einflussreicher Mann, habe ich gehört."
Lewald, der wohl in Gedanken noch bei Paulas langen Haaren war, nahm vor seinem Bildschirm Platz. Er schien einen Moment lang verwirrt. „Was meinen Sie?"
Antonia tat, als sei ihr ihre Frage peinlich und druckste etwas herum. „Wissen Sie, ich wollte nicht so direkt fragen, aber wenn man sich einen Doktorvater aussucht, dann sollte man auch etwas über ihn wissen. Wie ist er denn so als Mensch?"

Lewald sah auf, antwortete aber nicht. Antonia hatte das Gefühl, den richtigen Nerv getroffen zu haben. „Wie kommen Sie denn mit ihm zurecht?"
In Lewalds Gesicht spannten sich die Muskeln. Es schien etwas sagen zu wollen, hielt sich aber zurück. Dann sog er vernehmlich den Atem durch die Nase ein. „Ich denke, das spielt doch für Ihre Promotion keine Rolle. Sie sollten unbedingt mit dem Kollegen Loser selbst sprechen. Er hält gegen Ende des Semesters noch einmal eine Sprechstunde. Machen Sie doch gleich einen Termin mit unserer Sekretärin, sie ist jetzt da."
Dann schienen seine Gedanken wieder zu seinen Problemen mit Microsoft zurückzukehren, denn er kniff die Augen zusammen und richtete den Blick wieder auf den Bildschirm vor sich. Antonia, die gerne mehr erfahren hätte und ihre Felle davonschwimmen sah, sprach schnell weiter und ließ einen Versuchsballon steigen. „Ach, ja! Da fällt mir noch etwas ein. Ich soll Sie schön von Jonas Kahlschlag grüßen, dem Sohn des alten Professors, der so tragisch umgekommen ist. Ich soll Sie fragen, ob man denn jetzt schon mehr weiß über die Ermordung seines Vaters?"
Lewald hob irritiert den Kopf, lehnte sich in seinem Sessel zurück und sah sie misstrauisch an. „Sie kennen Jonas Kahlschlag, den Sohn des Mordopfers?"
Dann stützte er seine Arme auf, legte die Fingerspitzen seiner Hände zusammen und schüttelte unwillig den Kopf. „Nein, bei den Ermittlungen tut sich leider nichts. Ich habe diesem Kommissar gesagt, wie sehr die Untersuchungen vor Ort unseren Betrieb belasten. Aber je langsamer die Polizei vorankommt, desto dreister wird sie in ihren Methoden. Erst hat man das ganze Zimmer hier auf den Kopf gestellt und nach möglichen Spuren gesucht. Es war mir für Tage nicht möglich zu arbeiten! Dann behelligt man meine Mitarbeiter. Ich wurde schon mehrmals befragt, teilweise mit immer den gleichen Fragen!"
Lewald schien jetzt in seinem Element. Er bebte vor Empörung, als er die Maßnahmen der Kriminaltechniker in den

Räumen des Instituts schilderte. Dabei steigerte er sich so in seine Empörung hinein, dass er heftig mit der Hand auf die Stuhlkante schlug. „Stellen Sie sich vor, selbst Loser haben sie verdächtigt. Ist das nicht absurd? Einen Mann, der quasi nur durch Kahlschlag an seine Stelle gekommen ist!“ Dann verbreitete er sich minutenlang über die Inkompetenz der Polizei, bis er zu dem Schluss kam, in Spanien sei alles besser. „Glauben Sie mir, die spanische Polizei hätte den Täter längst gefasst.“

Die Erinnerung an Spanien schien seine Laune wieder zu heben, denn seine Augen leuchteten. Er lehnte sich zurück und begann, von Córdoba zu erzählen.

„Haben Sie immer in Córdoba unterrichtet oder waren Sie auch an anderen Unis?“

Lewald ging auf ihre Frage nicht ein und erzählte stattdessen begeistert von der Stadt, der andalusischen Landschaft und von seiner Hütte in den Bergen. Dann räumte er ein, nicht immer an der Universität gearbeitet zu haben. Er habe vorher Erfahrungen in der Legion, der Eliteeinheit der spanischen Armee, gesammelt.

„Ich habe als Freiwilliger dort gedient. Es war immer mein Traum, in die spanische Fremdenlegion zu gehen. Meine Mutter war Spanierin. Meinen Vater habe ich früh verloren und kaum gekannt. Die spanische Regierung hat Ende der achtziger Jahre die Legion für Ausländer verboten. Aber ab dem Jahr 2000 hat man Muttersprachler wieder zugelassen, diese Chance habe ich sofort ergriffen.“

Dabei rollte er den Hemdsärmel an seinem linken Arm hoch. „Sehen Sie! Das Wappen der Legion!“ Stolz zeigte er Antonia eine Tätowierung: Zwei gekreuzte Waffen, eine Muskete und eine Armbrust, in der Mitte von einer Pike geteilt, im Kreuzungspunkt darüber die spanische Krone. Antonia zückte ihr Handy und tat begeistert.

„Wie schön! Darf ich es fotografieren?“

Lewald reckte ihr seinen mageren Unterarm entgegen.

„Selbstverständlich. Es ist mir eine Ehre. Die Legion hat einen schlechten Ruf, als konservativer Männerbund, ja, aber vollkommen zu Unrecht. Professor Loser hatte auch Kontakt zu ihr!"
„Professor Loser?"
Lewald nickte. „Richtig! Sehen Sie, auch der Stierkampf ist ein männliches Ritual, etwas, das zur Tradition gehört. Da können die Tierschützer noch so viel protestieren. Unsere europäische Kultur ruht auf bestimmten ehernen Festen und die gilt es zu verteidigen. Das fing im Mittelalter an, da haben wir die Araber erfolgreich aus Spanien vertrieben. Die Tierschützer, die Kriegsgegner und vor allem die Freunde des Islam, und auch seine Freundinnen, sollten sich mal näher mit unserer Geschichte beschäftigen!"
Antonia hatte seiner wirren Schilderung mit wachsendem Widerwillen zugehört. Der Eindruck von Idylle und Frieden, den sie bei ihrem ersten Besuch bei Lewald hatte, war offenbar vollkommen falsch. Hier schien sich eher jemand für das Gegenteil zu begeistern. Sie musste ihn wohl entgeistert angesehen haben, denn Lewald unterbrach sich plötzlich und stand auf. Seine Augen hatten wieder den üblichen stumpfen Glanz angenommen.
„Nun ja, was rede ich. Sie sind ja hier, um mit mir über Ihre Doktorarbeit zu sprechen!"
Er blickte noch einmal desinteressiert auf die Seiten, die Alexander für Antonia verfasst hatte. Dann gab er sie ihr zurück. „Also, das hört sich doch sehr gut an! Ich denke, damit können Sie durchaus zu meinem Kollegen Loser gehen. Machen Sie doch bei Frau Schwade einen Termin für seine Sprechstunde. Sie sitzt gleich hier nebenan!"
Beim Hinausgehen streifte Antonia wieder der Duft eines schweren Parfüms. Von wem es wohl stammte? Lewald? Loser? Vielleicht von Losers Freundin Concepción? Sie drehte sich noch einmal um und fragte Lewald, wonach es denn an der Garderobe so rieche.

Lewald zuckte mit den Schultern. „Da kann ich Ihnen leider nicht helfen. Ich rieche nichts, d. h. ich kann nichts riechen. Ich leide seit meiner Kindheit an einer chronischen Sinusitis mit Anosmie, das ist ein Verlust der Geruchswahrnehmung."
Antonia sagte, das tue ihr leid und klopfte dann notgedrungen an die Tür von Frau Schwade, der Institutssekretärin, weil Lewald noch in der Tür stand und ihr nachblickte.
Frau Schwade war eine Rheinländerin in mittleren Jahren, ergraut im Verwaltungsdienst der Universität. Alexander hatte ihr erzählt, dass sie seinerzeit Brigitte Wasmuth abgelöst und davor lange an einem anderen Institut der Uni gearbeitet hatte. Sie sah vom Bildschirm auf und begrüßte Antonia freundlich. „Ach, hallo! Guten Tag, Frau Babe! Unser Dr. Haussmann hat mir schon von Ihnen erzählt. Der Alexander, Sie kennen ihn ja. Sie sind aus Hamburg Altona und jetzt bei der Paula untergebracht, ne? Und Sie wollen jetzt in Bonn promovieren? Ist auch besser, Hamburg soll ja so kalt sein. Setzen Sie sich doch einen Augenblick. Wie finden Sie denn den Alexander? Netter Kerl, ne? Die Chantal, also unsere Juniorprofessorin, hat ihm ja damals den Laufpass gegeben. Das hat hier keiner verstanden. Also, einen Termin beim Chef. Warten Sie mal. Ich guck mal nach. Ja, das geht leider erst wieder im Juli. Oder Sie müssten zu ihm nach Madrid, wenn es eilig ist."
Antonia ließ sich pro forma eine Uhrzeit an einem Tag Ende Juli geben. Frau Schwade schickte ihr noch ein fröhliches „Schönen Tach noch!" hinterher, samt einer Mahnung: „Wenn et nich klappt, bitte zeitich absagen, wir sind immer sehr voll!"
Auf dem Flur sah sie am Ende des Gangs Alexander, der in einen Nebenflur einbog. Sie hatte noch eine Frage zu ihrem Konzept und folgte ihm. Am Ende des Nebenflurs sah sie ihn an einem Regal stehen. Wahrscheinlich suchte er etwas in einem Nachschlagewerk. Sie öffnete ihre Tasche, in der wie immer Chaos herrschte und forschte nach den Blättern, die sie eben noch Lewald gezeigt hatte. Als sie hochblickte, war Alexander verschwunden. Antonia war perplex. Eben hatte er

doch noch bei den Regalen gestanden. Es war, als hätte er sich in Luft aufgelöst.

Im Arkadenhof hätte sie fast Paula und Nabil übersehen, die ihr händchenhaltend entgegen kamen.
„Nabil, du bist zurück?", freute sich Antonia.
„Tscha, gerade eben!", antwortete Paula für den Freund. „Wrlltengradn Cafeteriakmmstmit?"
Nabil nickte. „Ja, bitte! Das wäre schön!", sagte er lächelnd.
Antonia schloss sich den beiden an.
Bevor sie die Cafeteria betraten, raunte Paula ihr zu: „Bei Lewald bin ich jetzt wohl unten durch, er hat mich vor ner Stunde im Hofgarten mit Nabil gesehn. Nabil hat mir ein Eis gekauft und ich habe mich mit einem Kuss bedankt. Da kommt Lewald vorbei und sagt anzüglich: ‚Frau Niedlich, sollten Sie um diese Zeit nicht an Ihrem Arbeitsplatz sein?' Und das von dem faulen Sack, der die meiste Zeit in den Zimmern der Mitarbeiter rumschnüffelt, ob er nicht noch was abstauben kann. Der war tatsächlich eifersüchtig. So'n Mist! Jetzt erzählt der mir bestimmt nichts mehr!"
Dann zog sie ihr Handy heraus und rief Alexander an. „Wir sind in der Cafete!"
Antonia fiel Alexanders Verschwinden ein und sie erzählte den beiden von dem Vorfall. Paula winkte ab. „Dann ist er ins Kabuff gegangen. Hinter den Schieberegalen befindet sich eine Tür. In dem Kämmerchen, das von uns nur Kabuff genannt wird, weil es keine Fenster hat, hortet Lewald seine ‚Fundstücke'. Wahrscheinlich hat Alexander dort etwas gesucht!"

Die Cafeteria war dicht besetzt. In einer Ecke saß Chantal Flimm mit Urs Lewald an einem Tisch. Chantal hatte ihren dünnen Körper unter einer Art Poncho verborgen, Lewald trug inzwischen zu Antonias Erstaunen einen Blazer im Marine-Stil, dunkelblau mit messingfarbenen Knöpfen. Paula meinte, er habe sich wohl für die feierliche Semestereröffnung herausgeputzt.

In diesem Moment betrat auch Alexander die Cafeteria und gesellte sich zu ihnen. „Na, wie war die Sprechstunde bei unserer Leuchte der Wissenschaft?"
Antonia blickte zu Lewalds Tisch hinüber. „Gegen dein Konzept hatte er nichts einzuwenden. Nachdem er es eine Nanosekunde angesehen hatte, fand er es gut! Aber: Wusstet ihr schon von seiner Vergangenheit in der spanischen Fremdenlegion?"
Keiner schien überrascht. Alexander winkte ab. „Das erzählt er doch jedem. Er sei ein Caballero Legionario und dann summt er manchmal die sinistre Hymne der Legion *El novio de la muerte*, zu deutsch: *Der Bräutigam des Todes.*"
Antonia nippte an ihrem schlecht schmeckenden Automaten-Kaffee. „Wenn es nicht so schrecklich wäre, klänge es fast poetisch. Wie *Der Tod und das Mädchen*, nur umgekehrt, weil es *la muerte* heißt. Lewald hat übrigens behauptet, Loser habe auch Kontakt zur Legion. Wusstet ihr das?"
Alexander schaute ausdruckslos zu Lewald hinüber. „Schon möglich, man weiß aber nichts Genaues. Spanien ist da ein Kapitel für sich. Es gibt immer noch ultrarechte Kreise, die sich überschneiden, reaktionäre katholische Kräfte und militärische Kreise, die sich als Eliten begreifen. Loser hat erkannt, dass es in Spanien der Karriere nützt, wenn man sich dort beliebt macht."
Nabil, der bisher still gewesen war, ergänzte: „Lewald und Amolador begrüßen sich manchmal in der Uni mit dem Schlachtruf der Legion und rufen ‚*La Legia*'!"
„Amolador?", fragte Antonia erstaunt. „Das hätte ich jetzt nicht gedacht!"
Nabil zuckte mit den Schultern. „Amolador ist einer, der es jedem recht machen will."
Alexander grinste. „Außerdem wird er seine Unterdrückung in der Beziehung mit Frau Dr. Flimm gerne mit etwas Machismo kompensieren, hier Beate Uhse, dort die Legion …"
Alle lachten, nur Nabil blieb ernst. Er führte aus, dass die Legion noch in Einsatzgebieten wie Afghanistan operiere. „Früher

war sie in Nordafrika sehr gefürchtet, die *Legia* galt als besonders brutal. Mein Urgroßvater kämpfte gegen die spanische und französische Kolonialmacht bei den Rifkabylen, daher habe ich mich ein bisschen damit beschäftigt."
Antonia machte sich Notizen und fragte: „Was weißt du noch über die?"
Nabil gab geduldig Auskunft: „Die Mitglieder haben auch einen speziellen Hilferuf in Notlagen: *A mí la legión! Zu mir, Legion!* Legionäre in Hörweite sind Kameraden dann zur bedingungslosen Rettung verpflichtet, ganz gleich unter welchen Umständen. Lewald schreit das manchmal, wenn er Studenten in seine Sprechstunde ruft. Findet ihr das nicht geschmacklos?"
Alexander sah wieder zu Lewald hinüber, der jetzt Anstalten machte, mit Chantal Flimm die Cafeteria zu verlassen. Dann sagte er mit dumpfer Stimme: „Lewald *ist* geschmacklos! Aber wisst ihr, was noch übler ist? Das neue Vorlesungsverzeichnis für das Sommersemester. Habt ihr es schon gesehen?"
Dabei zog er eine Kopie des Studienangebots aus der Tasche und hielt es Paula hin.
Paula überflog die Seiten und jaulte auf. „Man stelle sich vor: Amoladors Veranstaltung heißt *Medienextensionen und Medienadressierungen in spanischsprechenden urbanen Umwelten* und Chantal Flimm hat *Zwischen-Räume. Zu den Lücken in Texten der spanischen Avantgarde* im Angebot."
Antonia schaute beide ratlos an. „Und was soll das jetzt heißen?" Alexander lächelte süffisant.
„In erster Linie, dass Frau Dr. Flimm und Herr Amolador unserem Meister folgen und den Kanon begrenzt halten. Eine Faustregel beim akademischen Schreiben lautet: Je verrätselter die Sprache, desto weniger steckt dahinter. Dieses Wenige muss aber so aufgeblasen werden, dass es niemand so recht versteht und jeder vor Ehrfurcht schweigt. Ihr müsst zugeben, mein Seminar *Spanische Literatur der Gegenwart* klingt dagegen richtig langweilig!"

Antonia sah wieder in das Vorlesungsverzeichnis. „Lewalds Thema *Spanischer Film gestern und heute* klingt auch einleuchtender als *Zwischen-Räume* … Irgendwie kann ich das alles nicht so ganz ernst nehmen."
Paula antwortete mit einem gedehnten *Tschaa* und drängte zum Aufbruch. Sie müsse mit Nabil einkaufen gehen, der Kühlschrank der WG sei wieder einmal so was von leer. Alexander wollte zur feierlichen Semestereröffnung in die Aula und Antonia schloss sich ihm an.

Die Eröffnungsfeier begann mit dem Einzug des Rektors und der Dekane in ihren Talaren. Der Rektor, ein alter, gebeugter Mann, machte einen abwesenden Eindruck, die jungen Dekane, alle sonnengebräunt und dynamisch umherschauend, kamen wohl aus dem Frühlingsurlaub zurück.
„Ein Teil des Lehrkörpers ist in den Semesterferien entweder auf Reisen oder wohnt nicht in der Stadt. An solchen Tagen sieht man sie dann alle mal zusammen", zischelte ihr Alexander ins Ohr.
Dann begann der Rektor mit seiner Rede. Er bedauerte in seiner Begrüßung den Tod eines ehemaligen, geschätzten Kollegen. Man hatte inzwischen von Seiten der Universität eine große Todesanzeige in der *FAZ* geschaltet. Der Rektor würdigte die Verdienste des Verstorbenen und ließ anschließend, bevor er seinen Jahresbericht verlas, alle aufstehen, um in einer Schweigeminute des verstorbenen Altdekans zu gedenken. Zwei Reihen vor sich sah Antonia Urs Lewald sitzen. Er kratzte sich ab und an nervös am Nacken oder ruckte seinen Kopf hin und her, als sei ihm sein Hemdkragen zu eng. Sie meinte zu sehen, wie ihn ein Zittern durchlief, als der Rektor den Namen Kahlschlag erwähnte. Links neben ihm saß, in sich zusammengesunken, Miguel Amolador. Chantal Flimm hatte vorne in der ersten Reihe Platz genommen.
Dann zählte der Rektor die zahlreichen Erfolge auf, die man im letzten Jahr errungen hatte. Alexander neigte sich wieder

Antonia zu und flüsterte, es wäre besser, der Rektor ließe seine Reden endlich mal von jemandem mit mehr Dynamik schreiben. Dann spielte ein Streichquartett ein paar traurige Weisen, es wurden Preise an Studenten verliehen und dann löste sich die Versammlung auf. Viele Teilnehmer gingen noch nicht die Treppe zum Arkadenhof hinunter, sondern blieben angeregt plaudernd vor der Aula stehen.

Antonia sah, wie Amolador zielstrebig den Dekan der Philosophischen Fakultät ansteuerte, während Lewald in Richtung Institut verschwand. Chantal hatte sich die neue Prodekanin für Forschung und Lehre und die Gleichstellungsbeauftragte auserkoren und Antonia bemerkte, wie sie hektisch mit hochgezogenen Augenbrauen auf die beiden einredete. Sie konnte auch erkennen, dass die Prodekanin erleichtert das Weite suchte, als sich Chantal Flimm ganz auf die Gleichstellungsbeauftragte konzentrierte.

Im Arkadenhof trennte sich Antonia von Alexander. Sie hatte den Rat von Dr. Schleuder, dem Kustos des Seminars für Germanistik, befolgt und einen Termin mit dem Archivar gemacht.

Dr. Täubner, ein Herr mit runder Brille, blankem Schädel und einer Fliege zum dunkelroten Pullover, begrüßte sie freundlich. Er hörte ihr interessiert zu, als sie ihm erklärte, die Witwe des Ermordeten habe sich Gedanken gemacht und sie geschickt. Dreiste Lügen waren manchmal notwendig, wenn man Informationen bekommen wollte. Sie erläuterte dem Beamten, dass Kahlschlags Sohn Jonas von Querelen zwischen Dekanat und Prüflingen gesprochen habe.

„Ich dachte, vielleicht können Sie mir in diesem Punkt weiterhelfen?“

Der Archivar wandte sich seinem PC zu und suchte eine Datei, indem er seinen Kopf in den Nacken legte und das Kinn vorreckte. Dann schaute er Antonia über seine Lesebrille an.

„Ich kann Ihnen die statistischen Angaben nennen: Für Professor Kahlschlag sind in den acht Jahren seiner Amtszeit die

Ablehnung einer Magisterarbeit, zweier Dissertationen und einer Habilitationsschrift verzeichnet."
Antonia sah im Geist die Fotografie von Kahlschlag vor sich, auf der er durch seine schwarze Hornbrille bieder und mit leeren Augen in die Welt blickte. Ob es ihm etwas ausgemacht hatte, wenn Menschen versagten? Oder war es ihm nur unangenehm, weil es den Betrieb störte?
Der Archivar suchte weiter auf dem Bildschirm nach Informationen. Dann räusperte er sich.
„Wenn Sie die Namen der Betroffenen brauchen, wenden Sie sich bitte ans Dekanat. Dort können Sie Akteneinsicht beantragen und die Protokolle der Verfahren nachlesen. Die Namen der abgelehnten Kandidaten liegen mir zwar vor, aber ich darf sie Ihnen nicht nennen. Das muss vom Dekan genehmigt werden."
Antonia trippelte ungeduldig von einem Fuß auf den anderen. „Wie lange wird das denn dauern, bis man mir Akteneinsicht gewährt?"
Dr. Täubner sah sie lächelnd an. „Nun, ein oder zwei Wochen werden Sie sich schon gedulden müssen. Jetzt zu Semesterbeginn liegt ja viel an, da hat man im Dekanat alle Hände voll zu tun."
Antonia verzog das Gesicht. Dann hatte sie einen Einfall. „Vielleicht ginge es so: Ich gebe Ihnen das Namensverzeichnis von Professor Losers Abschiedsabend und Sie sagen mir, ob sich einer der Namen mit denen der abgelehnten Kandidaten deckt. Dann müssen Sie mir gar keinen Namen nennen und mir hilft es trotzdem weiter!"
Dr. Täubner lächelte. „Na gut, geben Sie her!"
Er schaute noch einmal auf seinen PC, als wolle er sich die Namen der vier Abgewiesenen einprägen. Dann ging er Antonias Liste durch und gab sie ihr zurück.
„Tut mir leid, aber keiner der abgelehnten Kandidaten taucht hier auf."
Dann wäre das ja auch geklärt, dachte Antonia. Während sie

die Liste wieder zusammenfaltete, fiel ihr noch etwas ein und sie fragte den freundlichen Archivar wie nebenher: „Ach, bevor ich es vergesse, war die Kripo schon bei Ihnen? Im Spanischen Seminar haben sie alles auf den Kopf gestellt!"
Täubner sah erstaunt hoch. „Nicht, dass ich wüsste!"
Antonia dankte Dr. Täubner und ging beschwingt den Flur hinab, vorbei an den Repliken der Figuren des Naumburger Doms, die das Kunsthistorische Institut in großen Vitrinen ausgestellt hatte. Sie grüßte Uta, die ihr Gesicht halb in ihrem steinernen Kragen verbarg, mit einem gut gelaunten „Tach".
Also war die Polizei noch nicht darauf gekommen, in der Vergangenheit des Altdekans nach einem Motiv zu suchen. Ich bin gut, ging es ihr durch den Kopf, allerdings bringt mich das auch nicht viel weiter. Meine letzte Hoffnung ist die Wasmuth.
Sie hatte inzwischen die Adresse von Brigitte Wasmuth, die ein Nagelstudio in Köln-Kalk betrieb, gegoogelt und eine Zugverbindung nach Kalk gefunden. Das Studio lag auf der Kalker Hauptstraße, in unmittelbarer Nachbarschaft von drei türkischen Restaurants, einem Sonnenstudio und zwei Spielhallen. Sie besuchte es als Kundin, die sich maniküren lassen wollte. Dabei würde genug Zeit für ein Gespräch mit Frau Wasmuth bleiben.
Als sie den kleinen Laden betrat, stand zu ihrer Enttäuschung eine junge Frau mit blauen Strähnen im schwarz gefärbten Haar und Piercings an Lippen, Nase und Ohren hinter der kleinen Theke. Antonia fragte, ob sie ohne Termin bleiben könne. Im Laden war sonst an den beiden Behandlungstischen niemand zu sehen.
Die junge Frau sah kaum auf und sagte gedehnt: „Da muss ich mal nachsehen". Aufreizend langsam blätterte sie in einem rosa Terminkalender, der mit goldenen Sternchen beklebt war, während sie intensiv Kaugummi kaute.
„Am liebsten wäre mir eine Behandlung bei Frau Wasmuth", warf Antonia ein.
„Die Chefin tätowiert gerade", bemerkte die Mitarbeiterin

kauend. „Aber wennse warten wollen! Um was geht es denn, nur Nägel oder auch Tattoo?“
„Um meine Fingernägel! Ich warte gerne!“
Antonia nahm in einem Korbsessel neben einer künstlichen Palme Platz und blätterte durch Magazine, die sich den Themen Beauty, Bodybuilding für Frauen und Tätowierungen widmeten.
Nach zehn Minuten erschien eine etwa sechzigjährige blondierte Frau im Türrahmen des Nebenzimmers. „Ich bin gleich bei Ihnen“, sagte sie freundlich. Dann kam ein Kunde aus dem Behandlungsraum und beglich die Rechnung für ein Tattoo. Das Mädchen hinter dem Tresen fuhr mit ihrem schwarz lackierten Zeigefingernagel an einer Liste entlang und verlangte 30 Euro. Brigitte Wasmuth nahm einen rosa Kittel vom Haken, zog ihn über und bat Antonia an einem der kleinen Maniküртische Platz zu nehmen. Sie hatte den vorzeitig gealterten Teint von Menschen, die sich jahrelang starker Sonnenbestrahlung ausgesetzt hatten. Antonia erinnerte sich an die Worte von Dr. Schleuder, dass Frau Wasmuth lange in Spanien gelebt hatte. Auch jetzt war ihr Gesicht und ihr Dekolleté für die Jahreszeit viel zu dunkel. Drei Häuser weiter hatte Antonia ein großes Sonnenstudio gesehen. Vielleicht machten die Damen einen Naturalientausch, neue Nägel gegen drei Mal Sonnenbank.
„Was kann ich Schönes für Sie tun?“, fragte ihr Gegenüber.
„Ich hätte gerne eine Maniküre, keine falschen Nägel, Maniküre und einen farblosen Lack!“
„Sehr gerne! Ich könnte Ihnen da ein Schellack-Produkt empfehlen.“
Frau Wasmuth zog diverse Feilen und Plastikstäbchen aus einem Topf und fing mit Antonias rechter Hand an. „Sehr geschickt“, lobte Antonia. „Machen Sie das schon lange?“
„Den Laden habe ich jetzt vier Jahre. Ich hab vorher in Spanien gearbeitet, dort aber mehr tätowiert. Dann habe ich hier erst mal im Büro gejobbt und dann mit einer Hilfe vom Arbeitsamt mein eigenes Studio eröffnet.“

Antonia fand Brigitte Wasmuth sympathisch. Sie schien ehrlich und offen zu sein. Sie senkte ihre Stimme und fragte leise: „Ich komme übrigens nicht nur wegen der Nägel. Ich bin Privatermittlerin und arbeite im Fall des ermordeten Altdekans der Uni Bonn. Professor Kahlschlag. Der Vater Ihres Sohnes. Darf ich Ihnen hierzu ein paar Fragen stellen?"
Brigitte Wasmuth blickte rasch auf. „Dazu habe ich aber schon alles, was ich weiß, der Polizei gesagt. Ich gehöre ja zum Kreis der Tatverdächtigen! Man stelle sich das mal vor, jetzt nach Jahren, in denen ich auskömmlich von meinem Laden lebe, soll ich den Alten um die Ecke gebracht haben. Ist doch lächerlich, oder?"
Antonia machte eine Pause, in der nichts als das Schaben der Nagelfeile zu hören war. Dann pflichtete sie Brigitte Wasmuth bei. „Das ist es. Mir geht es darum, etwas über mögliche Feinde von Kahlschlag herauszufinden. Haben Sie eine Ahnung, wer ihn so gehasst hat, dass er ihn umbringen wollte?"
Frau Wasmuth musste sich räuspern. „Als er mich damals so schlecht behandelt hat, habe ich ihn auch gehasst. Es ging nur um ihn und seinen guten Ruf. Dann hat seine Frau es rausgekriegt und ihn überredet, dass ich das Kind kriegen soll. Mir hat er vorgegaukelt, er wolle für mich sorgen, mir und dem Kind eine Wohnung einrichten, sonst hätte ich es doch wegmachen lassen. Und dann kurz vor der Geburt kreuzt er mit seiner Frau bei mir auf und die schwatzen mir das Kind ab. Für 30 000 Mark habe ich ihnen den Kleinen zur Adoption gelassen und bin nach Spanien. Ich war noch jung. Heute tut es mir leid, dass ich keinen richtigen Kontakt zu Jonas habe."
„Durften Sie Ihren Sohn denn manchmal sehen?"
Brigitte feilte etwas heftiger an Antonias Daumennagel herum. Sie zog den Kopf ein und die Schultern etwas höher. „Man hat mir alle paar Jahre ein Foto geschickt. Aber sehen durfte ich ihn nicht, das war der Deal. Es hieß, man wolle Jonas nicht belasten. Heute ist es zu spät."
Antonia erinnerte sich an die schroffe Auskunft, die Kahl-

schlag junior ihr an der Haustür gegeben hatte. „Ich habe Jonas neulich zu Hause getroffen. Er hat anscheinend seinen Platz im Leben noch nicht gefunden. Er hat auch so getan, als kenne er seine leibliche Mutter nicht."

Brigitte Wasmuth seufzte. „Hat er das? Er kommt aber manchmal hier vorbei. Er hat vor zwei Jahren mal angerufen. Er wollte mich kennenlernen. Wir sind dann zusammen etwas essen gegangen und er hat sich sogar ein Tattoo von mir stechen lassen. Seine Stiefmutter, also die Frau Kahlschlag, soll das aber nicht wissen."

Antonia war verblüfft. „Also, Jonas hat doch Kontakt zu Ihnen?"

Brigitte nickte. „Meistens geht es um Geld. Zuerst sollte ich ihm etwas leihen. Aber inzwischen habe ich die Hoffnung aufgegeben, dass ich jemals etwas davon zurückbekomme. Ich stecke ihm aber trotzdem ab und an etwas zu."

Antonia schwieg. Wenn Jonas sich Geld bei der leiblichen Mutter lieh, war er offenbar finanziell unter Druck. Das brachte sie auf eine Idee.

„Wenn Kahlschlags Witwe stirbt, ist Jonas der einzige Erbe des Hauses und der Ersparnisse der Kahlschlags. Oder gibt es noch andere Verwandte?"

Brigitte griff jetzt zu einer Polierfeile und bearbeitete damit Antonias Nägel in kräftigen Strichen. „Nee. Die Kahlschlags haben beide keine Geschwister, daher auch keine Neffen und Nichten, und Jonas ist das einzige Kind. Was glauben Sie, warum der nicht arbeitet? Seiner Mutter gehört noch ein zweites Haus. Ein Mehrfamilienhaus. Er hat mir gegenüber schon mal erklärt, dass er später von den Mieten leben will."

„Der Tod seines Vaters hätte dann den Erbprozess beschleunigt. Damit hätte er auch ein Motiv, mehr jedenfalls als Sie", wagte sich Antonia vor.

Brigitte Wasmuth runzelte die Stirn. „Das hätte er aber einfacher haben können, dafür hätte er den Alten nicht durch die halbe Uni schleppen müssen. Die haben seinen Vater doch unter dem Drachentöter-Denkmal gefunden, hat er mir erzählt. Nee, das passt nicht zu Jonas, der ist viel zu bequem. Außerdem hat er zur Tatzeit vor dem Fernseher gehockt. Die Kahlschlag würde das nicht schwören, wenn es nicht stimmte. Die hat Prinzipien. Welche Farbe soll der Lack haben? Sind Sie sicher, dass Sie keine künstlichen Nägel wollen? Ich habe sehr schöne neue Exemplare mit Glitzergold, sind gerade erst reingekommen."

Antonia schüttelte den Kopf. Es bleibe beim farblosen Lack. Beide Frauen schwiegen eine Weile. Der Geruch des Lacks war durchdringend, aber nicht unangenehm.

„Frau Wasmuth, da fällt mir noch etwas ein. Als Sie für Kahlschlag oder für Loser gearbeitet haben, hat sich Kahlschlag irgend jemanden in seinem Umfeld zum Feind gemacht?"

Brigitte tauchte den Pinsel in das Lacktöpfchen. „Jetzt die Finger etwas spreizen, bitte!" Dann malte sie in flotten Strichen Antonias Nägel der rechten Hand. „Ach wissen Sie, der Alte war irgendwie weder Fisch noch Fleisch. Ich glaube nicht, dass der Feinde hatte. Aber so richtig sympathisch war der auch keinem! In seinem Beruf als Hochschullehrer hat er sich nicht gerade überschlagen, aber er machte alles, was gemacht werden musste, so'n Jasager halt …"

„Aber Sie haben ein Kind von ihm", wandte Antonia ein.

Brigitte lächelte und legte den Kopf schief. „Ich war sehr jung damals. Studentin im zweiten Semester. Da tut man, was der Herr Professor sagt. Ich meine, wir waren damals nicht so selbständig und aufgeklärt wie die Mädels heute!"

Antonia sah für einen Moment das ausdruckslose Gesicht von Kahlschlag vor sich. Ob die beiden Jonas im Dienstzimmer von Kahlschlag gezeugt hatten?

„Und gab es während seiner Zeit als Dekan Probleme?"

Brigitte Wasmuth schüttelte den Kopf. „Das weiß ich nicht, da war ich ja schon in Spanien. Aber Loser hat mir mal erzählt, als ich für ihn als Sekretärin gejobbt habe, dass es zwei Fälle an der Fakultät gab, bei denen es Scherereien gab. Ein Doktorand muss sich wohl umgebracht haben, weil seine Arbeit nicht angenommen wurde, und einer mit einer abgelehnten Habilitation ist einfach verschwunden und wurde nie mehr gesehen. Jetzt die andere Hand!"

Antonia machte sich im Kopf eine Notiz. Sie musste unbedingt an die Prüfungsakten der Abgelehnten aus der Ära Kahlschlag kommen. Auch wenn die Namen sich nicht mit der Teilnehmerliste des Institutsabends deckten, so konnte von anderer Seite Rache im Spiel gewesen sein. Vielleicht wollte jemand den Selbstmord des Doktoranden rächen.

Die Nägel ihrer linken Hand glänzten bald ebenfalls. Brigitte Wasmuth föhnte den Lack mit einem Miniföhn trocken und sagte: „Fertig! Macht sieben fünfzig, weil Sie es sind!"

Antonia ging an den Tresen, an dem das Punkmädchen in eine Art Halbkoma gefallen war. Ihrer Unterhaltung mit Brigitte war sie wohl nicht gefolgt, denn sie hatte die weißen Knöpfe eines iPod im Ohr. Antonia beglich die Maniküre und dankte Brigitte für ihre Auskunft.

„Keine Ursache, mach ich doch gerne. Ich hoffe, man findet den Täter bald. Ich meine, wegen Jonas!" Dabei zog sie sich den Arbeitskittel aus und hängte ihn wieder an einen Haken. „Ich mach für heute auch Feierabend!"

An der Tür drehte sich Antonia noch einmal um. „Noch eine letzte Frage hätte ich, hat aber nichts mit dem Mordfall zu tun. Was hat sich Jonas denn tätowieren lassen?"

Brigitte Wasmuth wusch sich im Nebenraum die Hände und rief über die Schulter: „Er wusste nicht so genau, was er wollte. Da hab ich ihm unseren Katalog gezeigt und er hat sich ein Drachenmotiv ausgesucht, über dem Drachen wollte er ein Schwert haben. Hat ziemlich lange gedauert, das habe ich noch nie gestochen, ist aber gut geworden. Aufm Oberarm rechts und links wollte er einen Totenkopf und seine Blutgruppe, wie bei denen von der Waffen-SS, sagte er. Das fand er cool. Er interessiert sich sehr für alles Militärische. Kann ich auch verstehen, zu Hause gäbe es nur Biedermeier und Spitzendeckchen, da will so'n Junge doch was Taffes!"

Antonia sah in dem dicklichen Jonas Kahlschlag weder einen Jungen, noch war er mit einem Stahlhelm im Schützengraben vorstellbar, aber dass er für die Nazis schwärmte, passte zu ihm.
Seine leibliche Mutter kicherte: „Jetzt muss er zu Hause immer Hemden mit langen Ärmeln tragen, damit seine Stiefmutter nichts merkt, die würde ihn sofort enterben!"

Am Kalker Bahnhof nahm Antonia den Zug zum Hauptbahnhof Köln. Unterwegs spürte sie plötzlich eine neue Lust, sich mit dem Fall zu beschäftigen. Vielleicht ließ sich das Knäuel ja doch entwirren, sie musste nur Geduld haben. Ein bisschen Geld wäre auch nicht schlecht, dachte sie, als sie vom Bahnhof ein Taxi nahm. Dieser Fall war ihr Hobby, keiner kam für die Spesen auf.
Das Taxi brachte sie ins Belgische Viertel, wo sich in einer stillen Straße ihre zukünftige Arbeitsstätte befand. Sie ging durch einen Hof in das Hinterhaus. Rita Welsch, ihre Chefin in spe, saß in ihrem überheizten Büro hinter einem imposanten Schreibtisch, einem Vermächtnis ihres Vaters, mit dem zusammen sie die Detektei bis zu seinem Tod geführt hatte. Zu ihren Füßen hatte sich Ralfi eingerollt. Die Wärme verstärkte Ralfis Eigengeruch und Antonia fragte gleich nach dem Eintreten, ob sie das Fenster öffnen dürfe.
„Geht nicht. Ralfi ist erkältet! Gut, dass du vorbeikommst, Antonia. Am 01.06. geht es hier ja für dich los. Ich habe heute nochmal mit London telefoniert. Mein Bekannter, der Finanzberater, fliegt geschäftlich in die Schweiz und von da auf die Kanalinseln, aber sobald er zurück ist, wirst du da erwartet."
Antonia nickte mechanisch. „Geht klar! Ich wollte dich fragen, ob du mir etwas vom ersten Gehalt vorschießen könntest, ich bin so gut wie blank!"
Rita lehnte sich zurück und tippte spielerisch mit dem Kugelschreiber auf die grüne Schreibunterlage des Schreibtisches. „Och, die Bonner Spesen bekommst du doch sicher ersetzt.

Wie sieht es eigentlich aus? Weiß man schon, wer den Alten auf dem Gewissen hat?“

Antonia tat erstaunt. „Nein. Es geht ja mehr um die Wohnung, die ich mieten will. Maklergebühr, Renovierung etc. Von dem Fall weiß ich zu wenig, Paula erzählt ja nichts!“

Rita senkte den Kopf und sah sie ungläubig an. „Also hast du jetzt eine Wohnung?“

Antonia druckste herum. „Noch nicht! Aber diese Kosten kommen ja auf mich zu. Und Bonn ist nicht billig.“

„Bonn?“ Rita schüttelte den Kopf. „Ich höre immer Bonn! Solltest du nicht zuerst mal hier in der Nähe suchen? Oder wollt ihr beide pendeln? Was sagt denn Florian dazu?“

Antonia griff zu einer Notlüge, damit Rita endlich Ruhe gab. „Hier habe ich für nächste Woche auch Besichtigungen vereinbart!“

Rita seufzte und zog eine Schublade des monströsen Schreibtisches auf. „Wie viel brauchst du?“

Alle hatten in der Nacht durcheinandergeredet, man konnte sein eigenes Wort nicht mehr verstehen, so laut war es gewesen. Unten blieb es still, die Alte schlief vielleicht schon, oder die Warnung des Einen hatte sie zum Schweigen gebracht. Jedenfalls waren alle einer Meinung: Es musste gehandelt werden. Zu viel stand auf dem Spiel. Es sollten bald weitere Aktionen folgen, da konnte man sich nicht schon im Vorfeld von fremden Mächten behindern lassen. Um den Kampfgeist zu stärken, hatten sich alle an den Händen gefasst und ihr Lied gesungen.

5

Zwei Tage später hatte sich Antonia mit Alexander verabredet. Sie hatte zunächst gezögert, dann aber zugesagt, weil er ihr etwas Wichtiges über Urs Lewald mitteilen wollte. Da Alexanders Wohnung auf ihrem Weg lag, schlug er ihr am Telefon vor, ihn abzuholen.

Alexander bewohnte zwei Straßen von der WG entfernt ein kleines Appartement unter dem Dach. Sein Zimmer sah kaum anders aus als sein Dienstzimmer in der Uni. Bücher, wohin man sah. An der Wand hingen ein paar düstere Drucke, unter der Schräge stand ein Bett und auf dem Schreibtisch lag eine beträchtliche Ansammlung von DVDs und Computerspielen mit martialischen Covern. Antonia trat ans Fenster seines Wohn-Arbeits-Schlafzimmers und schaute auf die ruhige Straße hinunter, in deren Vorgärten Magnolien blühten.

Alexander folgte ihr und stellte sich nah hinter sie – zu nah, wie Antonia fand. Dabei schaute er über ihre Schulter und raunte ihr ins Ohr: „Ich kann Magnolien nicht ausstehen. Kaum erblüht, verlieren sie ihre Blätter. Soll ich dir einen Espresso machen?"

Antonia drehte sich um, schob ihn zur Seite und schlug vor, wie geplant, in die Uni zu gehen. „Was gab es denn so Wichtiges über Lewald zu erzählen?"

Alexander griff nach seiner Jacke. „Nur Geduld! Folgen Sie mir unauffällig, Miss Sherlock!"

Er nannte sie manchmal so und Antonia hörte es nicht gerne. Es klang immer so, als nehme er ihre Arbeit nicht ernst. Die Sonne schien wieder sehr warm und Alexander steuerte kurz vor der Uni ein Café an. Er bestellte zwei Café Latte und zündete sich eine Zigarette an.

Antonia sah ihm zu, wie er den Rauch tief inhalierte und dann in Kringeln wieder entließ. „An dem Loser-Abend hast du doch auch geraucht! Wo war das?"

Alexander kniff die Augen zusammen und nahm einen langen

Zug, bevor er antwortete: „Ich war unten im Arkadenhof. In der ersten Pause bin ich sogar schnell rüber ins Café gegangen, habe einen Espresso getrunken und gebetet, der Abend möge bald vorbei sein!“
Antonia wurde aus Alexander nicht schlau. Er war sehr ehrgeizig und schien sich allen anderen überlegen zu fühlen. Paula hatte neulich bemerkt, dass er mit seiner herablassenden Art nur sein schwaches Selbstwertgefühl kompensierte. „Ein normaler Mensch hat doch dieses Abgrenzungsgetue gar nicht nötig, oder?“, hatte sie gefragt.
„Wann war das, als du das erste Mal nach unten gegangen bist?“
„Das muss so zwischen acht und halb neun gewesen sein.“
„Also vor der Tatzeit?“
„Möglich. Gehöre ich jetzt auch zu den Verdächtigen?“, fragte er gereizt.
Antonia blieb kühl. „Vielleicht ist dir auf dem Rückweg ins Institut irgendetwas aufgefallen. War jemand im Arkadenhof oder im Treppenhaus?“
Alexander hob den Kopf, nahm sein Kinn in die Linke und tat so, als dächte er angestrengt nach. „Leider nicht!“, antwortete er theatralisch.
Eine Kellnerin stellte einen Teller mit einem Croissant vor ihn hin und er bot Antonia ein Stück an. Dabei schaute er ihr etwas länger als üblich in die Augen. Antonia dachte eine Sekunde lang an den Abend mit ihm im Aufzug. Sie begann lebhaft von Florians Besuch in der WG zu erzählen und dass sie bald zusammenziehen würden. Alexander schien das nicht zu irritieren. Er tunkte genüsslich sein Hörnchen in den Kaffee und bemerkte: „Wir beide müssen unbedingt mal abends zusammen etwas unternehmen!“
Als er Antonias verdrossenes Gesicht sah, hob er entschuldigend die Hände.
„Ich meine ja nur. Du willst doch mehr über Lewald wissen. Dr. Lewald führt nämlich eine Art Doppelleben. Zur Semes-

tereröffnung im blauen Blazer, aber am Wochenende macht er ganz andere Dinge. Wilde Dinge!"

Antonia sah auf. „Wie meinst du das?"

Alexander lehnte sich in seinem Stuhl zurück und senkte seine Stimme. „Ich kenne da eine ziemlich obskure Kneipe, in der unser guter Urs Stammgast ist! Lass uns doch mal hingehen und nach ihm sehen!"

Antonias Neugierde war geweckt. „Und wie heißt die Kneipe?"

„*Tattoo*. Soll ein ziemliches Loch sein. Raues Klima. Überwiegend rechte Rocker und andere Männerbünde. Ein Student von mir, Niklas, geht dort ab und an hin. Er findet es lustig. Er hat mir erzählt, dass Lewald regelmäßig da ist. Es liegt auf der anderen Rheinseite hinter einem Ort mit dem bezeichnenden Namen Müldorf. Sie lassen nicht jeden rein, aber Niklas kennt den Türsteher." Er sah Antonia erwartungsvoll an. „Und, was sagst du dazu?"

Antonia nickte begeistert. „Da sollten wir unbedingt hin. Am besten heute noch!"

Alexander zückte ohne zu zögern sein Handy und rief Niklas an, der nichts gegen einen gemeinsamen Abend einzuwenden hatte. Alexander lächelte zufrieden. „Wir kommen gegen acht Uhr vorbei!"

In der WG-Küche traf Antonia auf Carmen, der sie von ihrem Vorhaben erzählte.

Carmen kannte die Kneipe und riet zur Verkleidung. „Als Normalo kommste da nicht rein."

„Ich muss vor allem verhindern, dass Lewald mich erkennt!"

Zusammen überlegten sie, welche Aufmachung am meisten Sinn machte.

Abends lieh Alexander ihr eine Lederjacke, die ihr zu groß und Carmen eine Lederhose, die ihr zu eng war. Dazu setzte sie sich eine dunkle Sonnenbrille und eine Baseball-Kappe auf. Als Alexander klingelte, hätte sie sich im Garderobenspiegel fast selbst nicht erkannt.

Kurz vor neun fuhren sie mit Niklas über die Rheinbrücke,

und Antonia lernte den Teil Bonns kennen, der sich auf der anderen Rheinseite erstreckte. Sie fuhren durch öde Orte, in denen sich kein Mensch auf der Straße bewegte. Leben schien es nur an den Haltestellen der S-Bahn zu geben, die Bonn mit der nächstgrößeren Stadt, Siegburg, verband. Hinter Müldorf fuhren sie noch ein gutes Stück Landstraße und dann bog Niklas in eine Einbahnstraße ab. An einem Bahnübergang lag ein einzelnes Haus, über dem Eingang leuchtete in schräg gestellten, roten Neonbuchstaben *Tattoo*. Alexander hatte es abgelehnt, sich zu verkleiden. Er trug Jeans, ein leichtes Jackett über einem hellblauen Hemd und Turnschuhe. Damit hatte er aber auch prompt Schwierigkeiten beim Einlass.

„Anzugtypen sind hier nicht gefragt", herrschte ihn ein Kaugummi kauender Typ an. Sein rechter Arm mit beeindruckenden Bizeps, der aus einer nietenbeschlagenen Lederweste ragte, versperrte ihm wie ein Schlagbaum den Eingang. Niklas stellte sich zwischen die beiden und beruhigte den Ledermann. „Ist gut, Alter, lass ihn rein, wir drehen den gerade um, das braucht noch etwas Zeit!"

Alexander tippte dem Türsteher gegen die Brust und meinte lässig: „Und wenn du mal einen Anzug brauchst, sachste Bescheid!" Der Ledermann sah ihn finster an und winkte sie durch.

Drinnen grölte ein rechter Song aus den Lautsprechern. Das Lied hieß *Hass* und auf der Tanzfläche bewegten sich Männer mit nackten Oberkörpern, die reichlich mit Tattoos verziert waren und besser bedeckt geblieben wären. Antonia fühlte sich etwas mulmig. Sie war noch nie in einer Kneipe mit überwiegend Männern gewesen. Die wenigen Frauen außer ihr waren zwei ältere Blondinen hinter der Theke, die einem mürrisch dreinblickenden Wirt mit absurd großem Schnauzbart zuarbeiteten. In einer Ecke standen drei Frauen mit Kurzhaarschnitt und fast schwarz tätowierten Armen, die, wenn sie nicht sprachen, aus riesigen Biergläsern tranken. Niklas bestellte bei Asterix, wie der Wirt genannt wurde, drei Bier und winkte Antonia und Alexander in eine Ecke. Es roch nach Klo, und in der Tat befanden sie sich nicht weit von der Herrentoilette.

„Strategisch ist das hier der günstigste Platz", erklärte Niklas. „Man kann die Tanzfläche sehen, aber von da ist die Nische weniger gut einsehbar. Es ist sowieso besser, wenn wir nicht allzu viel auffallen, denn hier wird schnell und ohne nennenswerten Grund zugeschlagen. Alexanders Jackett z. B. könnte ein solcher Grund sein!"

Antonia schrumpfte noch etwas mehr zusammen, während sich Alexander unbeeindruckt von Niklas Warnung zeigte. „Wo steckt denn das Wiesel?", rief er und schaute suchend über die Köpfe der Tanzenden hinweg.

Nach einer Weile entdeckten sie den entfesselt tanzenden Lewald. In seinem T-Shirt wirkte er schmächtig zwischen all den fülligen oder muskulösen Männern. Er schien aber in seinem Element. Immer wieder stieß er die geballte Faust in die Luft und grölte den Refrain der Heavy-Metal-Musik mit. Antonia verstand nur *Kill the pigs* und fragte sich, wer gemeint war. Sie war froh, dass sie eine Sonnenbrille trug. Ihr Haar hatte sie im Nacken zusammengebunden und eine Kappe aufgesetzt. Sie hoffte sehr, dass ihr Inkognito hielt. Immer wenn Lewald in die Richtung der Nische tanzte, drehte sie ihm den Rücken zu. In Alexanders Lederjacke wurde ihr bald zu warm, und sie trank ihr Bier in großen Schlucken. Als sie sich wieder der Tanzfläche zuwandte, war Urs Lewald verschwunden. Sie stellte sich auf die Zehenspitzen und sah über die Köpfe der schwitzenden Menge hinweg. Plötzlich gewahrte sie ihn an der Theke, neben ihm lehnte zu ihrer Überraschung Jonas Kahlschlag. Beide trugen T-Shirts und Baseball-Kappen und unterhielten sich.

„Dieser Lewald ist ja ein echtes Chamäleon, in der Uni im Blazer, hier im lappigen T-Shirt", wunderte sich Alexander. „Mit wem unterhält er sich denn da?"

Antonia beantwortete seine Frage nicht und zuckte nur mit

den Schultern. Jonas und Lewald schienen sich gut zu kennen. Sie steckten ihre Köpfe eng zusammen, wobei Lewald lebhaft gestikulierend auf den Jüngeren einredete. Auch sie tranken das Bier aus riesigen Gläsern. „Pokale" seien eine Spezialität des *Tattoo*, hatte ihr Niklas erklärt. Zwischendurch hoben sie Schnapsgläser an den Mund und Lewald sog immer wieder gierig an einer Zigarette.

Das allgemeine Rauchverbot hatte sich bis zum *Tattoo* noch nicht herumgesprochen. Die Luft war schwer und stickig, den Tänzern lief der Schweiß über Rücken und Bauch. Alexander tippte ihr schließlich auf die Schulter. „Ich kann hier in dem Dreck nicht rauchen. Ich geh mal eben vor die Tür!" Niklas war zur Theke gegangen, um Bier zu holen. Antonia wollte ihm das Geld für die Runde zurückgeben und suchte nach ihrem Portemonnaie. Dabei hatte sie die Sonnenbrille ins Haar geschoben, um besser sehen zu können.

„Ah, unsere lieben Studenten", näselte jemand in ihr Ohr. Erschrocken sah sie hoch. Lewald hatte sie auf dem Weg zur Toilette entdeckt.

„Originelle Aufmachung haben Sie da!", fügte er hinzu und sah spöttisch an Antonia herunter.

Antonia hatte sich schnell gefangen und konterte: „Ich dachte, ich sehe mich mal in den nichturbanen Umwelten um, Herr Dr. Lewald! Sie sehen aber auch nicht übel aus. Was führt Sie hierhin?"

Der Dozent kratzte sich nervös den tätowierten Arm. Im T-Shirt machte er keine gute Figur. Das formlose Kleidungsstück betonte seinen leptosomen Oberkörper und seine stark abfallenden Schultern. Inzwischen war Niklas wieder aufgetaucht, den Antonia als einen Kommilitonen vorstellte. Lewald nickte lächelnd. „Herr Sundermann ist mir bekannt, er hat bei mir ein gutes Referat über die Rolle der Frauen in den Filmen Pedro Almódovars gehalten. Sie mögen das *Tattoo*, nicht wahr? Ich habe Sie hier schon ein paar Mal gesehen."

Der Student nickte diensteifrig.

Lewald ließ seinen Blick über die Tanzfläche streifen. „Ich finde hier das Kontrastprogramm zur Uni", erläuterte er Antonia. „Die älteren Kollegen würden ganz schön Augen machen, wenn sie mich hier sähen. Verraten Sie mich also nicht bei Ihrem Doktorvater!"

Das Wort *Doktorvater* hatte er gedehnt ausgesprochen und dabei neckisch drohend den Zeigefinger gehoben. Antonia sah sekundenlang die Tätowierung der Spanischen Legion auf seinem Arm. Lewalds Augen folgten ihrem Blick und seine andere Hand fuhr an den Ärmel seines verschwitzten T-Shirts und versuchte, ihn herunterzuziehen. Antonia konnte gerade noch sehen, dass sich über dem Wappen der Fremdenlegion noch ein weiterer Schriftzug verbarg. Lewald wollte offenbar verhindern, dass sie ihn las.

„Sie müssen mich jetzt entschuldigen!", näselte er. Dann drehte er sich abrupt um und ging weiter zur Toilette. Als Alexander nicht zurückkam, bat sie Niklas, nach ihm zu sehen. In der Tür wäre Niklas fast mit Jonas Kahlschlag zusammengeprallt. Er kam von draußen und ging in Richtung Toilette, um wohl auch das viele Bier zu entsorgen. Dabei traf er auf Urs Lewald, der sich gerade wieder zur Tanzfläche durchkämpfte. Antonia sah, wie er Jonas etwas zuflüsterte. Jonas blickte grimmig zu Antonia hinüber und stapfte, ohne sie zu grüßen, auf nagelneuen Springerstiefeln an ihr vorbei zum Herrenklo. Einige Augenblicke später kam Niklas zurück und winkte ihr zu. „Komm, wir hauen ab, bevor was passiert! Wenn Alex so weitermacht, kriegt er noch Prügel!"

Der Türsteher weigere sich, Alexander ein zweites Mal hereinzulassen, weil dieser ihn einen Neandertaler genannt habe. Niklas beschwichtigte den Mann ein zweites Mal und drängte sie zum Parkplatz.

Unterwegs nach Bonn war Alexander in aufgekratzter Stimmung und schlug vor, auf eine Runde Mojitos in eine kubanische Kneipe zu gehen. Antonia war während der Rückfahrt schweigsam. Sie war wütend, dass ihr Inkognito aufgeflogen

war. Lewald wusste jetzt, dass sie die Doktorandin nur gemimt hatte und in Wirklichkeit Privatermittlerin war. Morgen wüsste es das ganze Institut. Ihr *Undercover* war entdeckt und niemand würde ihr noch irgendeine Information geben. „Scheiße!", entfuhr es ihr. Alexander sah sie erstaunt an. „Magst du keine Mojitos?"
In der Bar war nicht viel los und Antonia hing ihren Gedanken nach, während Niklas und Alexander jeder eine Runde Mojitos und Antonia zum Abschluss eine Runde Margueritas spendierte.
Gegen 11 Uhr fuhr Niklas sie nach Hause. Alexander folgte ihr in die WG, weil er noch einen Brandy trinken wollte. „Ich kenne da einen ganz bestimmten Platz in eurer Küche, an dem Jorge seinen Vorrat an Veterano versteckt hält."
In der Küche saß nur Paula, die versuchte, das *Zeit*-Kreuzworträtsel zu lösen. Carmen hatte ihren Kellnerabend und Nabil war mit Freunden unterwegs.
„Schon was von Loser gehört?", fragte Alexander. Dabei kniete er sich vor den rot angestrichenen Küchenschrank und griff tief hinein. Loser wollte, dass seine Doktoranden zu ihm nach Madrid flogen, um dort mit spanischen Studenten an einem Workshop teilzunehmen. Man hatte Loser Reisegelder für das Austausch-Programm bewilligt und Paulas Aufgabe war es, die Fahrt zu organisieren. Sie wartete seit längerem darauf, dass Loser ihr endlich die Termine mailte.
Paula schüttelte den Kopf und sah kaum auf. „Er schrieb, er will sich am Sonntag melden! Keiner weiß, ob es schon diese Woche oder erst nächsten Monat losgeht."
Alexander tastete leise fluchend hinter Kesseln und Bratpfannen weiter, bis Paula aufsah.
„Jorges Brandy ist in Carmens Zimmer, sie hat ihn nicht zurückgestellt! Ich glaub, er steht neben ihrem Bett!"
„Diese Zigeunerin, sie kann das Klauen nicht lassen", grinste Alexander und verschwand in Carmens Zimmer. Als er zurückkam, hielt er triumphierend die Flasche hoch.

„Salud, Jorge! Du hättest deinen Brandy besser selbst getrunken."

Antonia nahm sich ein Glas Wasser und ging hinaus auf den Balkon. Sie wollte nachdenken. Alexander folgte ihr.

„Stell dir das mal vor, dieser Lewald! Dass er sich in einer solchen Kneipe amüsiert!", sagte sie kopfschüttelnd. Alexander antwortete nicht. Stattdessen fühlte sie, wie sich Alexanders Hände von hinten um ihren Nacken legten. Als sie sich umdrehte, küsste er sie und Antonia hielt überrascht still. Es war ein langer Kuss, der nach Zigarettenrauch und Brandy schmeckte. Als sie sich löste, sah sie über Alexanders Schulter auf Paula, die mit dem Rücken zu ihnen immer noch über dem Kreuzworträtsel gebeugt saß. Sie ging rasch in die Küche, sagte *Gute Nacht* und verzog sich eilig in Jorges Zimmer. Schuldbewusst schickte sie eine zärtliche SMS an Florian. Sie hörte, wie Alexander sich in der Küche noch mit Paula unterhielt, dann, wie er die Wohnung verließ, und die Tür ins Schloss fiel.

Sie lag lange da und konnte nicht einschlafen. Warum hatte sie Alexander geküsst? Hatte diese kleine Stadt etwa eine erotisierende Wirkung auf sie? Das war kaum möglich, schon gar nicht nach einer Woche Aufenthalt. Oder war es, weil die Arbeit in ihrem Leben überwertig war? Sie hatte sich keinen Urlaub gegönnt, stattdessen wieder einmal in einen Fall eingemischt, der sie nichts anging. Und jetzt meldete sich vielleicht die unterdrückte Seite ihrer Psyche, indem sie sich auf diesen Flirt einließ. Nun, wie dem auch sei, dachte sie, ein Fall ist zu lösen.

Dann machte sie Licht und holte ihren Notizblock aus ihrer Jackentasche. Sie konnte ohnehin nicht schlafen und tat, was sie immer tat, wenn sie nicht weiterkam: Sie machte sich eine Liste der Verdächtigen. Nabil, weil ihn die Polizei verdächtigte, Jonas Kahlschlag, der vielleicht ein finanzielles Interesse am Tod seines Stiefvaters hatte, Loser, Lewald, Amolador und Alexander, wobei sie kein eigentliches Motiv hatten, jedenfalls

keins, von dem man etwas wusste. Über diesen Hauhechel wusste sie gar nichts. Chantal Flimm konnte man ausschließen, sie hätte einen Mann nicht alleine von der Tiefgarage in den ersten Stock schleppen können, es sei denn, jemand hätte ihr geholfen. Ob Miguel Amolador den Toten wegen seines Vornamens unter die Statue des Heiligen Michael drapiert haben könnte? Das war vielleicht etwas zu weit hergeholt. Markus Maria Loser hatte Kahlschlag am nächsten gestanden, und er hatte ein wasserdichtes Alibi. Alexander und Paula waren den ganzen Abend beschäftigt gewesen, wobei Alexander zweimal draußen im Arkadenhof eine Zigarette rauchen war. Hätte die Zeit reichen können, um zur Tiefgarage und zurück zu laufen? Dann war da noch Brigitte Wasmuth, die leibliche Mutter von Jonas und ehemalige Geliebte von Kahlschlag, sie hätte ein Rachemotiv gehabt.
Sowohl der Archivar als auch die Wasmuth hatten von einem Kandidaten gesprochen, der sich in der Dekanatszeit von Kahlschlag das Leben genommen hatte. Hatte vielleicht jemand dessen Tod rächen wollen? Ohne seinen Namen käme sie nicht weiter. Ratlos sah sie auf ihre Liste. Sie hätte keinen der Namen als „hochverdächtig" einkreisen können. Dann merkte sie, wie ihre Gedanken zu Alexander auf dem Balkon und dem Geschmack von Brandy und Rauch abschweiften. Seufzend knipste sie die Lampe aus, die Jorge an das Fensterbrett über seinem Bett montiert hatte. Es wird Zeit, dass ich Bonn verlasse, war ihr letzter Gedanke, bevor sie einschlief.

Am anderen Morgen stand Antonia in Jorges Bademantel am Herd und füllte die Espressokanne. Als sie sich mit Paula an den Tisch setzte, klingelte es. Alexander kam vorbei und brachte Brötchen mit. Er überraschte Paula und sie mit der Nachricht, Losers Boot sei in der Nacht demoliert worden.
Paula sah ihn erstaunt an. „Ich wusste gar nicht, dass Loser segelt!"
Alexander schüttelte den Kopf und arrangierte die Brötchen

auf einem Suppenteller. „Es handelt sich um eine Motorjacht, mit der er zweimal im Jahr über den Rhein fährt. So etwa zwei Kilometer stromaufwärts und dann wieder zwei stromabwärts. Ich nehme an, immer dann, wenn er eine Neue beeindrucken will. Jedenfalls hat er Hauhechel, der einen Bootsführerschein hat, erlaubt, während seiner Abwesenheit mit dem Boot zu fahren, damit die Motoren nicht einrosten. Hauhechel ist heute Morgen mit seiner Frau und seinen beiden Kindern an der Marina gewesen. Er hat Fotos gemacht und sie dann auf seine Facebook-Seite gestellt."

Paula öffnete ihr Tablet und klickte bei Facebook Hauhechels Account an. Die Fotos waren verstörend. Die Außenbordmotoren des Schiffes waren gekappt und lagen wie tote Walrösser auf dem Heck. Die Tür der Jacht war eingeschlagen und man hatte einen Eimer mit schwarzer Farbe über das vordere Deck gekippt.

„Gründliche Arbeit, was?" Alexander schnitt sich mit zufriedener Miene ein Brötchen auf und beschmierte es dick mit Butter. „Habt ihr vielleicht etwas Salami für einen armen wissenschaftlichen Mitarbeiter mit großem Hunger?"

Paula holte Salami und Kräuterquark aus dem Kühlschrank. Antonia war doppelt verwirrt, einmal, dass Alexander da saß, als hätten sie sich nie geküsst, zum anderen erschütterte der Angriff auf Losers Boot ihre neueste Theorie, dass Kahlschlag aus Habgier von seiner Ex-Geliebten und seinem Stiefsohn umgebracht worden war. Vielleicht hatte Chantal Flimm ja doch Recht, und eigentlich sollte Loser das Opfer sein.

„Tscha, vielleicht sollte es ja doch Loser sein, den man an dem Abend abmurksen wollte!", ließ sich jetzt auch Paula vernehmen.

„Oder jemand holt zum Rundumschlag aus", vermutete Alexander.

„Oder vielleicht ein Trittbrettfahrer, der im Getümmel Loser eins auswischen will", überlegte Antonia laut. Dann stand sie auf. Sie konnte Alexander, der in aller Seelenruhe und mit gro-

ßem Behagen sein Brötchen verzehrte, nicht länger zusehen. Stattdessen hatte sie das dringende Bedürfnis, die Wohnung zu verlassen.
„Ich zieh mir rasch etwas an. Kann ich nochmal deinen Wagen geliehen haben, Alexander? Ich würde gerne raus fahren und einen Spaziergang im Wald machen. Paula, kommst du mit?“
Sie warf Florians Kusine einen bittenden Blick zu und machte ihr hinter Alexanders Rücken ein Zeichen, dass sie auf keinen Fall wollte, dass Alexander mitkam. Alexander, der sich gerade ein zweites Brötchen mit mehreren Schichten Salami belegte, griff in seine Tasche und legte ihr seine Autoschlüssel auf den Tisch.
„Klar. Ich hab den ganzen Tag Veranstaltungen, vor heute Abend brauche ich den Wagen nicht! Ich hole den Schlüssel heute Abend wieder ab!“ Dabei zwinkerte er Antonia verschwörerisch zu.
„Nicht nötig! Ich werfe ihn dir in den Briefkasten!“
Dabei griff Antonia so hastig nach dem Schlüssel, dass sie eine Tüte mit Orangensaft gefährlich ins Wanken brachte. Alexander griff nach dem Saft und verhinderte gerade noch, dass er umkippte.
Zehn Minuten später fuhren die beiden Frauen aus der Stadt hinaus. Paula hatte einen Spaziergang im Kottenforst vorgeschlagen. „Das ist meine Methode, mich runterzubringen, wenn meine Nerven blank liegen. Du hast doch was, Antonia! Was ist es denn?“
Antonia schüttelte den Kopf. Sie könne jetzt nicht darüber sprechen. Sie wollte Paula nicht in den Stand der Ermittlung und schon gar nicht in die Ursache ihrer plötzlichen Abneigung gegen Alexander einweihen.
Die Waldluft und die weichen Wege unter ihren Sohlen besänftigten ihr unruhiges Herz. Unter den Bäumen schimmerten weiße Anemonenfelder. Der Anblick stimmte sie irgendwie zuversichtlich, ohne dass sie hätte sagen können warum. Paulas Lieblingsweg ging an einem Wildgehege vorbei. Sie

sahen eine Weile kleinen und großen Wildschweinen zu, die sich quiekend um Futter stritten. Erst nach anderthalb Stunden kehrten sie zum Parkplatz zurück. Auf dem Rückweg sagte Paula, dass Losers Haus ganz in der Nähe sei. Ob Antonia daran vorbeifahren wolle?

Das luxuriöse Haus lag in einem Villenviertel in der Nähe des Waldes und thronte, eingeschlossen von einem hohen Zaun, auf einem kleinen Rasenhügel. Im Erdgeschoss waren sämtliche Rollos heruntergelassen, so dass es aussah, als blicke das Haus mit halb geschlossenen Lidern auf seine Nachbarn herab.

„Wohnt denn da niemand?“, fragte Antonia verwundert.

„Wenn Loser unterwegs ist, steht es leer. Nach seiner Scheidung hat er hier allein gewohnt, seine Frau ist mit den Kindern nach Spanien zurückgegangen. Sie ist inzwischen wieder verheiratet. Ich habe übrigens einen Schlüssel zum Haus, weil ich manchmal etwas für ihn in seinen Unterlagen nachsehen muss.“

Antonia wurde hellhörig. „Und hast du auch Zugang zu seinem PC?“

Paula schüttelte den Kopf. „Da steht so ein uraltes Teil, aber er macht doch alles von seinem Notebook, das er überallhin mitnimmt!“

Antonia schaltete einen Gang höher. „Sag mir Bescheid, wenn du wieder hinfährst. Ich würde mich dort gerne mal umsehen und mir ein Bild machen!“

Paula sah sie irritiert von der Seite her an. „Was soll das denn bringen? Loser hat doch ein Alibi und ist entlastet. Fahr mal bitte geradeaus und zum Kunstmuseum. Nabil ist nämlich noch nicht aus der Schusslinie!“ Dann erklärte sie sich näher. „Im Café im Kunstmuseum arbeitet ein junger Marokkaner als Kellner, den Nabil flüchtig kennt. Ich will ihn fragen, ob er weiß, wen man noch als Zeugen für Nabils Alibi heranziehen kann.“

Die beiden Frauen betraten wenig später das Museumscafé und Paula hielt Ausschau nach Nabils Freund. Der junge Mann hatte tatsächlich Dienst und kam zu ihnen an den Tisch. Er erinnerte sich sofort an den Abend mit Nabil. Sie seien nach dem türkischen Imbiss noch mit anderen Marokkanern zu seinem Cousin gegangen, hätten die restliche Nacht Pfefferminztee getrunken und Shisha geraucht. Nabil sei die ganze Zeit bei ihnen gewesen, das könnten er und sein Cousin bezeugen.

Paula strahlte. „Das hat Nabil auch gesagt, er wusste nur nicht, wo genau er gewesen war und konnte sich nicht mehr an die Namen der anderen oder die Straße erinnern!"

Sie schrieb sich Namen und Adresse des Cousins auf und konnte es kaum erwarten, nach Hause zu kommen. In der WG-Küche fiel sie Nabil, der gerade ein Paket tiefgefrorener Pommes frites in den Backofen schob, um den Hals. Der junge Marokkaner war überglücklich. Er wollte sofort bei der Kripo anrufen und den Zeugen nennen, aber Paula bat ihn, den Anruf zu verschieben. Sie wollte zuerst mit ihm zusammen den Zeugen aufsuchen.

Antonia ließ die beiden mit ihrem Glück allein und zog sich in Jorges Zimmer zurück, um einen Anruf zu machen. Sie meldete sich bei Claus von Ravenorst, dem Rechtsanwalt aus Bad Godesberg. Er hatte sie bei einer Ermittlung auf Rügen sehr unterstützt und Antonia erinnerte sich, dass er ein Boot auf dem Rhein besaß. Sie hoffte, dass er Insider-Informationen über die nächtliche Attacke auf Losers Jacht hatte. Seine Sekretärin meldete, der Anwalt sei unterwegs und erst morgen wieder zurück. Antonia schickte ihm eine SMS. Die Zerstörung der Jacht hinge mit dem Fall zusammen, an dem sie gerade arbeite und ob er etwas über die näheren Umstände wüsste. Es dauerte nicht lange und sie erhielt eine Antwort. Es stellte sich heraus, dass der Anwalt über den Vorgang bereits informiert war, weil sein Boot in derselben Marina lag wie Losers Schiff. Er schlug vor, sich montags zum Mittagessen zu treffen.

„Bin neugierig, was Sie diesmal umtreibt!", lautete das Ende seiner SMS.
Kurz vor sieben warf Antonia Alexander den Autoschlüssel in den Briefkasten. Um sich für eine Weile von Kahlschlags Ermordung und darüber hinaus von Alexander abzulenken, spazierte sie in die Innenstadt und ging ins Kino. Sie sah sich einen belanglosen Film an, dessen Inhalt sie schon fast wieder vergessen hatte, als sie nach der Vorstellung auf den Marktplatz trat.
Die Innenstadt war gegen halb elf abends völlig tot. Das Kinopublikum zerstreute sich schnell. Es war kühl geworden und der Wind trieb Nieselregen über den Platz. Antonia fror und ging in Richtung Hofgarten. An einem arabischen Imbiss kaufte sie sich einen Döner mit Falafel und aß ihn im Weitergehen. In Vorfreude, noch etwas mit Carmen und Paula in der warmen WG-Küche sitzen und reden zu können, beschleunigte sie ihren Schritt, ging durch das Stockentor und dann am Hauptgebäude der Universität entlang.
Die gesamte Front der Universität war von Scheinwerfern beleuchtet. Sie sah zu den Fenstern des Spanisch-Instituts hoch. Die meisten Fenster lagen im Dunkeln, nur im Dachgeschoss war noch Licht. Ob das Alexanders Zimmer war? Er arbeitete oft noch nachts in der Uni.
Die Laternen warfen trübe Kegel auf das schwarze, regennasse Pflaster. Zweimal fuhren junge Leute auf Rädern an ihr vorbei. Am Spätnachmittag hatte sich Nebel über die Stadt gelegt und die große Rasenfläche zwischen den Alleen lag verschwommen da. Die Bäume, noch fast kahl, reckten ihre Äste wie magere Arme in den Nachthimmel. Unten, am Ende der Wiese, sah man die Umrisse des Akademischen Kunstmuseums, vor dem man den ermordeten Obdachlosen gefunden hatte. Antonia überlegte kurz, ob sie die Abkürzung durch den Hofgarten gehen oder am Bahnhof die Straßenbahn nehmen sollte, entschied sich für den Spaziergang und schlug den Weg in die Allee ein, die zum Akademischen Kunstmuseum führte. In

der Mitte der Allee wurde der Weg stockdunkel, weil das Licht der Straßenlaternen bis dort nicht hinreichte.
Sie wollte gerade in einen Weg zur beleuchteten Straße abbiegen, als sie hinter sich Schritte hörte. Zwei Personen kamen in ihre Richtung. Sie bog in einen Querweg des Parks ein und sah sich noch einmal nach ihnen um, aber die beiden waren verschwunden. Niemand war mehr zu sehen. Vielleicht waren die beiden über die Hofgartenwiese in Richtung Rhein gegangen oder sie hatten sich auf eine der Bänke niedergelassen, auf denen abends oft Obdachlose saßen und gemeinsam tranken. Antonia ging ein wenig schneller, als sie die Schritte plötzlich wieder neben sich hörte. Zwei Männer überholten sie und verschwanden zwischen den Bäumen. Antonia blieb stehen. Sie verstaute ihr Handy und ihr Portemonnaie vorsorglich in der Innentasche ihres Mantels, besann sich auf ihren Selbstverteidigungskurs und ging weiter. Ein Stück in Richtung Straße traten die beiden Männer plötzlich vor ihr auf den Weg und kamen direkt auf sie zu. Antonia wollte an ihnen vorbei, aber der eine stieß sie zurück, während der andere sie wie einen Spielball auffing und dabei gleichzeitig zu Boden riss.
Mit einer Hand hielt er Antonias Mund zu und schleifte sie vom Weg weg zwischen die Bäume. Beide Männer trugen dunkle Mützen, die nur die Augen frei ließen, Kapuzenjacken und Handschuhe, so viel konnte sie im Handgemenge erkennen. Antonia versuchte sich zu wehren, aber beide drückten ihre Arme fest in den Boden. Der eine, der ihr seinen Handschuh auf den Mund presste, näherte sich jetzt ihrem Ohr und brummte drohend: „Das ist eine Warnung. Wenn du nicht Finger von Fall lassen, dann dir gehen wie Kahlschlag!"
Trotz des Schreckens und des Ernstes ihrer Lage bemerkte Antonia, dass es sich bei dem Sprecher kaum um einen Ausländer handeln konnte. Die Botschaft sollte wohl gebrochen Deutsch klingen, war aber mit stark rheinischem Akzent gesprochen.
„Du verstanden?"
Antonia nickte.

„Du aufgeben?"
Antonia nickte wieder.
„Also, dann verpiss dich!"
Der Maskierte ließ von ihr ab und sprang auf. Er trug Springerstiefel, so viel konnte sie vom Boden her erkennen. Von weitem hörte man jetzt Stimmen. Einer der beiden Typen rief leise: „Los komm, weg hier!", und beide liefen in Richtung Wiese zurück.
Antonia setzte sich benommen auf, dann ließ sie sich wieder auf den Rücken fallen. Der ganze Überfall hatte nur wenige Minuten gedauert. Ihr Herz schlug wie verrückt und ihr Hals schmerzte. Der eine Kerl hatte ihr, während er ihr drohte, zweimal kräftig die Kehle zugedrückt. Sie versuchte, tief zu atmen. Auf dem Hauptweg der Allee fuhren jetzt Fahrräder vorbei. Ein Pärchen, das sich laut unterhielt. Sie hätte um Hilfe rufen können, aber sie blieb einfach liegen. Nach einer Weile stand sie auf, klopfte Schmutz und Laub aus ihrer Kleidung und ging langsam zur Straße. Sie hätte schwören können, dass der Typ in den Springerstiefeln Jonas Kahlschlag gewesen war.

Am nächsten Morgen ignorierte sie den Wecker und blieb liegen. Ein sanfter Frühlingsregen fiel vor dem offenen Fenster. Antonia fühlte sich elend. Ihre Arme, ihr Hals und ihr Rücken schmerzten von dem Überfall. Das Geschehen hatte sie im Schlaf verfolgt, und zuletzt hatte sie geträumt, Florian habe bei dem Überfall zugesehen und gerufen: „Ich habe dich gewarnt, jetzt bekommst du die Quittung!" Sie schämte sich, dass sie Florian im Traum eine so schäbige Rolle zuwies. Irgendwie wollte sie ihm wohl die Schuld an dem Vorfall geben, so als habe er sie nicht beschützt.
Sie fühlte sich schwach und beschloss, im Bett zu bleiben. Paula gegenüber würde sie sich auf eine Erkältung herausreden. Um sich abzulenken, schaltete sie ihr Tablet ein und suchte im Internet Wohnungsangebote in Köln heraus. Während sie Einbauküchen und Bäder ansah, tauchten immer wieder die

Bilder des Überfalls vor ihr auf. Wie die beiden Männer sie nach hinten gerissen und in den Boden gedrückt hatten. In ihrer kurzen Ausbildungszeit hatte man ihr beigebracht, dass man ein Gewalterlebnis nicht verdrängen, stattdessen sich den Vorgängen stellen und sie möglichst mit jemandem besprechen sollte. Im ersten Jahr ihrer Ausbildung hatte sie auch an einem Kurs zur Selbstverteidigung teilgenommen. Leider hatte man ihnen nur beigebracht, wie man sich am besten gegen *einen* anderen Menschen verteidigt. Bei Zweien, die sie überfielen, hatte sie kaum Chancen gehabt. Der Schreckfaktor hatte sie gelähmt, aber sie hatte auch instinktiv erkannt, dass die Situation für sie nicht wirklich gefährlich war. Die Inszenierung mit dem gebrochenen Deutsch war leicht zu durchschauen gewesen.
Als Paula ihr später einen Tee ans Bett brachte und fragte, wie es ihr gehe, konnte sie ihr Erlebnis doch nicht für sich behalten. Ihre Stimme zitterte, als sie der Studentin von dem Überfall erzählte.
Die sonst so beherrschte Paula hielt sich vor Schreck eine Hand vor den Mund. „Das ist ja entsetzlich. Du musst das anzeigen, jetzt sofort! Ich hole das Telefon!"
„Nein, Paula, lass das! Ich bin sicher, es hat mit meinen Ermittlungen zu tun. Ich sollte versprechen, aufzugeben!"
Paula war blass geworden. Um keine weiteren Dramen zu beschwören, schickte Antonia sie in die Apotheke, um ein stärkeres Schmerzmittel zu besorgen. Im Falle einer Anzeige befürchtete sie Komplikationen. Würde sie Jonas jetzt anzeigen und die Polizei würde ihn befragen, dann wären ihr bestimmte Wege versperrt. Sie wollte stattdessen noch einmal selbst mit ihm sprechen. Wer wohl sein Helfer gewesen war? Und woher wussten die beiden, dass sie den Weg durch den dunklen Park genommen hatte? Waren sie ihr bis ins Kino gefolgt?
Unter der Dusche wurde sie ruhiger. Sie frühstückte und wählte dann die Nummer der Kahlschlags. Es meldete sich die Witwe. Antonia fragte, ob sie Jonas sprechen könne. Frau Kahl-

schlag verneinte und ergänzte mit herablassender Stimme: „Mein Sohn hat heute sein Privatissimum in der Universität!“
Antonia tat erstaunt. „Ich wusste gar nicht, dass Jonas noch studiert. Ich dachte, er hätte sein Studium abgeschlossen! Ich meine, er ist doch gut über dreißig.“ Um nicht zu sagen knapp unter vierzig, dachte sie bei sich.
Die Witwe des Ermordeten, die in ihrem bisherigen Leben wahrscheinlich nie über den Tellerrand der Universität hinausgeschaut hatte, antwortete in hoheitsvollem Ton: „Kultur und Bildung, meine Liebe, das sind die Werte, die wir ihm vermittelt haben! Unser Jonas bildet sich weiter. Er ist heute bei Herrn Dr. Lewald!“
Antonia sah Jonas vor ihrem inneren Auge, wie er an der Theke des *Tattoo* saß und mit Urs Lewald abwechselnd Bier und Schnäpse trank. „Sehr schön! Es geht nichts über spirituelle Werte. Wissen Sie denn, wann ich ihn heute erreichen kann?“
Die Stimme von Frau Kahlschlag klang jetzt gereizt. „Ich denke, er ist noch im Spanischen Seminar! Wenn Sie mich jetzt entschuldigen wollen, ich habe meine Bridge-Damen hier!“
Antonia dankte und richtete Jonas noch rasch schöne Grüße aus. „Er weiß weshalb“, fügte sie hinzu. Wenn er es war, der sie überfallen hatte, wollte sie ihm zumindest zeigen, dass sie ihm auf die Schliche gekommen war.
Paula kam aus der Apotheke zurück und sah Antonia prüfend an. „Du siehst immer noch ziemlich mitgenommen aus. Am besten, du nimmst jetzt eine Tablette gegen die Schmerzen und wir machen einen Spaziergang!“
Draußen schlug Paula einen Besuch im Botanischen Garten vor. Es hatte aufgehört zu regnen und als die beiden Frauen beim Poppelsdorfer Schloss ankamen, schien die Sonne. Sie passierten die Brücke des Schlossweihers und spazierten zum Eingang des Gartens. Paula schien bewusst leichte Themen anzuschneiden. Sie wolle in diesem Sommer mit Nabil nach Tanger. Seine Eltern besaßen dort einen Riad, der teilweise an Gäste vermietet wurde.

„Ich freue mich sehr! Wir werden beide ein bisschen im Haus helfen, aber sonst haben wir viel freie Zeit! Komm uns doch mit Florian besuchen. Wir könnten zusammen Ausflüge machen und ans Meer fahren!"
Für eine Weile ließen sich die beiden Frauen auf den Stufen der Schlossterrasse nieder. Zwischen duftenden Hyazinthen, Tulpen und zwitschernden Vögeln kam Antonia ihr nächtliches Erlebnis fast unwirklich vor, aber als etwas später zwei junge Männer, Spaziergänger wie sie, bei einer Wegbiegung hinter einem Baum auftauchten, schrak sie heftig zusammen und duckte sich unwillkürlich hinter Paula. Die beiden Männer sahen sie befremdet an, als sie vorbeigingen. Paula nahm Antonia beim Arm und zog sie zum Ausgang. „Tscha, ich schätze mal, du hast ein Trauma! Gehen wir in ein Café."
Im Café Nees am Schlossweiher bestellte Paula zweimal Kakao mit Sahne und einen Brandy für die plötzlich fröstelnde Antonia. Dann hob sie, für ihre Verhältnisse sehr langsam sprechend, an: „Antonia, ich mache mir Sorgen um dich, und ich fühle mich schuldig, dass ich dich in diese Sache hineingezogen habe. Ich schlage deshalb vor, du kommst mit uns nach Madrid. Es ist nur für drei Tage, aber es wird dich ablenken. Die anderen Doktoranden sind alle total easy. Und Madrid, das hat mal jemand gesagt, ist ein Versprechen."
Antonia schaute ratlos in ihren Kakao. „Ich weiß nicht. Vielleicht sollte ich lieber nach Hamburg, ich habe Florian versprochen, ihm beim Packen zu helfen."
Die Jüngere wurde jetzt sehr bestimmt. „Aber *ich* weiß es! Wir können uns ein Appartement teilen, und du kommst raus aus diesem Fall, in den du dich schon viel zu sehr verheddert hast. Manchmal ist ein bisschen Abstand gut! Bei Florian wirst du nur an den Überfall erinnert, weil du dich die ganze Zeit bemühen musst, nichts davon zu erzählen. Komm mit uns. Danach siehst du die Dinge aus einem anderen Blickwinkel, glaub mir. Wenn ich mich mal verheddert habe, konnte ich nach einer Reise immer viel besser denken."

Ich komme raus aus einem Fall, bei dem es kaum Hoffnung auf eine Lösung gibt, dachte Antonia resigniert. Bisher hat er mir nur blaue Flecken und einen großen Schreck eingebracht.
„Wann soll das sein?", fragte sie lustlos.
„Ich warte jeden Tag auf Losers Anruf! Während wir anderen beim Workshop sind, machst du in Madrid Besichtigungen. Du kannst in den Prado gehen oder in die angesagten Viertel wie Malasana oder Chueco. Dort gibt es total schräge Läden, es wird dir gefallen. Madrid ist das absolute Gegenprogramm zu Bonn. Es ist laut, bunt und schrill, und auf jeden Fall wird es dich auf andere Gedanken bringen."
Auch am Abend war Paula sehr bestimmt mit ihr. „Ich gehe gleich aus und du bleibst hier auf keinen Fall allein!" Antonia ließ sich widerstrebend zu einem Cante Flamenco-Abend mit Carmen überreden. „Du musst mitkommen. Da bekommst du einen kleinen Vorgeschmack auf Madrid!"
Carmen trat in einem Altstadt-Club auf, der über einen kleinen Saal verfügte. Im Viertel herrschte Hochbetrieb. Nicht nur ganze Gruppen feierwütiger junger Leute waren unterwegs, es gab darüber hinaus jede Menge Besucher, die sich, mit Fotoapparaten und Handys bewaffnet, die Straßenzüge ansahen, in denen man vor Jahren Zierkirschbäume gepflanzt hatte. Ihre jährliche Blüte war inzwischen zur touristischen Attraktion geworden. Der Abendwind trieb zahllose rosafarbene Blütenblättchen über das Pflaster und in der Breite Straße bildeten die Bäume über ihren Köpfen im Laternenlicht ein surreal wirkendes, rosa Gewölbe. Antonia erkannte die Straße wieder. Hier hatte sie neulich eine Wohnung besichtigt und die Maklerin hatte von Japan vor der Haustür geschwärmt. Paula lief ungerührt weiter. Sie mache sich nichts aus Kirschblüten, war ihr Kommentar. Irgendwie gehörten die hier doch nicht hin. Dieses neonfarbene Pink gehe ihr auf die Nerven, sie bevorzuge weißblühende Kirschbäume.
Als sie den Club erreichten, hatte Carmen schon mit ihrer Darbietung angefangen. Viele Studenten und etliche Spanier

waren anwesend. Carmen, begleitet von zwei Gitarristen und einer Tanzgruppe, die den Rhythmus klatschten und anfeuernde Zwischenrufe ausstießen, sang mit Leidenschaft von der Liebe eines Gitanos. Die Spanier benutzten offenbar keine politisch korrekte Bezeichnung für Zigeuner. Die *Amor Gitano* handelte von einer Liebe, die zu Beginn offenbar besonders glutvoll verlief, dann jedoch in Leid und Verzweiflung endete. Wegen ihres Verrats wurde der untreuen Liebsten ein Messer in die Brust gestoßen. Dabei weinte der Gitano weniger über seine Untat als über die Untreue der Geliebten. Als nächstes folgte *El camino del corazón*, der Weg des Herzens, wie überhaupt das Herz eine große Rolle in den Cantes Flamencos zu spielen schien. Carmens rauchige Stimme und das tiefe Pathos, das sie in die Lieder legte, ergriffen selbst Paulas norddeutsches Gemüt. Sie stand da und lauschte mit großen Augen ihrer WG-Genossin, wobei ihr Mund leicht offen stand.

Antonia sah sich unauffällig um, ob vielleicht jemand vom Lehrkörper des Spanischen Seminars anwesend war, aber heute schienen nur Studenten gekommen zu sein. Die Stimmung war ausgelassen und Carmen erntete überschwänglichen Applaus. In der Pause kam sie zu Antonia und Paula, die ihr einen Drink spendierten.

„Habt ihr Lewald gesehen? Er war da. Er stand ganz vorne an der Bühne und ich habe gesehen, wie er sich eine Träne weggewischt hat!"

Antonia hielt Ausschau nach dem Dozenten, konnte ihn aber in dem überfüllten Lokal nirgendwo entdecken. „War er in Begleitung? Vielleicht mit so einem dicklichen Typen mit kurzgeschorenem Haar und halber Glatze?"

Carmen überlegte. „Ich glaube nicht! Er lehnte dort hinten an der Säule und hielt ein Bier in der Hand! Nee, da war keiner neben ihm, die Studenten saßen alle auf dem Boden, ich hätte das gesehen."

Am Tresen stellte ihnen Carmen ihre Freundin Nele vor, eine große Blondine mit kurz geraspelten Haaren. Sie hatte den

Körper eines Jungen und trank ihr Bier in großen Zügen. Als Antonia bemerkte, sie habe Lewald nirgendwo gesehen, warf Nele ein, Carmens Dozent habe lange auf der Empore gesessen und sich dort mit einer Studentin unterhalten. Aber eben sei er gegangen.

Am Samstagvormittag ging gegen halb zehn das Telefon in der WG. Keiner hob ab. Weder Carmen noch Paula waren am Wochenende vor zwölf Uhr ansprechbar. Das Klingeln wiederholte sich und Antonia ging an den Apparat. Am Telefon meldete sich eine markige männliche Stimme.

„Loser hier, ich rufe aus Madrid an. Ist Frau Niedlich zu sprechen? Es ist dringend."

Antonia packte die Gelegenheit beim Schopf. „Frau Niedlich ist gerade unterwegs. Kann ich etwas ausrichten? Sie müssen wissen, ich bin eine Bekannte von ihr und würde gerne meine Doktorarbeit bei Ihnen schreiben."

„Fabelhaft, fabelhaft", dröhnte es aus dem Hörer. „Dann schließen sie sich doch Frau Niedlich und der Gruppe an, es sind noch Plätze frei. Richten Sie Paula aus, die Exkursion nach Madrid könne jetzt am Dienstag stattfinden, müsse sogar, denn ich komme selbst übernächste Woche nach Bonn. Ich habe einen Termin mit einem potentiellen Käufer für mein Haus!"

„Vielen Dank für die Einladung! Ich richte es aus. Kann Frau Niedlich Sie später zurückrufen?"

„Nein, ich bin unterwegs. Denken Sie bitte daran: Anreise ist Dienstag. Wir haben von hier aus ein Kontingent bei Eurowings reserviert. Der Flug von Köln geht um 17.30 Uhr!"

Dann legte er auf, ohne sich zu verabschieden. Loser schien es gewohnt zu sein, Anordnungen zu geben. Und wahrscheinlich war er es auch gewohnt, dass man diesen Anordnungen Folge leistete. Antonia ging in die Küche. Seine Stimme hatte nicht sympathisch geklungen.

Wenn sie an dem Trip nach Madrid teilnahm, würde sie sich

vielleicht noch einmal mit Alexander das Konzept für ihre angebliche Doktorarbeit ansehen müssen. Womöglich mit ihm allein. Instinktiv griff sie nach ihrem Handy und wählte Florians Nummer. Seine vertraute Stimme, die jetzt noch sehr verschlafen klang, beruhigte sie, auch wenn sie ihm nicht von dem Überfall erzählen durfte. Stattdessen klemmte sie sich den Hörer zwischen Kopf und Schulter, setzte Kaffeewasser auf und berichtete dem Freund, dass sie eventuell mit Paula für ein paar Tage nach Madrid fliegen würde.

Florian wurde allmählich wach und beglückwünschte sie zu der Reise. „Ich wünschte, ich könnte mitkommen. In der Almudena-Kathedrale gibt es eine fantastische neue Orgel, die musst du dir ansehen!"

„Und du bist nicht sauer, dass ich nicht nach Hamburg komme, um dir beim Packen zu helfen?", fragte sie am Ende des Telefonats.

„Unsinn! Madrid ist der Wahnsinn, da musst du hin! Ich kann sowieso nicht verstehen, wieso du so lange in Paulas WG herumsitzt und deinen Urlaub in Bonn vergeudest!"

Das Telefonat mit Florian hatte Antonia gutgetan. Sie goss sich gerade eine zweite Tasse Kaffee ein, als gegen halb zwölf Paula verschlafen in die Küche schlurfte, hinter ihr Nabil, in Pyjamahosen und wohlgeformtem Oberkörper, wie Antonia mit einem Seitenblick feststellen konnte. Paula trug einen Baumwollpyjama, auf dessen Oberteil sich Snoopy-Figuren tummelten. Sie gähnte laut und wollte keinen Filterkaffee. Stattdessen setzte sie die Espressokanne auf den Herd. Nabil machte sich einen Pfefferminztee. Danach erschien Carmen, in ihrem Schlepptau Nele. Die beiden tranken Mandelmilch, von der Carmen immer einen Vorrat hortete. Nur beim Toast hielt sich niemand zurück, weil es nichts anderes gab.

Antonia wartete ab, bis Paula ihren Espresso getrunken hatte. „Übrigens: Loser hat eben angerufen, der Workshop geht schon am Mittwoch los. Anreise sei Dienstagabend!"

Paula schrie auf. „O nein! Dieser Typ ist ja so was von ner-

vend. Plötzlich muss alles ganz schnell gehen, nachdem er mich wochenlang hingehalten hat. Ich muss jetzt acht Leute davon überzeugen, dass sie am Dienstag bitte schön bereitstehen. Wir müssen gegen Mittag von hier aufbrechen!"
Nabil, den kaum etwas aus seiner Gemütsruhe bringen konnte, sah sie erstaunt an. „Wo ist das Problem, ist doch noch massenhaft Zeit!"
Paula fuhr aus der Haut. „Waschen, packen, zig Leuten hinterhertelefonieren und für den Herrn Professor die Liste seiner Wunschtitel recherchieren. Und das alles am Wochenende!"
Nabil bot ihr an, die Recherche zu übernehmen.
Paulas Gesicht entspannte sich etwas. „Nee, lass mal, ich hab da so mein System!"
Auch Antonia bot ihre Hilfe an. „Und falls es deine Stimmung hebt", warf sie ein, während sie eine letzte Toastscheibe zuerst mit Leberwurst, und dann zum Entsetzen aller am Tisch mit Erdbeermarmelade bestrich, „ich komme mit!"
Paula entspannte sich noch mehr. „Wirklich? Das wäre fein!"
Carmen klopfte Antonia anerkennend auf die Schulter. „Muy bien! Du wirst sehen: Madrid lässt niemanden kalt, da kommst du auf andere Gedanken!"

Antonia hatte sich mit dem Godesberger Anwalt Claus von Ravenorst zum Mittagessen verabredet. Sie wusste, dass er viel arbeitete, häufig unterwegs war und war dankbar, dass er für sie Zeit gefunden hatte. Sie traf ihn in dem Restaurant am Markt, in dem sie vor kurzem auch mit Rita gegessen hatte. Ravenorst, heiter wie immer, wirkte so, als käme er gerade aus dem Urlaub. Er erkundigte sich nach ihrem Befinden und wollte wissen, woran sie gerade arbeitete.
„Ich bin gespannt, wie die Sache mit dem Boot und ihr neuer Fall zusammenhängen. Es geht doch nicht etwa um den Mordfall in der Uni?"
„Haben Sie darüber gelesen? Doch, genau um den! Und der Emeritus ist während Losers Abschiedsfest umgebracht wor-

den. Es geht auch das Gerücht, dass der Mörder die beiden vielleicht verwechselt hat."
Ravenorst nickte. „Jedenfalls sieht Losers Boot nicht so aus, als sei es die Tat von Freunden gewesen!" Dann bestätigte er, was Antonia auf Facebook gesehen hatte. Die Aufregung an der Marina sei groß gewesen.
„Es ist in Jahrzehnten nur zweimal vorgekommen, dass Diebe in der Nacht Motoren entfernt oder Kajüten aufgebrochen haben. Im Fall von Losers Jacht war reiner Vandalismus im Spiel. Man hat das Boot mit schwarzer Farbe beschmiert, die Tür zur Kajüte eingetreten und versucht, die Motoren zu demolieren. Die Täter haben ihr Werk dann wohl abbrechen müssen. Vermutlich wurden sie durch ein Patrouillenboot der Wasserschutzpolizei gestört!"
Als der Anwalt das Ausmaß der Zerstörung beschrieb, kam Antonia ein Gedanke.
„Könnten Sie mir wohl ein paar Fotos von dem Boot machen und auf mein Handy mailen? Ich fliege am Dienstag nach Madrid und treffe Professor Loser, den Eigentümer. Vielleicht ist Dr. Hauhechel schon auf die Idee gekommen, Loser ein paar Fotos zu schicken. Aber jedenfalls hätte ich auch einen Vorwand, um ihn in ein Gespräch zu verwickeln. Das wäre für die Aufklärung des Falls ziemlich wichtig."
Der Anwalt spießte gerade ein Portion Gurkensalat auf, senkte dann aber die Gabel wieder. „Ich glaube nicht, dass Loser schon Fotos hat! Hauhechel soll sehr verstört gewesen sein. Loser wird die Einzelheiten von der Polizei erfahren, damit er sich an seine Versicherung wenden kann."
Antonia, die sich Ritas Leibgericht bestellt hatte, weil sie der rheinischen Küche eine Chance geben wollte, tat sich schwer mit der gebratenen Blutwurst und stippte ein Stück davon in das Apfelmus. Dann betrachtete sie den Bissen und fragte den Anwalt, was er von Loser halte.
„Ich bin ihm noch nicht begegnet. Wir machen ab und an ein Fest unter den Bootsleuten, da ist er nie aufgetaucht. Außer-

dem heißt es, er sei überhaupt nur selten an der Marina gewesen! Den Mitarbeiter, den jungen Hauhechel, kenne ich!"
Antonia schluckte die Blutwurst hinunter, es schmeckte erstaunlich gut. Die Verbindung mit dem Apfelmus war nicht schlecht.
„Loser", erklärte sie dem Anwalt, „will nach diesem Semester Bonn verlassen und sein Haus verkaufen, möglicherweise dann auch das Boot!"
Der Anwalt hob die Augenbrauen. „So wie das jetzt aussieht, wird er nicht viel dafür kriegen. Wenn Sie möchten, dehne ich meine Mittagspause etwas aus und wir fahren kurz zur Marina. Dann können Sie selbst ein paar Fotos machen!"
Antonia war hocherfreut. Sie würde Lewalds Vorlesung verpassen, wenn sie diesen Ausflug machte. Umso besser, dachte sie erleichtert und nickte dem Anwalt zu. „Das wäre ganz wunderbar!"
Claus von Ravenorst lehnte sich entspannt zurück und bestellte Kaffee. „Mein Vorschlag ist nicht ganz uneigennützig. Ich habe mir nämlich gerade selbst ein neues Boot gekauft und wollte mal nach ihm sehen."
Auf der Fahrt zum Mondorfer Hafen erzählte sie dem Anwalt, dass sie bisher bis auf ein mögliches materielles Interesse des Adoptivsohns Jonas im Fall Kahlschlag kein Motiv erkennen könne. Der alte Mann sei nicht beraubt worden. Der Mörder habe mit der Drapierung der Leiche unter die Michaels-Statue etwas zum Ausdruck bringen wollen. Aber was?
Der Anwalt wies auf den alten Grundsatz *cui bono* hin. „Das ist wie im Western! In vielen Fällen beruht die Gewalttat, wenn sie nicht aus einem Affekt geschieht, darauf, dass man dem Täter Unrecht getan hat und er mit seinen Taten die alte Ordnung wieder herstellen will. Gerechtigkeit zum Beispiel!"
„Gerechtigkeit im Sinne des Täters, meinen Sie?"
„Richtig! Das ist natürlich rein subjektiv", gab der Anwalt zu. „Oder er verspricht sich durch den Mord ein besseres Leben, wie im Falle des Adoptivsohns!"

„Aber sagten Sie nicht, dass auch ein Obdachloser umgebracht wurde? Da war doch nichts zu holen!“
„Man weiß aber noch nicht, ob die beiden Morde zusammenhängen!“
An der Marina des Mondorfer Hafens folgte sie Claus von Ravenorst auf einen langen Steg, an dessen Ende Losers Jacht lag. Das Schiff überragte alle anderen Boote, machte jedoch einen traurigen Eindruck. Die Polizei hatte ein Absperrband vor den Zugangssteg geklebt. Die gekappten Motoren und die viele schwarze Farbe auf dem Deck und an den Fensterscheiben gaben ihm das Aussehen eines schwimmenden Sargs. Antonia machte ein paar Fotos und versuchte, das Boot aus verschiedenen Perspektiven aufzunehmen.
„Die Farbe sieht aus wie Teer“, bemerkte sie.
Der Anwalt nickte. „Früher hat man damit die Holzboote von unten gestrichen. Heute verwendet man aber fast nur noch Plastik im Bootsbau. Die Täter müssen das Zeug mitgebracht haben!“
Dann bat er Antonia, ihm zu einer anderen Anlegestelle zu folgen, um ihr seine Neuanschaffung zu zeigen. Es war ein hübsches Boot, das dort funkelnagelneu in Weiß und Blau in der Sonne lag.
„Es ist natürlich kleiner als Losers Jacht, aber dafür schneller“, schmunzelte der Anwalt. Sie sei herzlich eingeladen, demnächst mit ihm eine Runde zu drehen. Dann sah er diskret auf seine Rolex. „Wir müssen los. Ich habe noch zwei Verhandlungen für morgen früh in Hannover vorzubereiten. Danach muss ich weiter nach Berlin!“ Antonia erinnerte sich, dass sein Leben eng getaktet war und dankte ihm für den Ausflug. Claus von Ravenorst setzte sie vor der Uni ab und schickte ihr ein „Passen Sie auf sich auf!“ hinterher.
In guter Stimmung, wie immer, wenn sie Ravenorst getroffen hatte, betrat sie das Gebäude. Sie hatte eigentlich vor, Paula aufzusuchen. Wegen der erwartbaren Anwesenheit von Alexander änderte sie jedoch ihren Plan und machte sich auf den

Weg zu Lewalds Veranstaltung. Da sie die Vorlesung um 14.00 Uhr verpasst hatte, ging sie in sein Seminar, das um 16.15 Uhr begann.
Das Thema der heutigen Stunde war der Film „Ein andalusischer Hund“ von Buñuel und Dalí.
Zwei Studentinnen hielten entsetzlich langweilige Referate, indem sie den Film Sequenz für Sequenz nacherzählten. Antonia wäre fast eingeschlafen, wenn nicht ihr Nebenmann, der schon die ganze Zeit mit den Füßen gescharrt hatte, aufgezeigt und gefragt hätte, wann es endlich um den Surrealismus und die Symbolik des Films ginge. Lewald lächelte leutselig und fragte die Referentin: „Was sagen Sie dazu?“
Die Studentin zuckte mit den Schultern. „Vielleicht der Flügel? Vielleicht ist das die Kirche?“
Antonia erinnerte sich an die Filmszene, in der zwei katholische Priester sich vor einen Konzertflügel spannen und ihn durch ein Zimmer ziehen. Die Studentin sah hilflos zu Lewald. „Das Ganze wird ja dann zum Kadaver, das könnte eine Kritik an der Kirche sein!“
Lewald war begeistert. „Noch mehr Einfälle?“
Von da ab entspann sich eine chaotische Diskussion um die berühmte Eingangsszene, in der ein Mann einer Frau den Augapfel mit einer Rasierklinge durchtrennt. Ein junger Mann behauptete, es handele sich um die typische Gewalt des spanischen Machos gegen Frauen. Antonia war erstaunt, dass inzwischen männliche Studenten mit Vehemenz feministische Positionen vortrugen, aber Paula hatte ihr neulich in der WG-Küche erklärt, es gehe um *gender*. Die Festlegung des biologischen Geschlechts Frau auf ein sozial zugeschriebenes Geschlecht entspräche der Festlegung der Männer auf bestimmte Rollen, und das wolle ja nun keiner.
Eine Studentin warf ein, dass es sich bei dieser Szene um eine Betonung des Sehens handele. Das surrealistische Kino wolle das Sehen in seiner traditionellen Form zerstören, daher die Durchtrennung des Sehnervs. „Eines weiblichen Sehnervs“,

betonte der Student mit der feministischen Position. Dann ging eine heiße Debatte um die Frage los, was die Ameisen, die in einer Szene dem Schauspieler aus der Hand krochen, zu bedeuten hätten. Lewald ließ zu Antonias Erstaunen der Diskussion freien Lauf, ohne auch nur einmal vermittelnd einzugreifen. Es gab am Ende noch nicht einmal eine Zusammenfassung der Beiträge und als es klingelte, verließen die Studenten nervös diskutierend den Seminarraum in alle Richtungen, wie eine Herde Schafe, die der Hirt verlassen hatte. Antonia war aus ihrem Studium eine andere Seminarleitung gewöhnt und wunderte sich. Sie war unter den letzten Teilnehmern im Flur, als hinter ihr Lewalds Stimme ertönte.

„Frau Babe, kommen Sie mit auf einen Kaffee?“ Der Dozent sah sie unsicher von unten her an.

„Sehr gerne, Herr Dr. Lewald!“

Sie gingen zusammen über den Arkadenhof in die Cafeteria und Urs Lewald, sichtlich froh, dass er sein Tagespensum erledigt hatte, fing an, angeregt mit ihr zu plaudern. Er habe von ihren Ermittlungen gehört. Wie komme sie denn voran, ein Doktortitel bringe sie beruflich doch sicher weiter? Offenbar glaubte er doch noch, sie wolle bei Loser promovieren und ihre Arbeit als Privatermittlerin sei eine Art Zwischenstadium. Am Eingang der Cafeteria ließ er Antonia höflich den Vortritt. „Darf ich Ihnen einen Kaffee spendieren? Wenn man das Gebräu hier so nennen kann! Wie ich meinen Cortado vermisse!“

Antonia suchte einen Tisch am Fenster mit Blick auf den Hofgarten und wartete, bis Lewald mit zwei Pappbechern Automatenkaffee zurückkam.

„Ich habe von Paula Niedlich gehört, dass Sie auf Wohnungssuche sind“, sagte er, als er sich neben ihr niederließ. „Vielleicht wäre *meine* Wohnung etwas für Sie! Wenn Sie möchten, schauen Sie doch bei Gelegenheit mal vorbei. Sie liegt in Rheinnähe, in der Fährgasse, nur ein paar Schritte von hier. Ich verschwinde ja nach diesem Semester wieder nach An-

dalusien. Ich könnte hier nicht leben. Ich habe das Gefühl, in dieser Stadt zu ersticken. Mir fehlen die Berge und das Meer!" Dabei sah er traurig vor sich hin.
Antonia, die ihm das erste Mal so nahe ins Gesicht schaute, sah in müde, etwas gequält blickende Augen, über denen die Lider tief herabhingen. Lewald wirkte wie jemand, der Zeit seines Lebens zu viel Alkohol konsumiert hatte.
„Frau Niedlich ist ja nun auch vergeben, schade. Ich hätte sie gern in meiner Nähe gehabt in Córdoba."
Fast tat er Antonia ein bisschen leid. Er schien sich wirklich in Paula verliebt zu haben. Um ihn abzulenken, erzählte sie von der bevorstehenden Exkursion. „Morgen Nachmittag fliegen wir nach Madrid. Es kam etwas plötzlich, aber es ging nicht anders. Professor Loser will nämlich anschließend selbst nach Bonn kommen. Er will sein Haus verkaufen. Für Paula kam alles etwas überraschend. Sie muss nun kurzfristig alle Doktoranden zusammentrommeln."
Lewalds müde Züge nahmen einen bitteren Ausdruck an.
„So war er schon immer. Der Kollege Loser neigt dazu, sich wenig um die Bedürfnisse anderer Menschen zu scheren."
Antonia horchte auf. Dann fragte sie wie nebenbei: „Und ist er mit Ihnen auch schon einmal so umgegangen?"
Lewald schob sein Kinn weit nach vorne. Seine Augen bekamen einen unnatürlichen Glanz.
„Im Gegenteil. Er muss nach meiner Pfeife tanzen, ich habe ihn in der Hand." Im nächsten Augenblick schien er seine Äußerung zu bedauern, denn er lehnte sich zurück und lächelte: „Ich mache natürlich Scherze. Das ist meine Art von Humor, wissen Sie. Natürlich ist es umgekehrt und Loser hat *uns* alle in der Hand!"
Während sie in ihrem Kaffee rührte, sah Antonia den Dozenten mit gespielter Treuherzigkeit an. „Herr Dr. Lewald, da Sie wissen, dass ich auch ermittele, wollte ich Sie fragen, ob Sie Kahlschlag senior schon einmal vor dieser Abschiedsfeier begegnet sind?"

Lewalds Lider schlossen sich etwas und es war, als würde sich sein Augapfel mit einem milchigen Schleier überziehen. Dann schüttelte er den Kopf. „Natürlich nicht. Wie denn auch? Ich war in den letzten zwanzig Jahren ununterbrochen in Spanien. Ich bin über Loser an diese Uni gekommen. Ich habe ihm damit einen Gefallen getan. Glauben Sie mir! Freiwillig hätte ich dieses Kaff hier nie betreten. Ich kannte kaum jemanden auf dem Empfang!"
Antonia nahm einen winzigen Schluck von dem furchtbaren Kaffee. „Aber Sie kennen Jonas, seinen Sohn?", hakte sie nach.
Lewald nickte. „Jonas ist nach der Ermordung seines Vaters zu mir ins Büro gekommen. Seine Mutter hat ihn geschickt. Die Familie wollte natürlich wissen, wie der Abend abgelaufen ist, was der alte Mann gemacht hat, wann er gegangen ist. Ich konnte Ihnen leider wenig weiterhelfen, denn ich habe mich fast den ganzen Abend mit Amolador über eine neue Software unterhalten, die man jetzt an spanischen Unis einrichtet. Die ist wirklich fabelhaft, nicht zu vergleichen mit dem Zeug, das die hier haben, alles geht viel schneller und ..."
Antonia unterbrach ihn. „Und dann haben Sie sich mit Jonas auch im *Tattoo* getroffen!"
Lewald, in seinem Software-Rausch unterbrochen, blickte sie eine Sekunde verwirrt an. „Ja. Ich habe Jonas von meiner Zeit in der Legion erzählt, das hat ihn interessiert! Und dann stellte sich heraus, dass wir einen ähnlichen Musikgeschmack haben."
„Ach ja, ich erinnere mich an das Stück *Hass*, das ich dort gehört habe!"
Lewald zögerte einen Moment, dann fuhr er fort: „Dann hat er mir vorgeschlagen, mit ihm und seinem Freund ins *Tattoo* zu fahren."
Antonia zuckte zusammen. Der Überfall im Hofgarten stand ihr wieder vor Augen. „Ein Freund? Wer ist Jonas' Freund? Studiert er auch hier?"
Lewalds Blick wurde für einen Augenblick etwas tückisch.

„Nicht alle Menschen auf der Welt studieren. Sein Freund arbeitet als Mechaniker in einer Autowerkstatt auf der anderen Rheinseite!“ Dann neigte er sich vor und rückte nahe an Antonias Gesicht. „Ich habe da auch mal eine Frage: Für wen, in wessen Auftrag, ermitteln Sie eigentlich?“

Antonia nahm, um Zeit zu gewinnen, einen Schluck des bitteren Automatenkaffees, antwortete dann aber mit ihrer Standardantwort: „Mein Auftraggeber will nicht genannt werden!“

„Ach! Und weiß die Polizei davon, dass Sie in diesem Fall Untersuchungen anstellen?“

„Aber natürlich“, log Antonia. Dann fügte sie hinzu: „Das können Sie auch Ihrem Freund Jonas ausrichten!“

Lewald sah sie erstaunt an. „Jonas, wieso Jonas?“ Dann bekam seine Stimme einen unangenehm schneidenden Ton. „Und es ist nicht zufällig der Boss, für den Sie arbeiten?“

Antonia wich seinem Gesicht, das sich ziemlich nah an ihrem befand, aus, indem sie sich weit in ihren Stuhl zurücklehnte. „Sie meinen Loser? Ich kenne Professor Loser nicht! Ich werde ihn erst in Madrid kennenlernen!“

Lewald setzte sich mit einem Ruck gerade hin, dann sprang er auf. „Schön, schön! Dann grüßen Sie ihn von mir. Ich muss jetzt leider zurück an die Arbeit! Und melden Sie sich, wenn Sie meine Wohnung besichtigen wollen!“ Dabei ergriff er seinen Becher und stand auf.

Sie sah seiner schmalen Gestalt mit dem krummen Rücken und den hängenden Schultern nach, wie er sich einen Weg zwischen den dicht besetzten Tischen und Stühlen der Cafeteria bahnte. Sie konnte sich Lewald kaum als Legionär vorstellen. Vielleicht hat er ja zum Niedergang der Legion beigetragen, hatte neulich Alexander gewitzelt. Alexander. Ein leichtes Rieseln lief ihr über den Rücken, ein Gemisch aus Erregung und Abneigung. Gut, dass sie ihn ein paar Tage nicht sehen würde.

Als sie den Arkadenhof überquerte, meldete sich ihr Handy. Es war Paula, die ihr bestätigte, dass sie noch einen Platz im

Flugzeug für sie buchen konnte. „Endlich etwas Urlaub", dachte Antonia beglückt und steckte das Handy in die Tasche. In diesem Moment sah sie, wie am anderen Ende des Hofs Jonas Kahlschlag in den Arkaden vor der Blauen Grotte verschwand. Sie beschleunigte ihren Schritt und heftete sich an seine Fersen. Er durchquerte die Halle mit den Anschlägen und Bekanntmachungen und ging draußen in Richtung eines Brunnens weiter. Dann verschwand er in der Tür, die zum Lesecafé der Uni führte. Antonia folgte ihm und sah vom Eingang, wie er sich am Tresen einen Kaffee und einen Muffin holte und damit an einen Tisch am Fenster schlurfte. Sie wartete, bis er Platz genommen hatte, dann ging sie direkt auf seinen Tisch zu und baute sich vor ihm auf.

„Jonas, gut, dass ich Sie hier treffe. Hat Ihre Mutter Ihnen meinen Gruß ausgerichtet?"

Jonas, der auf der Hälfte seines Muffins herumkaute, war sichtlich verärgert, dass man ihn beim Essen störte. „Gruß? Nö!", war seine knappe Antwort.

Antonia blieb weiter stehen und sah ihn durchdringend an. „Ich hätte da noch eine Frage! Waren Sie das neulich nachts im Hofgarten? Mit Ihrem Freund, dem Mechaniker?"

Jonas senkte seinen Kopf über seine Kaffeetasse, blickte störrisch vor sich hin und antwortete nicht. Er machte den Eindruck eines trotzigen Kindes, das etwas kaputt gemacht hatte, es aber nicht zugeben wollte.

„Dass Sie nichts sagen, deute ich als Antwort!" Antonias Stimme bebte vor Wut.

„Ich weiß nicht, wovon Sie reden", nuschelte Jonas.

„Vielleicht leiden Sie ja unter einer speziellen Amnesie!"

Sie ging noch näher an den Tisch heran und nahm erstaunt den Geruch eines schweren Parfüms wahr. Denselben wie in Lewalds Zimmer. Dabei fiel ihr auf, dass Jonas einen teuren Kaschmirschal trug, der zu seinem sonstigen Outfit, einer ausgebeulten Fleece-Jacke und einem fleckigen T-Shirt, nicht passte.

„Und ich hätte eine weitere Frage! Woher haben Sie diesen Schal?“
Jonas blies die Backen auf, als sei ihm warm. Für einen Moment erinnerte er an eine barocke Putte. Dann schob er sich den Rest seines Muffins in den Mund, trank seine Tasse aus und sprang auf. In einem riss er sich den Schal vom Hals und warf ihn auf den Tisch. „Da haben Sie das Teil von dieser Schwuchtel!“
Antonia sah überrascht auf den teuren Schal herab, während Jonas an ihr vorbei zur Tür hastete.

6

Antonia lehnte ihren Kopf an die eierschalfarbene Wandverkleidung des Flugzeugs und sah auf die undurchdringlichen Wolkenberge, die Zentraleuropa gerade einen trüben Regentag bescherten. Es hatte sie viel Überwindung gekostet, Paulas Vorschlag, mit nach Madrid zu kommen, zu folgen.
Vor einigen Jahren war ihr damaliger Freund Pierre bei einem Motorradunfall in Spanien ums Leben gekommen. Sie hatte über die näheren Umstände nichts in Erfahrung bringen können und lange unter Schock gestanden. Sie war auch nicht in der Lage gewesen, an seiner Beerdigung teilzunehmen und hatte seine Familie nicht wieder kontaktiert. Sie war seitdem nicht mehr in Spanien gewesen.
Die Reisegruppe, bestehend aus Paula und fünf Studentinnen, die angeregt durcheinanderredeten sowie zwei schweigsamen, düster in die Welt blickenden männlichen Aspiranten, belegte im Flugzeug die reservierten Plätze vorne. Während Paula mit zwei Kommilitoninnen über die hippesten Cocktailbars in Madrid diskutierte, hing Antonia ihren Gedanken über die beiden Morde in Bonn nach. Finsteren Gedanken.
Seit vierzehn Tagen versuchte sie nun etwas über diesen Fall herauszubekommen und kam dabei nicht von der Stelle. Warum hatte sie sich wieder einmal in einer solchen Sache verstrickt? Warum überhaupt musste sie sich mit Verbrechen beschäftigen? Vielleicht ist es ja wegen Pierre, vielleicht muss ich wegen meiner Schuldgefühle unbedingt herausbekommen, wer für die Morde, wer für das Sterben verantwortlich ist. Koste es, was es wolle. Vor einem Jahr hatte sie ernsthaft überlegt, eine Psychotherapie zu beginnen, um diesen Fragen auf den Grund zu gehen. Dann war sie Rita Welsch über den Weg gelaufen, die sie für ihre Detektei mit einem Festgehalt angeworben hatte, dass sie als Selbständige nie hätte erreichen können. Sie hatte zugesagt und den Gedanken an eine Klärung ihrer Motive erst einmal aufgeschoben.

Sie schlief ein und wurde erst über Frankreich wieder wach. Paula neben ihr las in ihrer halbfertigen Doktorarbeit, denn jeder Doktorand sollte in Madrid den spanischen Kommilitonen seine Arbeit vorstellen und vice versa. Froh, nicht am Workshop teilnehmen zu müssen, zog Antonia ihr Notizheft heraus und blätterte durch ihre Aufzeichnungen.
Noch einmal rief sie sich das gestrige Gespräch mit Urs Lewald in Erinnerung. Was hatte er mit dem kühnen Spruch gemeint, er habe Loser in der Hand? Sie hatte das Gefühl, dass an dem Satz etwas dran war. Und wie kam Jonas Kahlschlag an den Schal aus Lewalds Zimmer? Und was hatte das alles mit Kahlschlags Ermordung zu tun? Was wusste sie über Miguel Amolador? Kam Lewald in Frage? Und was war mit Loser? Angeblich hatte er nicht ein einziges Mal das Institut am Tatabend verlassen. Aber wenn er sich statt auf die Toilette z. B. in einem unbeobachteten Augenblick in die Tiefgarage geschlichen hätte? Wer konnte für das Gegenteil seine Hand ins Feuer legen? Und Jonas, der mit dem Mord seine Erbschaft beschleunigt hätte, was war mit dem? Und wenn er das Ganze mit Brigitte, seiner leiblichen Mutter, zusammen gedreht hatte? Brigitte Wasmuth hatte auf sie nicht wie eine Mörderin gewirkt und dazu den Eindruck gemacht, als sei sie mit ihrem jetzigen Leben zufrieden. Und warum, das galt für alle Verdächtigen, die dramatische Inszenierung mit dem Drachentöter? Schnell kritzelte sie hinter Jonas' Namen die Worte *Drachenmotiv als Tattoo*, mit zwei Ausrufezeichen dahinter. Als Paula einen neugierigen Blick in ihr Heft warf, seufzte Antonia und klappte es resigniert zu.
Stattdessen blätterte sie in einem Magazin, das die Stewardess ihr beim Betreten des Flugzeugs überreicht hatte, und versenkte sich in einen Artikel mit dem Titel: *In vier Schritten zur Traumfigur* sowie einen Bericht über Jugendarbeitslosigkeit in Spanien.
Der Pilot meldete sich noch einmal kurz vor dem Anflug auf Madrid und verkündete mit smarter Stimme, die Fluggäste

könnten sich auf strahlenden Sonnenschein und vierundzwanzig Grad freuen.
Am Madrider Flughafen schlug ihnen tatsächlich die Wärme eines Sommertags entgegen. Es roch nach einer Mischung aus Jasmin und Maja-Seife, und Antonia genoss es, in eine andere Welt einzutauchen. Im Flughafen bewunderte sie die Eleganz, die manche der spanischen Reisenden vorlegten. Paula hingegen duldete keine Trödelei und lenkte die kleine Gruppe zielstrebig zur Metro.
Nach einer knappen halben Stunde erreichten sie das Zentrum von Madrid. Die Doktoranden waren in einem Hostal in der Nähe der Plaza de Santa Ana untergebracht. Paula hatte für sich und Antonia eine Ferienwohnung drei Straßen weiter gemietet, weil sie die anderen Studenten nicht auch noch morgens und abends treffen wollte.
Das Appartement machte einen freundlichen Eindruck, mit hellen Fußböden und leichten weißen Möbeln, es blieb den beiden jedoch kaum Zeit, es näher anzusehen. Sie hatten nur eine Viertelstunde zum Umziehen, denn um acht Uhr sollte der Empfang in der Uni beginnen.
Weil auch keine Zeit für öffentliche Verkehrsmittel blieb, winkte Paula an der Plaza de Santa Ana ein Taxi heran. Auf der Fahrt zur Universität saugte Antonia den Anblick der fremden Fassaden, Geschäfte und der vielen Menschen auf, während Paula sich auf Spanisch mit dem Taxifahrer unterhielt.
Als er erfuhr, dass sie aus Deutschland kamen, strahlte er: „Alemán? Bajarn Munschen!“, was Paula für Antonia mit Bayern München übersetzte. „Die sind hier alle fußballverrückt!“
Paula schien sich mit ihm weiter über Fußball, diesmal über Real Madrid und den Ankauf neuer Spieler zu unterhalten, bis sie vor den Stufen der Uni ausstiegen.
Der Empfang fand im Institut für Spanische Literaturwissenschaft statt. Der Direktor des Instituts, Professor Gomez, begrüßte die deutschen Gäste. Er hoffte, dass beide Seiten, Deutsche wie Spanier, von dem Workshop profitierten. Dann

ergriff Loser, der den zierlichen Spanier um eine Haupteslänge überragte, das Wort. Braungebrannt und in tadellos sitzendem Anzug wirkte er so glatt wie jemand aus der Werbung. Gewandt drückte er auf Spanisch und Deutsch aus, dass er sich freue, seine Studierenden in Madrid begrüßen zu dürfen, und dass sie alle zusammen zum vereinten Europa beitrügen.
Nach Loser sprach Paula ein paar Grußworte an die spanischen Kommilitonen und dass man auf einen Gegenbesuch in Bonn hoffe. Beim anschließenden Sherry-Umtrunk stellte sie ihrem Doktorvater Antonia als neue Doktorandin vor.
Loser schüttelte Antonia die Hand, wobei er routiniert lächelte, während er mit den Augen schon bei seinen spanischen Kollegen war. „Frau Niedlich wird Sie in alles einweihen, was Sie hier wissen müssen. Paula, ich verlasse mich auf Sie!" Dann gesellte er sich zu Gomez und dem Dekan der Fakultät, Professor Sanchez. Antonia hörte sein sonores Lachen und sah, wie er mit den beiden Kollegen dem Ausgang zustrebte. Sie ließ Paula stehen und lief den Dreien ein Stück nach.
„Professor Loser!"
Loser drehte sich um und schaute sie unwillig an. „Wenn Sie noch Fragen haben, kommen Sie bitte morgen in meine Sprechstunde, ich kann meine Kollegen nicht warten lassen."

Während sich Paula anderntags auf den Weg ins Hostal machte, um ihre Kommilitonen für den Workshop abzuholen, lief Antonia quer durch die Stadt zum Prado-Museum. Paula hatte ihr im Internet eine Karte organisiert, so dass sie nicht hinter zwei Schulklassen Schlange stehen musste. Mithilfe des Museumsplans ging sie zielstrebig zu dem Bild, das sie interessierte. Sie gehörte nicht zu den Menschen, die im Museum jedes einzelne Stück betrachteten. Sie sah sich gerne ein paar ausgewählte Bilder an, diese dann jedoch intensiv. Im Prado war es vor allem Velásquez' Gemälde *Die Hoffräulein*, das es ihr angetan hatte. Sie mochte den Narzissmus des Malers, der sich selbstbewusst mit seiner Staffelei neben seinem Modell, der

Infantin, abgebildet hatte und den Betrachter prüfend fixierte. Das Bild barg gleich mehrere Rätsel: einmal die Frage, was der Maler auf der Leinwand abbildete, von der man nur den Rücken auf der Staffelei sah. Die Farben seiner Palette wiesen auf die Infantin und ein Hoffräulein hin. Dann zeigte das Bild einen Spiegel, in dem das Königspaar, die Eltern der Infantin, zu sehen war, das aber nicht im Bild auftauchte. Damit stand es außerhalb des Bildes, genau wie der Betrachter. Drittens versammelte das Gemälde eine Reihe von Blicken, die den Betrachter eigentümlich in das Bild hineinzogen. Das Gemälde war in jedem Fall vieldeutig, und Antonia war von dieser Art Kunst, die Rätsel stellte, fasziniert.

Nach dem Vormittag in Gesellschaft interessanter Bilder besuchte sie das Café Murillo in der Nähe des Museums. Während man an der Bar ihren frischen Orangensaft presste, wählte sie Losers Nummer und erzählte ihm mit kühler Stimme, dass sie nicht in seine Sprechstunde komme. Sie habe im Moment keine wissenschaftlichen Fragen. Dass sie aber sein demoliertes Boot auf der Marina gesehen habe, ihm davon Fotos zeigen könne und auch ein paar Fragen bezüglich der Ermordung seines Freundes und Gönners Kahlschlag habe. „Vielleicht interessiert Sie das ja!", schloss sie herablassend. Loser schien diesen Ton nicht gewöhnt zu sein. Seine Stimme änderte sich schlagartig von gereizter Hochnäsigkeit zu höflicher Normalität und er schlug Antonia vor, ihn im Café Gijón, dem ältesten Café der Stadt, zu treffen.

„Am besten heute noch, denn ich fahre morgen zu Freunden aufs Land! Was halten Sie von fünf Uhr?"

Antonia sagte zu. Zufrieden steckte sie ihr Handy ein und spazierte den Paseo del Prado hinauf in Richtung des Thyssen-Bornemisza-Museums, um sich dort die moderne Kunstsammlung anzusehen. Weil das Wetter jedoch strahlend war, entschied sie sich gegen einen weiteren Museumsbesuch und schlenderte durch das alte Viertel Huertas zurück zur Puerta del Sol.

Viele Menschen in Madrid, vor allem die jungen, wirkten ein wenig abgerissen. Der Artikel, den sie im Flugzeug gelesen hatte, sprach von zwanzig Prozent Jugendarbeitslosigkeit. Trotzdem schienen die meisten über die Kraft derer zu verfügen, die zu leben verstanden und sich nicht von äußeren Problemen kleinmachen ließen.

Von der Sol wanderte sie zu der lauten Gran Vía mit ihren eleganten Geschäften und von dort zur Kathedrale. Sie machte für Florian ein Foto von der modernen Orgel und beschloss, an der Plaza Mayor etwas Kleines zu essen. In den schattigen Arkaden der Plaza ließ sie sich vor einem Café nieder und stillte ihren Hunger mit einer riesigen Tosta, einer in Olivenöl gerösteten, mit Tomaten, Avocados, Sardellen und Kapern belegten Weißbrotscheibe. Sie hatte sich einen Tisch am Rand ausgesucht und spürte, wie die Sonne, der köstliche Toast und das kleine Glas Weißwein sie belebten und den Workaholic in ihr allmählich dämpften. Sie vermisste Florian und hätte den Tag gerne mit ihm geteilt. Sie schickte ihm eine SMS („Es muy bonito aquí! Vermisse dich!") und dann noch eine zweite mit einem Foto der Orgel, von der er ihr vorgeschwärmt hatte.

Über Google Maps fand sie die Straße, in der das Café Gijón lag. Gegen vier Uhr nahm sie die Metro zur Plaza de Colón und spazierte in Richtung des Cafés. Unterwegs kaufte sie sich eine deutsche Zeitung. Sie war gut zwanzig Minuten zu früh und setzte sich an einen der viereckigen schwarz-weiß gefleckten Marmortische am Fenster und bestellte sich ein Mineralwasser.

Was würde sie sagen, wenn Loser auf ihr Konzept zu sprechen kam? Unruhig nahm sie einen Schluck Wasser und rief sich ein paar Namen von Krimiautoren und Regisseuren in Erinnerung.

Eine halbe Stunde später sah sie, wie Loser in hellem Trenchcoat und Seidenschal aus einem Taxi stieg. Als er das Café betrat, wurde er von einem der älteren Kellner begrüßt, der ihm den Mantel abnahm und ein paar Worte mit ihm wechselte.

Loser schien hier kein Unbekannter zu sein. Während er mit dem Kellner sprach, schweifte sein Blick suchend über die Tische. Antonia nahm an, dass er sich nicht mehr an ihr Aussehen erinnerte und winkte ihm zu.
Loser trat an ihren Tisch und verbeugte sich knapp. „Darf ich Platz nehmen?"
Er trug einen Anzug aus leichtem dunkelblauem Stoff und ein hellblaues Hemd. Beides saß so perfekt, dass Antonia ahnte, dass es maßgeschneidert war. Sie hatte in der Universität bisher eine solche Eleganz nicht kennengelernt und auch in diesem Café waren die Gäste eher leger gekleidet. Ein zweiter Kellner trat an ihren Tisch und Loser bestellte sich einen Cortado und ein Glas Wermut. Dann fragte er mit Blick auf Antonias Wasser, ob sie auch etwas zu trinken wünsche. Antonia nickte und bat um einen Milchkaffee. Loser erklärte ihr, dass er hier im Restaurant häufig zu Abend esse, das Café jedoch eher selten besuche. Das Café habe eine lange Tradition und sei früher von vielen berühmten Literaten besucht worden. Dabei spulte er ein paar Namen spanischer Dichter ab, von denen Antonia noch nie gehört hatte. Sie nickte höflich. Sie wisse es zu schätzen, hier zu sein. Es sei schön, dass er Zeit für ein Treffen gefunden habe.
„Tut mir leid, dass ich Ihnen den Anblick Ihres zerstörten Bootes nicht ersparen kann!"
Loser winkte ab. Der Verlust sei nicht so schwerwiegend, er sei versichert. Er lasse das Boot wieder herrichten und werde es dann verkaufen. „Ich muss es ja ohnehin verkaufen, so wie mein Haus. Ich will nach Kalifornien ziehen."
Antonia öffnete auf ihrem Handy die Fotos der zerstörten Jacht. Während Loser seinen Kopf über das Display beugte, sah Antonia für einen Moment hoch. Das Café war nicht übermäßig besetzt. Es gab nur zwei ältere Paare an den Nebentischen. Schräg gegenüber aber hatten zwei junge Männer Platz genommen, kurz nachdem Loser das Lokal betreten hatte. Beide steckten in der internationalen Uniform von

Jeans, Sneakers und Nylonjacken. Sie hatten schwarzes Haar und eine dunklere Haut als die übrigen Gäste. Möglicherweise stammten sie aus Andalusien oder Nordafrika. Der eine von den beiden, dessen Jacke hellblau war, starrte zu ihnen herüber und Antonia dachte einen Moment lang, *sie* sei das Objekt seines aufdringlichen Blicks. Dann erkannte sie, dass er unentwegt Loser fixierte, der seinen Kopf mit dem perfekt geschnittenen grauen Haar über ihr Handy beugte.
Als der Fremde gewahr wurde, dass Antonia ihn beobachtete, schaute er weg und redete auf seinen Begleiter ein. Loser wischte derweil die Handyfotos desinteressiert von rechts nach links, als ginge ihn das Ganze kaum etwas an. Erst als er das Foto mit der schwarzen Farbe sah, mit der man das ganze Heck beschmiert hatte, murmelte er etwas Unverständliches.
Antonia sah ihn fragend an.
Dann wiederholte er etwas lauter: „Was für ein Hirn hat denn das ausgebrütet?“
Antonia nickte. „Es ist wirklich schwer zu verstehen, nicht wahr? Es wurde nichts gestohlen, es war der pure Vandalismus. Glauben Sie, es handelt sich um einen Racheakt?“
Bevor Loser antworten konnte, setzte der Kellner mit einem gemurmelten *Perdón* die Getränke vor ihnen ab. Loser bestellte sich ein Glas Rioja, den Wermut hatte er in einem Zug leer getrunken. Aus dem Augenwinkel bemerkte Antonia, dass jetzt beide junge Männer aus ihrer Ecke zu ihnen herübersahen. Offenbar hatten sie wenig Geld, denn der Kellner hatte ihnen nur ein einzelnes Glas Cola serviert.
„Haben Sie vielleicht Feinde in Bonn?“
Loser lehnte sich zurück und runzelte die Stirn. „Zunächst wüsste ich gerne, warum Sie das Boot fotografiert haben und warum Sie etwas über meinen verstorbenen Kollegen Kahlschlag wissen wollen!“
Antonia korrigierte ihn. „Sie meinen, Ihren *ermordeten* Kollegen. Ich bin Privatermittlerin und bin an dem Fall interessiert.“ Dann folgte sie einer Eingebung und wandelte ihren

gängigen Spruch leicht ab. „Meine Auftraggeberin will nicht genannt werden."
Loser sah sie durchdringend an, wobei seine Augen leicht nach innen wanderten, so dass er ein wenig schielte. Den Fakt, dass Paula sie als zukünftige Doktorandin vorgestellt hatte, schien er vergessen zu haben. „Ich nehme an, seine Witwe hat Sie beauftragt!"
Antonia genoss es ein wenig, die Sphinx zu spielen. „Nein, Frau Kahlschlag ist es nicht. Ich habe zwar mit ihr und ihrem Sohn gesprochen, aber sie möchte in Ruhe gelassen werden."
Ein anderer Kellner brachte den Wein und Loser nahm einen kräftigen Schluck. Die beiden jungen Männer im Hintergrund schienen sich ihre Cola zu teilen, denn der Ältere schob dem anderen sein Glas zu. Wieder schielte er zu Loser herüber. Sein Blick war nicht freundlich.
Loser, der nicht ahnte, dass es hinter seinem Rücken offenbar Menschen gab, die ihn beobachteten, setzte sein Glas etwas zu heftig auf der Marmorplatte ab und blickte Antonia finster an. „Dann bleibt ja nur die Wasmuth! Ich frage mich allerdings, woher sie das Geld nimmt, Sie zu bezahlen!"
Antonia schwieg. Soll er doch denken, was er will, ging es ihr durch den Kopf. Dann fragte sie gedehnt: „Sie kennen Frau Wasmuth als ehemalige Mitarbeiterin, nicht wahr? Sie haben sie eingestellt, als sie aus Spanien nach Bonn zurückkam!"
Losers Augen blickten geradeaus zum Fenster, während er wortreich erläuterte, dass er Frau Wasmuth habe helfen wollen, sie sei ja in einer Notlage gewesen, aber sie habe in der Universität nicht richtig Fuß fassen können.
Antonia unterbrach ihn. „Wollten Sie Ihrem Kollegen Kahlschlag damit einen Gefallen tun?"
Aus dem Augenwinkel konnte sie sehen, wie einer der beiden Männer, der Ältere, aufstand und vor die Tür des Cafés ging. Draußen zog er ein Handy aus der Tasche und telefonierte. Ob er jemanden informierte, dass Loser im Café Gijón saß? Aber vielleicht ging auch nur ihre Phantasie mit ihr durch, denn der

Mann kam jetzt wieder herein, drehte ihr den Rücken zu und redete auf den Jüngeren ein.
„Natürlich habe ich das!", antwortete Loser. „Kahlschlag war ein so netter Kollege und das Auftauchen seiner ehemaligen Studentin auf Jobsuche war für ihn unangenehm!"
Antonia schüttelte das Tütchen mit Zucker, gab gegen ihre Gewohnheit vorsichtig etwas auf einen Löffel und kippte es in ihren Kaffee. Sie wollte Zeit gewinnen und herausbekommen, was mit den beiden Männern hinter Losers Rücken los war. Der eine von ihnen hatte jetzt sein Handy erhoben und machte offenbar ein Foto von Loser und ihr.
„Frau Wasmuth hat ja bei Professor Kahlschlag nicht nur studiert. Haben Sie ihn schon zu dem Zeitpunkt gekannt, als Brigitte Wasmuth von ihm schwanger war?"
Loser reckte sein Kinn nach vorne und sah sie verblüfft an. „Sie wissen davon? Hat meine Sekretärin, Frau Schwade, Ihnen das erzählt?"
„Es hat mir jemand erzählt, aber wer, habe ich vergessen. Ich wollte nur wissen, wie lange Kahlschlag und Sie schon miteinander bekannt waren."
Auf Losers Oberlippe hatten sich kleine Schweißperlen gebildet. Er zog ein weißes Tuch aus seiner Jacke und betupfte damit seine Lippen. „Wenn es für Ihre Ermittlungen wichtig ist!" Loser hatte wieder seinen herablassenden Ton angenommen. „Jonas war damals schon etwa vierzehn oder sechzehn Jahre alt, als ich anfing. Und er war in seinen Zwanzigern, als Brigitte Wasmuth aus Spanien zurückgekommen ist und den Kollegen Kahlschlag unter Druck setzte. Ich habe ihr dann die Stelle angeboten, unter der Bedingung, dass sie Kahlschlag in Ruhe lässt. Sie hat danach noch eine Zeit anderweitig gejobbt und ist seit einigen Jahren in Köln. Glauben Sie, sie hat etwas mit seinem Tod zu tun?"
Antonia rührte in ihrem Latte und zuckte mit den Schultern. „In diesem Fall gibt es viele Verdächtige!" Sie fand Loser unsympathisch und hatte nicht vor, ihm entgegenzukommen.
Nach ihrer Bemerkung entstand eine Pause. Antonia sah zum

Fenster hinaus und beobachtete die flanierenden Passanten auf dem Paseo de Recoletos. Das Café hatte sich allmählich mit Gästen gefüllt, die Tapas und Wein bestellten. Die beiden jungen Männer saßen immer noch an ihrem Tisch. Der Kellner entfernte das leere Colaglas, das zwischen ihnen stand, und schien sie etwas zu fragen. Sie verneinten. Offenbar wollte er, dass Gäste, die kaum etwas verzehrten, anderen Platz machten. Wieder sah sie, wie der eine der beiden, der Mann in der hellblauen Nylonjacke, Losers Rücken anstarrte.
„Wie ist Ihr Verhältnis zu Ihrer Vertretung in Bonn, Dr. Lewald?"
Losers Züge verhärteten sich kaum merklich. Dann lächelte er etwas gezwungen: „Dr. Lewald geht nach diesem Semester wieder nach Córdoba. Ich wollte ihm eine Chance geben, aber er hat sie offenbar schlecht genutzt. Ich habe gehört, das Feedback aus der Studentenschaft sei nicht besonders positiv!"
Antonia überlegte kurz, wer Loser auf dem Laufenden hielt. Wahrscheinlich waren Amolador und Flimm diejenigen, die sich am meisten über Lewald beklagten. Vielleicht setzte er aber auch Hauhechel als U-Boot ein, der ihm über alles, was im Institut geschah, Rapport erstatten musste. Alexander hatte neulich behauptet, Hauhechel rufe jeden Nachmittag kurz vor Dienstschluss bei Frau Schwade an und ließe sich auf den neuesten Stand bringen.
Antonia überlegte, ob sie Lewalds Bemerkung über Loser zitieren sollte. Es wäre Lewald gegenüber illoyal, aber sie musste in ihren Ermittlungen vorankommen und sie spürte instinktiv, dass sie wichtige Informationen von Loser bekommen konnte, wenn sie ihn provozierte.
„Herr Lewald hat mir gegenüber gewitzelt, er habe Sie in der Hand!"
Loser, der gerade sein Glas Wein angesetzt hatte, verschluckte sich und musste so heftig husten, dass er den Rioja in einem roten Sprühnebel über den Marmortisch verteilte. Antonia reichte ihm ein Papiertaschentuch, während die Männer vom Tisch in der Ecke jetzt beide herüberstarrten. Loser hustete

noch zweimal und wischte sich dann mit Antonias Taschentuch den Mund. „Danke, Paula!"
„Antonia!", korrigierte Antonia.
„Natürlich! Richten Sie Lewald aus ... Aber das ist ja nicht nötig, ich sehe ihn ja selbst nächste Woche. Er wird allmählich größenwahnsinnig. Er gehört zu denen, die statt dankbar den kleinen Finger zu nehmen, nach dem ganzen Arm greifen."
„Also hat er Sie nicht in der Hand?", hakte Antonia lächelnd nach.
Eine neue Welle bläulicher Röte überzog Losers Gesicht. „Ich sage Ihnen was!"
Endlich, dachte Antonia.
„Dieser Lewald wäre ohne mich ein Nichts. Was ist er denn schon? Er hat Deutsch in Córdoba unterrichtet und seine Doktorarbeit liegt Jahrzehnte zurück. Ich habe ihm nicht nur die Stelle in Bonn, sondern auch schon die in Córdoba vermittelt."
Hier brach er ab und winkte dem Kellner.
„Es tut mir leid, aber ich muss leider weiter. Ich bin heute Abend mit Freunden in der Oper verabredet und muss mich vorher noch umziehen."
Antonia nickte. Sie hatte soeben eine wichtige Information gespeichert. Loser kannte nicht nur Kahlschlag, sondern auch Lewald seit zwanzig Jahren. Dann schob sie eine letzte Frage nach. „Herr Dr. Lewald sprach von Ihren Verbindungen zur Legion. Sind Sie dort vielleicht Ehrenmitglied?"
Losers Gesicht versteinerte. Er zog seine Brieftasche hervor und warf einen Schein auf den Tisch. Seine Stimme klang gereizt. „Ich glaube nicht, dass Sie meine Biografie etwas angeht. Beschränken Sie sich auf meine Veröffentlichungen, wenn Sie bei mir promovieren wollen. Aber ich nehme an, das wollen Sie gar nicht!"
Damit stand er auf, griff an der Garderobe nach seinem Mantel und verließ das Café. Wie Antonia vermutet hatte, sprangen auch die beiden jungen Männer auf und folgten ihm.
Antonia sah, wie Loser am Straßenrand hastig einem Taxi

winkte. Seine beiden Verfolger standen noch eine Weile unschlüssig herum. Der ältere von ihnen telefonierte wieder. Als sie zum Fenster sahen, senkte Antonia rasch ihren Blick und tat, als ob sie in ihrer Zeitung lese. Als sie den Kopf wieder hob, waren die beiden verschwunden.
Ihre Frage nach möglichen Feinden in Bonn hatte Loser nicht beantwortet, in Madrid schien er jedoch auch nicht nur Freunde zu haben. Der Ausdruck des einen der beiden dunkelhäutigen Spanier war jedenfalls immer düsterer geworden, je länger sie dort in der Ecke saßen.
Was hatten sie nur gegen Loser? Hätte sie ihm ein Zeichen geben müssen, dass er beobachtet wurde? Sie könnte ihn immer noch anrufen und warnen. Aber vor wem?
Sie würde sich erst mit Paula besprechen, bevor sie in ein neues Wespennest stach. Die Tatsache, dass sie Antonia als Doktorandin eingeführt hatte, konnte sich für Paula negativ auswirken und Antonia wollte ihr keine Schwierigkeiten machen. Sie klappte ihr Notizbuch auf und malte in die Mitte einer Seite ein Dreieck. Dann setzte sie an jede der Ecken die Namen Loser, Lewald und Kahlschlag. Es gab Überschneidungen zwischen den Biografien der drei Männer und einer hatte sterben müssen. Ihr Handy unterbrach ihren Gedankengang und vermeldete einen SMS-Eingang.
Es war Paula, die ihr vorschlug, in einer Stunde zum Mercado de San Miguel zu kommen.
Die Truppe, wie sie die Teilnehmer des Workshops nannte, wolle dort an einem der vielen Tische einen Aperitivo nehmen, bevor man am späteren Abend, zwischen zehn und zwölf, zum eigentlichen Abendessen ging. „In Madrid isst keiner vor neun, viele Leute in unserem Alter gehen erst gegen zwölf aus“, hatte sie Antonia am Morgen erklärt. „Diesmal schaffe ich das natürlich nicht. Der Workshop fängt ja schon in aller Herrgottsfrühe um zehn Uhr an.“
Antonia wollte vor dem Treffen unbedingt noch nach Hause, um zu duschen. Vor dem Café winkte sie einem Taxi. Als sie an der Plaza de Santa Ana ausstieg, um in die Gasse mit

dem Appartementhaus zu gehen, bemerkte sie, wie hinter ihrem Taxi ein uralter verbeulter Ford hielt. Sie ging in Richtung Plaza de Angel weiter, blieb dann kurz stehen und tat so, als ob sie etwas in ihrer Tasche suche. Aus dem Augenwinkel sah sie, wie zwei Männer aus dem Ford stiegen, der eine mit einer hellblauen Jacke und Sonnenbrille. Es waren die beiden aus dem Gijón.

Sie beschleunigte ihren Schritt und machte einen kleinen Umweg. Die Männer sollten auf keinen Fall sehen, wo sie wohnte. Zum Schein ging sie zwei Straßen hinunter, dann parallel durch eine Gasse zurück und betrat die kleine Nebenstraße, in der das Haus mit ihrem Appartement lag. Dabei sah sie sich verstohlen um. Offenbar hatte sie ihre Verfolger abgeschüttelt. In der modernen Eingangshalle saß ein Portier, der sie höflich grüßte. Ob sie ihm sagen sollte, sie werde verfolgt? Wenn man einmal eingecheckt hatte, konnte man jederzeit zum Fahrstuhl gehen und nach oben fahren. Andererseits hatten die beiden Männer nicht ausgesehen, als ob sie sich hier ein Appartement leisten könnten. In der marmornen weißen Kühle des Eingangsbereichs würden sie dem Portier bestimmt auffallen und er würde sie befragen. Nervös drückte sie auf den Knopf des Aufzugs.

Das Appartement lag im fünften Stock und zwei Fenster des Wohnraums gingen auf die Straße. Paula hatte sie am Morgen offen gelassen. Vorsichtig näherte sie sich einem der Fensterflügel, die fast bis zum Boden reichten. Vor dem Fenster befand sich ein schwarzes, schmiedeeisernes Gitter. Sie ging in die Hocke und schaute vorsichtig hinunter auf die Straße.

Auf dem gegenüberliegenden Trottoir bewegte sich lediglich eine alte Dame, die eine Einkaufstasche mit Rollen hinter sich herzog und nun einen kleinen Laden betrat, der Obst und Gemüse verkaufte. Paula hatte dort nach ihrer Ankunft für sie beide frische Feigen gekauft. Sie beugte den Kopf über das Gitter, um auch den Eingangsbereich des Hauses zu überblicken, als aus dem Gemüseladen einer der beiden Männer mit einer ganzen Weintraube in der Hand heraustrat. Antonia zuckte zurück und stellte sich so hinter den Fensterflügel, dass er sie von unten nicht sehen konnte. Der Mann in der hellblauen Blousonjacke pflückte gemächlich die einzelnen Trauben und schob sie sich in den Mund. Dann sah sie, wie auch sein Kumpan die Straße überquerte. Die Männer sprachen kurz miteinander. Der mit den Trauben hob den Kopf und ließ seinen Blick über die Fassade ihres Appartementhauses gleiten. Antonia presste sich noch stärker an die Wand hinter dem Fensterflügel. Dann setzten sich die beiden in Bewegung und verschwanden in Richtung Plaza de Santa Ana. Also waren sie ihr doch gefolgt. Was wollten die? Vielleicht hatten sie Fragen zu Loser. Das wird es sein, beruhigte sie sich, als sie unter der Dusche stand. Sie zog sich rasch um und verließ das Haus in Richtung Mercado de San Miguel.

Dem alten Markt hatte man vor Jahren eine moderne Glasfassade verpasst. Oben zeugten noch schmiedeeiserne Verzierungen von seiner Entstehungszeit um 1916. Paula hatte ihn einen *Fresstempel* genannt. Es gab neben Obst- und Gemüseständen zahlreiche Möglichkeiten, sich mit Tapas zu versorgen und diese an einem der vielen Tische zu verzehren. Drinnen herrschte ein lebhaftes Kommen und Gehen. Viele Angestellte schienen mit ein paar Oliven und einem Glas Wein ihren Feierabend einzuläuten. Antonia, ausgelaugt von ihren Erlebnissen mit Loser und seinen Verfolgern, war froh, auf Paula und die anderen Studenten zu treffen. Sie bestellte sich ein Glas Sherry, trank es zu schnell und spürte, wie sich für einen Moment der Markt um sie herum drehte. Vor Paula standen Schälchen mit Oliven, Datteln und Manchegokäse. Antonia nahm sich ein Stück Käse und rückte nahe an Paula heran. Die Studentin sah überrascht hoch, als Antonia ihr leise von den Verfolgern erzählte.

„Wer um Himmels Willen ist denn das nun wieder? Erst wirst du im Hofgarten überfallen und jetzt hier in Madrid verfolgt?"

Antonia schilderte ihr die Begegnung mit Loser im Gijón, das

Auftauchen der beiden Männer und dass sie ihr gefolgt waren. Paula strich sich nervös eine Strähne hinters Ohr. „Also, ich blick nicht mehr durch! Hast du den Mann an der Rezeption informiert?“

Antonia nickte. Sie hatte beim Weggehen mit dem Rezeptionisten gesprochen. Er erinnerte sich daran, dass ein einzelner junger Mann im Foyer gewesen sei. Er habe ihn gefragt, ob er ihm helfen könne. Auf seine Frage habe der Mann nicht geantwortet, stattdessen den Aufzug bedient. Er sei dann auf ihn zugegangen und habe seine Frage wiederholt, der Mann habe aber offenbar weder Spanisch noch Englisch gesprochen. Er habe ihn dann nach einer Zimmerkarte gefragt und als er keine vorzeigen konnte, ihn gebeten, das Foyer zu verlassen.

„Alles was ich mit Bestimmtheit weiß, ist, dass die beiden keine Spanier sind. Sie waren ziemlich dunkelhäutig. Und dass sie vielleicht etwas von Loser wollen.“

Die Doktoranden um sie herum waren bester Laune. Sie drängten bald zum Aufbruch, denn sie wollten den Alemanes etwas für Madrid Typisches zeigen und führten sie nach den Tapas im Mercado an den Restaurants unterhalb der Plaza Mayor vorbei. In den Gewölben lagerten hunderte Sorten von Wein und jedes Restaurant bot traditionell jeweils nur eine einzige Tapa-Spezialität an, die es in den anderen nicht gab. Dann zog man weiter in die Nähe des Uni-Viertels und Antonia bemerkte zu ihrem Erstaunen, dass sich die Straßen immer mehr füllten, je später es wurde.

In der Calle San Bernardo kamen sie an der Bronzestatue *Tras Julia* vorbei, einer jungen Frau, die mit einem Buch in der Hand an der Wand lehnte und las. Die Frau habe der Künstler in Erinnerung an eine historische Julia geschaffen, von der es hieß, dass sie 1840 als Mann verkleidet in der Universität an Vorlesungen teilgenommen habe. Einer der jungen Spanier mit Namen Antonio erklärte ihr auf Englisch, dass er umgekehrt demnächst im Rock und mit Langhaarperücke als Frau verkleidet in sein Seminar gehe. Im Bereich Literaturwissenschaft studierten nämlich fast gar keine Männer mehr. Die Frauen in der Gruppe johlten und klatschten Beifall.

Ziel des Spaziergangs war die Plaza Olavide, deren eine Hälfte von Tischen der anliegenden Restaurants vereinnahmt wurde. Paula hatte dort für zwanzig Personen reserviert und man aß unter Bäumen und einem klaren Sternenhimmel. Nach dem zweiten Glas Wein war Antonia so entspannt wie lange nicht mehr. Ihr Handy meldete zwischendurch einen gespeicherten Anruf von Alexander. Er grüßte und bedauerte, nicht bei ihnen sein zu können. Er werde sich später noch einmal melden, er habe eine wichtige Neuigkeit. Antonia lächelte milde. Was gab es heute noch Wichtigeres als die wunderbaren Burritos, den Wein, die lebhaften Gesten und Gespräche der spanischen Studenten und die freundlichen dunklen Augen ihres Gegenübers, der sich ihr noch einmal als Antonio vorstellte. Auch Paula hatte nach zwei Gläsern Wein viel von ihrer zurückhaltenden norddeutschen Art abgelegt. Sie sprach einen Toast auf Madrid aus, den die spanischen Kommilitonen laut beklatschten: Madrid sei ein Versprechen, das jedes Mal anders eingelöst werde.

Erst gegen halb zwei nahmen sich die beiden Frauen ein Taxi zurück zur Plaza de Santa Ana. Der Rest der Gruppe wollte noch bleiben und Paula äußerte während der Fahrt Zweifel am pünktlichen Erscheinen der Teilnehmer am nächsten Morgen.

In der Eingangshalle des Appartementhauses erklärte Paula dem Mann vom Nachtdienst, dass Antonia am Nachmittag von zwei Männern verfolgt worden sei. Er solle besonders auf zwei Typen in Nylonjacken und Jeans Acht geben, die kein Spanisch könnten.

Der Nachtportier beruhigte Paula. Die Tür sei ab 24:00 Uhr geschlossen, nur Inhaber der elektronischen Türschlüssel kämen in das Gebäude.

„Tscha, dann lass uns hoffen, dass die beiden sich hier nicht eingemietet haben“, bemerkte Paula, als sie den Aufzug nach oben nahmen.

Am Vorabend waren nicht alle gekommen. Der Eine entwickelte seinen Plan für den anderen Tag. Die anderen Engel fehlten heute, sie hatten ihm aber Botschaften überbracht, aus denen hervorging, dass sie seine Absichten unterstützten. Die Säuberungen mussten weitergehen, denn der Drache hatte viele Gesichter. Man war die ganze Nacht wach geblieben. Er hatte lange darüber nachgedacht, ob er vielleicht seinen Adjutanten schicken sollte, aber nachdem er eine Weile das Bild betrachtet hatte, sah er, wie der Erzengel den Kopf verneinend schüttelte, und er hatte sich gefügt. Wichtige Dinge musste man selbst in die Hand nehmen.

Antonia setzte sich benommen auf. Ihr Handy hatte sie geweckt und ihre Hand tastete nach oben, weil sie sich in Jorges Zimmer in Bonn glaubte. Das Handy lag jedoch nicht auf der Fensterbank, sondern auf einem ultramodernen Nachttisch neben ihr. Sie erkannte das kleine Schlafzimmer wieder, in das sie gestern Nacht getaumelt war. Das Brummen verstummte. Antonia räkelte sich auf dem komfortablen Bett und genoss das beglückende Gefühl, in Madrid aufzuwachen. Sie stand auf, öffnete das Fenster, das nach hinten und auf eine schmale Straßenschlucht ging. Der verlockende Duft von schwarzem Kaffee stieg von irgendwoher zu ihr hoch.

Barfuß lief sie nach vorne in das Wohnzimmer des Appartements und schaute auf die Straße. Auf der anderen Seite standen zwei Frauen mit ihren Einkäufen vor dem Gemüseladen und plauderten, sonst war niemand zu sehen. Vorsichtig beugte sie sich über das Fenstergitter. Vor dem Eingang des Hauses parkte der Lieferwagen einer Wäscherei. Ein Mann verstaute einen Container mit gebrauchten Handtüchern und Bettwäsche, sonst war die Straße leer.

Antonias Handy klingelte. Es war Alexander. Er begrüßte sie mit *Buenos días* und der Bemerkung, er habe nicht das Gefühl, dass man ihn besonders vermisse. Weder sie noch Paula hätten auf seine SMS und Anrufe reagiert.

Antonia ging, noch benommen, mit dem Handy am Ohr ins Bad und fragte ihn, wie spät es sei.
„Gleich elf! Paula habe ich schon erreicht. Ich habe wichtige Neuigkeiten! Gestern Morgen hat der Drachenmörder wieder zugeschlagen."
Antonia setzte sich verdattert auf den Rand der Badewanne. „Wie jetzt?"
Was Alexander erzählte, sickerte nur langsam in ihr Gehirn und bildete dort noch langsamer einen Zusammenhang mit bereits gespeicherten Informationen. Alexander war im Gegensatz zu ihr unangenehm wach und sprach ziemlich laut.
„Antonia, hörst du mich? Also, Folgendes ist gestern passiert: Eine Mitarbeiterin des Dekanats wurde im Flur niedergeschlagen, der Täter konnte unerkannt fliehen. Es war noch früh und kaum ein Mensch in der Uni. Die Frau steht unter Schock, aber sie hat den Anschlag überlebt. Sie ist im Krankenhaus."
Antonia stand auf, ging in die Küche und schob eine Kapsel in die Espressomaschine. „Moment mal, Alexander! Wieso hast du einen Zusammenhang mit dem Mord an Kahlschlag hergestellt? Könnte es nicht auch jemand anderes, ein Student oder eine Studentin gewesen sein? Oder jemand, der die Frau berauben wollte?"
Alexander nieste laut. „Entschuldige bitte, wir hatten hier gerade einen Kälteeinbruch. Ich hol mir mal eben meinen Bademantel."
Antonia hörte, wie er sich schnäuzte.
„Da bin ich wieder. Also, erstens, Frau Detektivin, sind Studenten um diese Zeit noch gar nicht in der Uni. Zweitens mögen sie manchmal Phantasien dieser Art pflegen, aber sie umzusetzen, dazu fehlt ihnen dann doch die Energie! Das ist die Generation, die nur am Computer oder mit der Fernbedienung tötet, das ist bequemer und für die Menschheit vielleicht gar nicht so schlecht!"
Die Espressomaschine setzte sich mit einem Höllenlärm in

Gang und schoss braunen Schaum in eine Tasse. Alexander nieste wieder. „Was ist denn da los? Lebt ihr auf einer Baustelle?"
Antonia griff gierig nach ihrem Espresso und trank ihn in einem Zug aus. „Und wie waren die Reaktionen in der Uni?"
Sie hörte, wie Alexander jetzt leise in sich hineinlachte. Für ihn schien das Ganze eher ein großer Spaß. Der Arkadenhof sei plötzlich voller Polizisten gewesen. Dann war seine Stimme voller Genugtuung. „Lewald ist natürlich wieder völlig aus dem Häuschen, weil zwei Kripo-Beamte ihn gestern aus seiner Veranstaltung geholt haben. Sie wollten wissen, warum das Verhältnis des Instituts zum Dekanat so schlecht ist!"
Antonia schob eine zweite Kapsel in die Maschine, obwohl Paula ihr gestern noch einen langen Vortrag darüber gehalten hatte, wie umweltschädlich diese Kapseln seien. Sie spürte die belebende Wirkung des Kaffees und fragte aufgeregt: „Und warum ist das Verhältnis so schlecht?"
Alexander schnäuzte sich wieder. „Wie warm ist es eigentlich in Madrid?"
Als Antonia ungehalten seufzte, fuhr er fort: „Wir kriegen regelmäßig Beschwerden, weil weder Loser noch Flimm noch Amolador ihre Gutachten fristgerecht einreichen. Und Frau Bengel, die man überfallen hat, hat sich zuletzt beim Dekan beschwert, dass unser Institut ihnen die meiste Arbeit macht, weil ständig Termine verschoben werden müssen."
Antonia sank auf einen Küchenstuhl. Alexander schienen die Neuigkeiten gute Laune zu machen, sie hingegen war voller Unruhe. „Und wieso glaubst du, dass es etwas mit dem Mord an Kahlschlag zu tun hat?"
Alexander schnaufte vernehmlich. „Der Täter hat wieder mit einem stumpfen Gegenstand zugeschlagen. In der Eile musste er das schwere Teil aber fallen lassen. Es lag unter den Arkaden, kurz vor der Blauen Grotte, wie ich von Frau Schwade erfahren habe. Ich dachte, es interessiert dich!"
Antonia hatte inzwischen den zweiten Espresso getrunken

und ihren üblichen Grad an Wachheit erreicht. „Mist, dass das gerade jetzt passieren muss, wo ich nicht da bin!"
Alexander nieste wieder. „Na ja, ihr kommt doch morgen zurück!" Bevor er auflegte, fügte er raunend hinzu: „Du wirst jedenfalls vermisst!"
Antonia beeilte sich, das Appartement zu verlassen. Sie hatte sich mit Paula in einer Studentenkneipe in der Nähe der Madrider Universität verabredet. Paula saß in einer ruhigen Ecke, ein paar Tische entfernt von den anderen Gästen. Sie wirkte erschöpft.
„Den ganzen Vormittag wurde ein Konzept nach dem anderen abgespult. Für Fragen oder Diskussion war kaum Zeit, weil ja alle dran kommen wollen. Es war furchtbar und heute Nachmittag nochmal das gleiche Spiel!"
Sie empfahl Antonia, die etwas hilflos die fleckige Speisekarte studierte, ein Baguette mit Calamares, eine Spezialität, die vor allem bei Studenten sehr beliebt sei. „Macht satt und ist günstig!"
Alexander hatte Paula schon erreicht, als sie noch morgens in der Metro saß. Die Nachricht vom Überfall auf die Dekanatsangestellte schien sie nicht zu beunruhigen. Sie lehnte sich in ihrem Stuhl zurück und lächelte. „Jetzt kann es bestimmt nicht mehr lange dauern, dann haben sie den Kerl!"
Antonia war skeptisch. „Das glaube ich nicht."
Dann fügte sie düster hinzu: „Ich sitze hier und trinke Cortado und in Bonn läuft ein Irrer herum und schlägt auf Leute ein. Vielleicht schon bald wieder."
Paula versuchte sie zu beruhigen. „Du hast doch gehört, dass da jede Menge Polizei vor Ort ist. Die haben bestimmt schon einen Verdacht! Ich bin sicher, alles klärt sich bald auf!"
Antonia wollte sich aber nicht beruhigen. „Nee, da ist jemand auf dem Kriegspfad, und er wird bald wieder zuschlagen. Die Polizei macht ihre Routine-Untersuchungen, aber sie kann die Opfer nicht schützen. Weil keiner weiß, was der Täter für ein Motiv hat und wer noch auf seiner Liste steht."

Paula blieb hanseatisch ruhig. „Okay, aber im Moment sind wir noch in Madrid und ich finde, du solltest den Tag heute noch auskosten. Morgen fliegen wir zurück und dann gehen wir als Erstes ins Institut!"

Nachdem Paula widerwillig zurück in Richtung Uni gegangen war, nahm Antonia die Metro und besuchte den Retiro-Park hinter dem Prado. Sie suchte sich eine schattige Bank und hing ihren Gedanken nach. Es handelte sich vermutlich um den gleichen Täter, denn weder dem Dekan noch der Angestellten wurde etwas entwendet. Sie erinnerte sich, dass die Polizei Kahlschlags goldene Armbanduhr seiner Witwe zurückgegeben hatte, und die Angestellte hatte man auch nicht beraubt. Loser konnte jedenfalls kaum an diesem Geschehen beteiligt gewesen sein, denn er war ja in Madrid. Dann fielen ihr die beiden Männer ein, die ihr gestern gefolgt waren. Was wollten die nur? Jetzt ärgerte sie sich, dass sie am Vortag so ängstlich gewesen war. Sie hätte die beiden ansprechen sollen, statt vor ihnen zu fliehen. Auf offener Straße wäre sie nicht gefährdet gewesen, und vielleicht hätte sie wenigstens etwas über die Herkunft der beiden erfahren.

Dann stand sie auf und wanderte ziellos durch die Stadt. Antonio, der spanische Student, hatte ihr gestern Abend vom sonntäglichen Flohmarkt, dem Rastro, vorgeschwärmt, und Antonia hatte es bedauert, dass sie morgen wieder abreisen und ihn verpassen würde. Der junge Spanier hatte sie mit dem Hinweis getröstet, dass es in der Gegend viele kleine Antikläden gäbe und ein Besuch sich auch in der Woche lohne. In einem Trödelladen fand sie zwischen viel Ramsch einen alten Fächer mit verblassten Mohnblumen und Ähren auf dunkelbraunem Grund. Sie dachte an die neue Wohnung, die sie mit Florian beziehen würde. Florian würde der Fächer gefallen. Sie könnten ihn rahmen und an die Wand hängen. Nach längerem Verhandeln einigte sie sich mit dem Händler auf dreißig Euro.

7

Das Flugzeug aus Madrid landete pünktlich um 11 Uhr und Paula und Antonia brannten darauf, in die Uni zu kommen, um etwas über die neueste Entwicklung zu erfahren. Sie stiegen an der Universität aus dem Flughafenbus und gingen direkt ins Institut.

Im Flur trafen sie auf Alexander, der mit Chantal Flimm und Frau Schwade an einem der Kopierer stand. Die Sekretärin schien wie immer am besten Bescheid zu wissen, denn auf Paulas Nachfrage erklärte sie, dass das Opfer bereits wieder bei Bewusstsein sei und spreche.

„Wenn sie auch noch die nächsten Tagen flachliegen muss: Frau Bengel ist mit einer Gehirnerschütterung und dem Schrecken davongekommen. Die hat echt Glück gehabt. Wenn die den nicht bald finden, melde ich mich krank. Hier ist man ja seines Lebens nicht mehr sicher! Hat mein Mann heute Morgen auch gesagt. Josi, hat er gesagt – ich heiße eigentlich Josefine – bleib zu Haus, das sind die paar Kröten, die du da verdienst, nicht wert. So'n Mann hat gut reden, bei uns muss das Dach neu gedeckt werden."

Antonia schob ihren Rollkoffer nervös hin und her und unterbrach sie. „Und die Tatwaffe? Womit ist sie denn niedergeschlagen worden?"

Chantal Flimm schob ihren Kopf nach vorne, trat näher an sie heran und zischte: „Eine Rohrzange. Hat mir der Kollege Lewald eben mitgeteilt. Eine alte Rohrzange! Vielleicht hat man schon Kahlschlag damit erschlagen. Ist das nicht alles gespenstisch?"

Frau Schwade nickte heftig. „Also, wenn Sie mich fragen", dabei schaute sie ängstlich über Alexanders Schulter den Flur hinunter, als wolle sie sich versichern, dass man unter sich sei, „dann ist das ein Verrückter! Zuerst der alte Mann und dann Frau Bengel, eine Seele von Mensch. Ich meine, wir hatten manchmal ein bisschen Stress mit dem Dekanat, ja. Aber

Gott, wo Menschen sind, wird auch gestritten. Der schlägt aber einfach nur zu, wie es ihm passt. Ich habe heute morgen schon in der Psychiatrie angerufen und gefragt, ob ein Patient ausgebrochen ist. Also von der Geschlossenen! Das wird hier ja immer gefährlicher. Vielleicht ein irrer Klempner! Ich parke schon lange nicht mehr in der Tiefgarage, aber beim letzten Mal in der Iwand-Straße haben sie mir das Auto abgeschleppt, wissen Sie, was ich da bezahlen musste? Seitdem nehme ich nur noch die U-Bahn, aber da unten auf dem Bahnsteig ist es ja manchmal auch nicht geheuer. Richtig viel ist da nicht los, echt unheimlich, die Kameras nützen doch nix, bis da einer kommt, ist man längst tot! Wir haben alle Angst. Ich hab auch schon mal gedacht, ob ich meinen Jahresurlaub nehme, bis alles aufgeklärt ist. Nächste Woche bin ich aber noch da, denn am Mittwoch kommt ja der Chef nach Bonn. Wie war et denn überhaupt in Madrid, Frau Niedlich?"

Alexander zog Paula in Richtung Aufzug und Paula rief über die Schulter zurück: „Entschuldigen Sie, Frau Schwade, am Montag mehr. Ich muss nach oben und unbedingt Professor Loser anrufen. Er wartet darauf, dass ich mich melde!"

Frau Schwade schickte mit enttäuschter Stimme ein „Na dann, schöne Grüße an den Chef!" hinterher.

Alexander seufzte, als sich endlich die Tür zum Aufzug hinter ihnen schloss. „Ich dachte schon, die steht noch heute Abend da und quasselt!"

Dann erläuterte er den beiden Frauen noch einmal, dass der Angriff auf die Dekanatsangestellte schon vor neun Uhr morgens erfolgte. Weil sich zufällig ein Lieferant dem Dekanat näherte, hatte der Täter die Flucht ergriffen und die Rohrzange im Arkadenhof fallen gelassen.

„Wahrscheinlich ist er durch die Blaue Grotte nach draußen getürmt. Frau Bengel hat ohnmächtig im Flur gelegen, und der Lieferant, der sie gefunden hat, hat eine Kollegin aus dem Dekanat und den Krankenwagen verständigt. Eine halbe Stunde später standen drei Polizeiwagen im Arkadenhof und

es wimmelte von Unifomierten. Mittags sind Lewald, Flimm, Amolador und ich von der Kripo befragt worden."
„Warum das denn?", fragte Paula erstaunt.
„Sie haben einen Zusammenhang mit dem Kahlschlag-Fall hergestellt. Offenbar hat der Täter Frau Bengel aufgelauert und von hinten niedergeschlagen. Und eine Kollegin von Frau Bengel hat ausgesagt, dass sie in den letzten Tagen Streit mit dem Spanischen Seminar hatte. Die Bengel habe immer wieder mit Frau Schwade telefoniert und die Abgabe von ausstehenden Gutachten eingefordert. Weder Lewald noch Flimm noch Hauhechel halten sich an die Abgabetermine, nur ich habe bisher pünktlich geliefert."
„Haben Sie auch von dem Obdachlosen gesprochen?", fragte Antonia nervös. Sie hatte seit längerem vor, Kontakt mit der Polizei aufzunehmen, um etwas über dieses Opfer in Erfahrung zu bringen.
Alexander schüttelte den Kopf. „Danach hat Chantal die Beamten auch gefragt, aber die wollten nicht richtig mit der Sprache raus. Einer hat sich tatsächlich zu der Bemerkung hinreißen lassen: *Wir stellen hier die Fragen*. Da war er bei Chantal aber an der falschen Adresse. Sie fing an, die Leute laut zu beschimpfen, dass sie immer wieder den Lehrbetrieb störten, sie zu Befragungen zitierten und dann dürfe sie als Bürgerin, die an der Aufklärung des Falles ebenso wie die Polizei interessiert sei, nicht eine einzige kleine Frage stellen. Sie hat so hysterisch gebrüllt, dass die beiden Bullen ganz nervös wurden. Lewald musste dann vermitteln. Alle Mitarbeiter des Instituts, erklärte er ihnen, seien durch die Vorfälle sehr dünnhäutig geworden und bei Frau Dr. Flimm lägen die Nerven blank. Ich konnte erkennen, dass er es nicht ohne Genugtuung sagte, jedenfalls hat er sich bei der Kripo entschuldigt."
Als Antonia später Jorges Zimmer betrat, fiel ihr als Erstes der Geruch des schweren Parfüms auf. Es war der Schal, den Jonas Kahlschlag im Café vor sie auf den Tisch geworfen hatte. Sie hatte ihn in der Aufregung vor der Abreise achtlos auf einen Sessel gelegt.

Sie packte ihn rasch ein und radelte zum Bahnhof. Ihre Chefin in spe hatte angerufen und sie kurzfristig zum Kaffee eingeladen, um noch ein paar Details zum London-Auftrag zu besprechen.

„Ich besorg auch Kuchen!", waren ihre letzten Worte am Telefon gewesen.

Der Kaffeetisch in Ritas Wohnung war üppig gedeckt. In der Mitte stand eine Kuchenplatte, mit der man eine Schulklasse hätte satt bekommen können. Bevor sie Kaffee eingoss, überreichte Rita ihr eine Mappe mit Ausführungen zu ihrem Klienten in London. „Hier steht alles Wichtige drin. Wenn es dir mal in Bonn zu langweilig wird, kannst du dich ja schon auf London vorbereiten."

Ralfi schlief in seinem Körbchen in Ritas Schlafzimmer, so dass Antonia sich beherzt zwei Kuchenstücke auf den Teller legte und eilig verzehrte, bevor er auftauchen und ihr den Appetit verderben konnte. Rita wollte wissen, wie es ihr in Madrid ergangen war und ob sie schon mehr wisse über den toten Altdekan. Antonia berichtete wahrheitsgetreu, dass sie weder wisse, ob der Tod des Obdachlosen noch der neueste Angriff auf die Dekanatsangestellte etwas mit dem Mord an Kahlschlag zu tun hätten.

„Natürlich muss ich alles gleichzeitig im Auge behalten. Aber da ist im Moment wirklich kein Durchkommen. Einer der Tatverdächtigen, der Adoptivsohn des Ermordeten, hat mir neulich das hier vor die Füße geworfen." Damit zog sie Jonas' Schal aus der Tasche. „Ich wollte dich fragen, ob du das Parfüm kennst! Irgendwie verbinde ich es mit deiner Wohnung!"

Rita hatte eine große Sammlung teurer Parfüms in ihrem Badezimmer und bezeichnete sich selbst als *perfume junkie*.

„Im Zimmer eines Dozenten riecht es nach diesem speziellen Duft. Und mir war, als hätte ich den schon einmal gerochen."

Rita schnupperte an dem braun-grauen Hahnentrittmuster des Schals und nickte. „Ja, kenn ich. Das ist von Creed. Ziemlich teuer. Hatte ich auch mal. Wenn ich mich nicht irre, *Le*

Bois du Portugal. Kostet so um die 140 Euro die Flasche. Schon Napoleon soll es täglich über sich geschüttet haben. Er verbrauchte angeblich 20 bis 30 Flaschen davon. Im Monat."

Antonia schob sich den letzten Bissen eines Blätterteigteilchens in den Mund. „Kein Wunder, dass er später so viele Schlachten verloren hat, seine Soldaten müssen halb betäubt gewesen sein!" Dann lächtelte sie Rita anerkennend an. „Super, Rita! Du bist besser als jeder Spürhund!"

Rita schob ihr Kinn vor und nickte. „Wir Welschs hatten immer schon einen guten Riecher. Na, wie dem auch sei, eine zahlungskräftige Klientin hat doch neulich tatsächlich behauptet, Ralfi hätte einen unangenehmen Geruch. Die hat ja nicht alle Tassen im Schrank, deshalb hab ich es auf sich beruhen lassen. Ich habe dann aus dem Rest der Flasche mit *Bois du Portugal* etwas davon auf Ralfis Halsband gesprüht, bevor sie das nächste Mal vorbeikam!"

Antonia nickte heftig. „Ich wusste doch, dass ich das Parfüm irgendwoher kannte!"

Rita ließ den Schal durch ihre Hände gleiten. „Was steht denn auf dem Etikett?"

Antonia zuckte mit den Schultern. „Er hat kein Etikett, nur ein Monogramm, mit dem ich nichts anfangen konnte. Ein G und ein H. Unten rechts!"

Rita strich den Stoff des Schals glatt und besah sich das Monogramm. „Oh, dann war nicht nur das Parfüm teuer. G und H steht für Gieves und Hawks, das ist eine Maßschneiderei in der Savile Row in London. Die verkaufen natürlich auch teure Accessoires. Ich weiß das von dem Freund in London, den du hoffentlich bald aufsuchen wirst!"

Ritas Stimme war beim letzten Satz etwas schärfer geworden, bevor sie wieder ihr Kaffeetafel-Timbre annahm. „Jedenfalls glaube ich nicht, dass sich dieser Jonas, so wie du den geschildert hast, so was leistet. Ich schätze, das Teil hier hat zwischen drei- und vierhundert Euro gekostet."

Antonia runzelte die Stirn. „So teuer? Dann kann er auch

nicht Lewald gehört haben, obwohl es bei dem im Zimmer immer so danach gerochen hat."

Rita legte ihre Stirn in Falten. „Es sei denn, Lewald hat ihn beschlagnahmt!" Dabei machte sie eine Handbewegung, die Diebstahl andeutete.

Antonia blickte nachdenklich auf das Hahnentrittmuster. „Vielleicht. Und dann hat ihn wohl Jonas beschlagnahmt. Deswegen war er so wütend, als er ihn mir vor die Füße warf. Er fühlte sich ertappt!"

Am nächsten Tag versuchte Antonia Urs Lewald zu erreichen, um einen Termin für die Besichtigung der Wohnung zu machen. Zweimal schaltete sich ein AB ein, aber beim dritten Mal hatte sie Glück. Lewald sagte, er mache eine Radtour, sei aber gegen vier Uhr wieder zu Hause. Dann könne sie gerne vorbeikommen.

Antonia fuhr mit Paulas Fahrrad am Rhein entlang zur Fährgasse. Lewald wohnte in einem Haus, das vermutlich in den sechziger oder siebziger Jahren des vorigen Jahrhunderts gebaut worden war. Grauer Beton, mit grauen Balkonen zur Straße hin. Im Haus gab es einen Aufzug, der sie in die zweite Etage brachte.

Der Dozent stand in der Tür und begrüßte sie freundlich. „Schön, dass Sie da sind. Sie sind mein erster Gast in dieser Wohnung! Kann ich Ihnen etwas anbieten?"

Antonia verneinte und folgte ihm durch einen kahlen Flur in ein Wohnzimmer, das fast ebenso leer wie der Eingangsbereich war. An den Wänden hing kein einziges Bild und auf dem abgewohnten Parkettboden stand nur ein alter, heruntergekommener Sessel, daneben ein Tischchen, auf dem eine Bananenschale vor sich hin bräunte.

Lewald öffnete mit großer Geste die Balkontür. „Treten Sie näher! Von hier hat man einen tollen Blick!"

Vom Balkon, in dessen Blumenkästen vertrocknete Pflanzen wucherten, konnte man, wenn man am Geländer stand und

nach links blickte, tatsächlich ein Stück Rhein sehen. Geradeaus sah man auf andere graue Häuser.
„Obwohl es so zentral liegt, ist es hier sehr ruhig“, pries Lewald seine Unterkunft weiter an.
„Sie sind in zwei Minuten am Rhein. Ich jogge dort jeden Morgen, herrlich. Aber trotzdem sehne ich mich zurück nach Córdoba. Ich habe dort eine wunderbare Wohnung mit Dachterrasse. Die Dinge, die Sie hier sehen, sind alle geliehen oder vom Sperrmüll. Für ein Jahr lohnen sich keine Anschaffungen!“
Antonia ging zurück in den Flur. „Darf ich einen Blick in Bad und Küche werfen?“
Die Küche sah bis auf die Mikrowelle, deren Tür offenstand, unbenutzt aus. Im Bad befanden sich außer einer Zahnbürste, einem kleinen Handtuch und einem Stück Seife auf dem Rand der Wanne keinerlei Utensilien. Lewald lebte nicht gerade üppig. Im Schlafzimmer lag eine Matratze auf dem Fußboden, an der Wand hatte er einen Kunstdruck mit zwei Stecknadeln befestigt.
Sie erkannte das Bild, es zeigte Baselitz' *Die Hand Gottes*, ein Arm mit einer großen Hand, in der ein kleines Haus und ein Mensch wankten, als hätte die Hand sie gerade spielerisch herumgewirbelt. Sie blieb vor dem Druck stehen und versuchte einen Scherz.
„Dann sind wir also in Gottes und nicht in Losers Hand, wie Sie neulich sagten.“
„Ja, wir sind alle in der Hand des Herrn!“, antwortete Lewald. Seinem Tonfall war nicht zu entnehmen, ob er es ernst oder ironisch meinte. Ob er religiös war? Sie erinnerte sich an Alexanders Bemerkung zur Verquickung von Legion und ultrakonservativen Kreisen in Spanien.
„Nun“, sagte sie nach ihrem Rundgang durch das karge Ambiente, „die Wohnung ist gut geschnitten. Mein Freund und ich hätten jeder ein Zimmer, sie liegt zentral und der Preis ist auch erträglich. Ich werde meinem Partner Bescheid geben und

dann sehen wir weiter! Darf ich noch ein paar Fotos machen?"
Lewald war einverstanden. Von irgendwoher war ein Telefon zu hören. Antonia sah, wie er sich auf die Matratze im Schlafzimmer niederließ, den Hörer abhob und leise hineinsprach. Ob das Jonas am anderen Ende war? Sie fotografierte alle Räume, auch das fensterlose Bad und die kleine Küche, dann winkte sie Lewald zu, der noch immer telefonierte und verließ die Wohnung. Vielleicht würde sie auch Florian gefallen.
Als sie zurückradelte, hatte sich der Himmel bezogen und es fing an zu regnen. Zu Hause legte sie sich mit einem Roman in die Badewanne, telefonierte mit Florian und beantwortete Alexanders SMS-Frage, ob sie Lust auf Kino habe, lakonisch mit Nein.
Zwischendurch schaute Paula herein, um ihr mitzuteilen, dass der Archivar der Uni, Dr. Täubner, angerufen habe. „Du sollst demnächst nochmal ins Archiv kommen, er würde dir gerne ein Foto zeigen!"

Am Maifeiertag stand Antonia als Erste auf und machte einen langen Spaziergang. Die Sonne schien nach einer Nacht mit heftigem Regen wieder freundlich. Vor vielen Häusern des Viertels waren junge Birkenstämme befestigt. In den Ästen hingen buntes Krepppapier und rote Herzen, auf denen Mädchennamen standen.
„Ein altes Fruchtbarkeitsritual, wahrscheinlich germanischen Ursprungs", erläuterte ihr Alexander, der zum späten Frühstück in die WG kam. „Der Baum signalisiert dem Mädchen, ich bringe dir meinen Phallus dar und er markiert quasi das Revier desjenigen, der ihn aufstellt."
Paula tippte sich an die Stirn. „So'n Quatsch. Carmen hat Nele auch einen Baum gesetzt, und viele Mädchen stellen inzwischen ihrem Freund einen Baum vor die Tür!"
Alexander suchte im Kühlschrank nach Eiern, damit Nabil für alle Pfannkuchen backen konnte. Dann ließ er sich neben Paula nieder und legte den Arm um ihre Schultern. „Und wa-

rum? Weil ihr uns alles nachmachen müsst! Ein ganz falsches Verständnis von Gleichberechtigung!“
Nabil, der jetzt neben dem Herd den Teig rührte, lächelte. Paula sah zu ihm hin und murmelte:
„Mir hat Nabil jedenfalls noch keinen Baum aufgestellt! Hätte ich auch nicht gewollt. Baum ab, nein danke!“
Alexander goss sich Kaffee ein. „Nabil hält sich zurück, weil du ihm nie an langen Winterabenden einen Pullover gestrickt hast, liebe Paula. Von ökologisch unbedenklichen Schafen, versteht sich!“
Carmen und Nele gesellten sich zu ihnen und erzählten, dass sie in der Altstadt bis in die Morgenstunden gefeiert hätten. Dann herrschte für eine Weile andächtige Ruhe, denn alle genossen Nabils hauchdünne Pfannkuchen mit frischen Erdbeeren.

Bevor sie anderntags zu Täubner ins Archiv ging, wollte Antonia noch einmal im Büro bei Paula und Alexander vorbeischauen. Als sie den Aufzug gedankenverloren verließ, befand sie sich irrtümlicherweise auf der ersten Etage in Höhe der Institutsräume. Da sie ohnehin Frau Schwade etwas fragen wollte, ging sie zum Sekretariat. Die Tür von Lewalds Zimmer öffnete sich und heraus kam Amolador. Sie grüßte ihn freundlich, aber der Spanisch-Lektor senkte den Kopf und grüßte nur zerstreut zurück.
Vor Frau Schwades Schreibtisch hatte sich Chantal Flimm positioniert und trippelte nervös von einem Fuß auf den anderen. Sie trug einen engen schwarzen Lederrock zu einer hochgeschlossenen Bluse, die ihr etwas Gouvernantenhaftes gab. Dazu spitze, schwarze Lederstiefel mit hohen Absätzen. Antonia bat die Sekretärin um einen Termin bei Professor Loser für nächste Woche.
Frau Schwade, die es nicht schätzte, wenn man sie bei einer Unterhaltung unterbrach, machte sich nicht die Mühe, in ihren PC zu schauen. „Das ist jetzt ganz, ganz schlecht! Hatten Sie

nicht einen Termin für Ende des Sommersemesters? Schauen Sie sich mal die Liste an, die an der Tür vom Chef hängt, da haben sich jetzt über dreißig Leute eingetragen. Wenn es fachlich ist, kann Ihnen doch auch unser Alexander weiterhelfen. Der Chef wird sonst sauer, wenn ich ihm zu viele Termine mache. Oder gehen Sie doch zu Dr. Lewald, der kommt gleich aus seiner Veranstaltung!"

Antonia nickte. „Ich habe gerade Herrn Amolador aus seinem Zimmer kommen sehen!"

Flimm sah sie von oben herab an. „Wahrscheinlich vermisst Miguel ein Gerät und er vermutet es im ‚schwarzen Loch', wie wir hier Lewalds Zimmer nennen!"

Frau Schwade nickte wichtig. „Der Chef hat heute Morgen angerufen. Er will unbedingt den Apple-Laptop haben, den braucht Dr. Lewald aber für seine Vorlesung. Ich weiß gar nicht, wie wir das jetzt am besten machen. Frau Niedlich ist auch schon ganz verzweifelt!"

Antonia machte sich auf den Weg ins Archiv. Die Geräteprobleme des Instituts interessierten sie weniger. Im Kopf notierte sie sich, dass Lewald und Loser einen Laptop teilten.

Als sie an der Cafeteria vorbeikam, sah sie durch die Glastür Miguel Amolador allein an einem Tisch sitzen. Antonia wollte die Gelegenheit nutzen, mit ihm allein zu sprechen und ging hinein. Am Automaten zog sie eine Dose Cola und nickte ihm zu. Der Lektor wirkte nicht besonders froh. Er schaute trübe in einen Becher, aus dem oben das Papierende eines Teebeutels hing.

Antonia trat an seinen Tisch. „Hallo, darf ich mich setzen? Wie geht es Ihnen?"

Der Dozent winkte müde ab. Er habe eine Magenverstimmung, der Chef habe ihm signalisiert, dass er ihn morgen sprechen wolle. „Wahrscheinlich will er, dass ich mein Deputat erhöhe. Er hat so etwas angedeutet. Wir haben zu viele neue Erstsemester und ich soll noch zwei Veranstaltungen mehr übernehmen. Dabei schufte ich hier schon wie verrückt bei miesester Bezahlung."

Alexander hatte ihr neulich erklärt, dass ein Lektor viel schlechter als ein Mitarbeiter oder eine Juniorprofessorin wie Flimm bezahlt würde. Ein Punkt, der Amolador schon lange zu schaffen mache.
Antonia setzte sich neben den Spanier. „Das tut mir leid. Wahrscheinlich schlägt Ihnen der Stress auf den Magen!" Dann fügte sie trocken hinzu: „So richtig scheint sich hier ja keiner auf Losers Rückkehr zu freuen!"
Amolador senkte den Kopf. Zwischen den Furchen seines gegelten Haars schimmerte die Kopfhaut durch. „Wie denn auch? Er meckert nur an allen herum, nie hat er ein Wort der Anerkennung. Von Teamleitung hat er keine Ahnung. Ich kann Sie nur warnen. An Ihrer Stelle würde ich mir einen anderen Doktorvater suchen!"
„Und wenn Sie seine Forderung ablehnen? Er geht doch bald in Pension, was kann er da noch von Ihnen verlangen?"
Amolador sah hoch, seine Miene hellte sich etwas auf. Dann sah er Antonia aus schmalen Augen an. „Sie sind eine ganz Schlaue. Ich könnte ihn tatsächlich fragen, was es mit ihm zu tun hat. Vielleicht will er Concepción einen funktionierenden Laden übergeben."
Antonia unterbrach ihn. „Es ist doch gar nicht klar, ob seine Freundin die Vertretungsstelle bekommt. Dr. Haussmann hat gesagt, dass unbesetzte Stellen inzwischen schneller wieder richtig besetzt werden müssen. Aber Sie sind hier Lektor und Sie bleiben, egal wer kommt."
Amolador verzog sein Gesicht erneut und sah verdrossen in seinen Tee. „Aber Chantal hat gesagt, ich müsse alles geben. Ich solle noch mehr arbeiten, nur das könne meine Position festigen."
Bei den Stiefeln kein Wunder, dachte Antonia. Hier hat mal wieder ein masochistischer Typ seine Domina gefunden. Amoladors olivfarbener Teint war noch eine Spur dunkler geworden. Antonia goss sich den Rest Cola in ihren Pappbecher. Dann fragte sie rasch: „Waren Sie auch schon hier, als Kahlschlag noch Dekan war?"

Amolador reagierte nicht. Vielleicht war er noch in Gedanken bei Chantal Flimm und ihren Stiefeln. Dann murmelte er etwas auf Spanisch und schüttelte den Kopf. „Ich bin erst seit zwei Jahren hier. Keiner von uns hat Kahlschlag gekannt. Er war zur falschen Zeit am falschen Ort, das wird es gewesen sein! Manchmal treiben sich abends Junkies in der Tiefgarage herum."
„Und die schleppen dann die Leiche in den ersten Stock der Universität?"
Amoladors Züge wirkten gequält. „Vielleicht ein makabrer Scherz. Was weiß ich?"
„Und warum, glauben Sie, lehnte die Leiche an der Statue des Erzengels Michael?"
Der Lektor sah hoch. Dann sagte er höhnisch: „Vielleicht eine Bierwerbung?"
Antonia sah ihn entgeistert an.
Amolador kniff seine Augen wieder zu Schlitzen zusammen und meinte von oben herab: „Wenn Sie mich verdächtigen und auf meinen Vornamen anspielen, San Miguel ist bei uns in Madrid in erster Linie eine Biermarke, ein Bier, das ich hier ziemlich vermisse."
„Ach!" Antonia stand auf. Wenn Amolador mehr wusste als er zugab, dann gab er nichts preis.
„Zu Ihrem Vertrag sollten Sie Alexander Haussmann fragen! Ich muss leider weiter!"
Sie ging durch eine Säulenhalle an einem Innenhof vorbei, von dem Paula hochtrabend als *Rosengarten* gesprochen hatte, obwohl es sich nur um eine gepflasterte Fläche mit einem kümmerlichen Rosenbeet in der Mitte handelte. Am Ende des Gangs gelangte sie in die Vorhalle mit den Gipsabdrücken der Naumburger Domfiguren. Uta barg noch immer ihren Kopf scheu im steinernen Kragen.
Als sie das Universitätsmuseum betrat, kam ihr eine Mitarbeiterin entgegen. „Frau Babe? Ich soll Ihnen von Dr. Täubner ausrichten, dass er kurzfristig verhindert ist. Sie sollen sich bei ihm melden und einen anderen Termin mit ihm machen!"

Antonia nahm den Ausgang zum Hofgarten und ging zu der rollenden Cafébar, die dort jeden Tag stand und Espresso verkaufte. Am anderen Ende des Parks sah sie das Akademische Kunstmuseum, vor dem man den toten Obdachlosen gefunden hatte. Sie ärgerte sich, dass ihr Blickwinkel inzwischen nur noch von den Mordfällen bestimmt war. Es war ein schöner Tag und unter anderen Umständen hätte sie den Hofgarten entspannt genießen können. Sie trank ihren Espresso auf einem der Parkbänke und sah zum Akademischen Kunstmuseum mit den antiken Plastiken hinüber. Sie musste unbedingt etwas über den Obdachlosen herausfinden. „Bei Kripo anrufen“, notierte sie sich in ihrem Heft. Dann fiel ihr ein, dass sie Paula versprochen hatte, Gemüse und Obst einzukaufen. Sie schlenderte zur Uni zurück, um von dort zum Markt zu gehen.

Als sie den Innenhof betrat, sah sie unter den Arkaden von rechts zwei Männer den Hof überqueren. Sie erkannte sofort die hellblaue Nylonjacke, die Sonnenbrille und den etwas schleppenden Gang des Älteren wieder. Im ersten Moment glaubte Antonia zu halluzinieren. Aber sie täuschte sich nicht, das waren eindeutig die Typen aus Madrid, die ihr bis zum Appartementhaus gefolgt waren. Wie waren die hierhin gekommen? Sie sahen nicht aus, als ob sie durch die Welt fliegen konnten, als sie sich im Gijón eine Cola teilten. Ihr Instinkt sagte ihr, dass das kein Zufall war. Sie mussten wissen, dass Loser zurückerwartet wurde. Sie waren wegen ihm gekommen und sie hatten sich möglicherweise die Universität angesehen, um sich mit der Umgebung vertraut zu machen.
Ihr Herz schlug heftig, als die beiden um die Ecke des Haupteingangs bogen und aus ihrem Sichtfeld verschwanden. Sie beschleunigte ihren Schritt und sah, wie sie auf der Höhe der Münsterkirche die Straße überquerten und in Richtung Bahnhof gingen.
Was hatten sie vor? Wenn sie hinter Loser her waren, konnten sie auch andere Menschen in der Uni gefährden. Sie durfte

sie nicht aus den Augen verlieren und folgte ihnen wie hypnotisiert. Am Busbahnhof sah sie, wie die beiden einen dort stehenden Bus ansteuerten und einstiegen. Sie wartete, bis sie einen Fahrschein gelöst und bei der hinteren Tür des Busses Platz genommen hatten. Vermutlich um schnell aussteigen zu können, falls es nötig wurde. Antonia trug eine graue Strickmütze und in ihrem dunklen Mantel fühlte sie sich einigermaßen sicher. Vorsichtshalber schlug sie den Kragen hoch und setzte sich ihre Sonnenbrille auf, bevor auch sie in den Bus stieg. Sie hielt den Kopf gesenkt und drehte den beiden den Rücken zu, als sie ein Ticket löste. Dann ging sie an ihnen vorbei, den Kopf im Kragen bergend, wie die steinerne Uta in der Uni.

Die beiden Männer schauten gemeinsam auf das Handy des Älteren und sprachen leise miteinander. Sie hatten sie gar nicht wahrgenommen. Antonia nahm hinter einem Mann mit breitem Rücken Platz, damit sie die beiden beobachten konnte, ohne gesehen zu werden. Jetzt war sie die Verfolgerin, dachte sie mit einem Gemisch aus Genugtuung und Nervosität.

Nach einer Viertelstunde leerte sich der Bus allmählich und Antonia erschrak, als auch der Mann, hinter dem sie sich bisher versteckt hatte, aufstand und ausstieg. Sie beugte ihren Kopf tief über einen Supermarktprospekt mit aktuellen Angeboten, den jemand auf einem Sitz liegen gelassen hatte. Die Preise für Fleischwurst und Grillwürstchen waren erstaunlich niedrig. Was mache ich, wenn sie jetzt aussteigen, ging es ihr durch den Kopf, während sie auf Schinken und Hackfleisch starrte. An den nächsten drei Haltestellen blieben die beiden sitzen. Erst als der Bus ein Industriegebiet erreichte, standen sie auf. Antonia hatte Glück. Sie duckte sich hinter ein junges Paar mit Kinderwagen, das den Bus ebenfalls an dieser Haltestelle verließ. Die beiden Männer gingen rasch und ohne sich umzusehen zu einer Reihe von Häusern, die so aussahen, als seien sie erst kürzlich fertiggestellt und bezogen worden. Die Schilder am Straßenrand wiesen mit Pfeilen zu Büros, in denen überwiegend kleinere Verbände residierten.

Die Straße mündete in einen Wendehammer, an dessen Ende zwei Häuser standen, die noch im Rohbau waren. Die beiden Männer verschwanden in einem der beiden Gebäude. Antonia war ihnen bis zum Eingang eines der Bürohäuser gefolgt und machte ein Handyfoto von den Männern. Sie wartete noch eine Weile, dann verließ sie vorsichtig ihr Versteck und lief an der Hauswand entlang bis zur Hauptstraße und zurück zur Bushaltestelle. Inzwischen hatte ein feiner Regen eingesetzt. Sie fror und weil der nächste Bus erst in dreißig Minuten kommen sollte, rief sie sich ein Taxi.
Es dauerte nicht lange und der Wagen fuhr vor. Antonia sank erlöst auf den Rücksitz. Der Taxifahrer fuhr ein Stück in den Weg, aus dem sie gerade gekommen war, um zu wenden. Als sich Antonia noch einmal umdrehte, sah sie im Rückfenster die beiden Männer zurückkommen. Ein paar Minuten später und es hätte ein Wiedersehen mit ihnen an der Haltestelle gegeben.
Zu Hause saßen Alexander, Nabil und Paula in der WG-Küche und tranken Tee.
Antonia ließ sich mit hochrotem Gesicht auf einen Stuhl fallen. „Ihr glaubt nicht, was ich eben erlebt habe! Die Typen, die mir in Madrid gefolgt sind, sind jetzt hier in der Stadt!"
Die anderen sahen sich erstaunt an und Paula meldete vorsichtig Zweifel an. „Bist du sicher, dass es dieselben waren? Ich meine, man kann sich da vertun!"
„Nein, dieser hellblaue Nylon-Anorak, ich bin mir total sicher! Sie sind hinter Loser her, das ist mir klar. Irgendwie wissen die, dass er nach Deutschland geflogen ist! Wir müssen ihn warnen!"
Alexander holte eine Tasse aus dem Schrank und goss Antonia Tee ein. „Jetzt beruhige dich erst einmal. Wir wissen ja gar nicht, wovor wir ihn warnen sollen. Und wenn du mit deiner Geschichte aus Madrid herausrückst, wird er sich wundern, dass du ihm nicht früher Bescheid gegeben hast."
Paula gab ein leises Stöhnen von sich. „Genau. Deshalb geht es

nicht! Er wird nämlich sauer auf mich sein. Ich habe ihm Antonia vermittelt und er wird mich beschuldigen, ich hätte ihn nicht eingeweiht. Also bitte, bitte nicht. Ich habe schon genug Ärger mit dem Arsch. Er hat das Kapitel, das ich ihm neulich geschickt habe, in Grund und Boden kritisiert. Ich will endlich mit meiner Arbeit fertig werden."

Antonia trank gierig den heißen Tee. „Trotzdem! Ich muss unbedingt wissen, was die hier wollen. Sie kennen vielleicht die Verbindung zum Mordfall Kahlschlag. Ich habe eine Idee. Nabil, könntest du vielleicht mit den beiden sprechen? Sie sehen irgendwie arabisch aus. Du musst sie in ein Gespräch verwickeln und herausbekommen, wo sie herkommen und was sie von Loser wollen."

Nabil zog unschlüssig seine Schultern hoch und sah Paula fragend an.

Alexander bot an, Antonia und Nabil in die Gegend zu fahren, in denen sie die Männer gesehen hatte. Dann versuchte er Paula zu beruhigen. „Ich begleite Nabil. Wir gehen gemeinsam in das Gebäude. Uns werden sie schon nichts tun."

Paula schlug mit der flachen Hand auf den Küchentisch. „Nein! Das verbiete ich euch. Was ist, wenn die bewaffnet sind?" Dann sah sie vorwurfsvoll zu Antonia hinüber. „Hätte ich dir doch nie etwas von Kahlschlag erzählt! Dann hätte ich mir diesen ganzen Schlamassel erspart."

Antonia blieb ungerührt und zeigte Alexander und Nabil das Handyfoto der beiden Fremden und vergrößerte es.

„Also, wie Auftragskiller sehen die nicht gerade aus. Dazu wirken sie zu abgerissen. Profis leben doch auch eher in Hotels! Jedenfalls im Film", bemerkte Alexander.

Nabil pflichtete ihm bei. „Sie sehen eher ärmlich aus, als kämen sie aus dem Nahen oder Mittleren Osten. Vielleicht sind es Flüchtlinge!"

Paula stand auf und verließ die Küche. „Macht doch, was ihr wollt!", rief sie wütend, dann schlug sie ihre Zimmertür zu.

Zwanzig Minuten später parkte Alexander seinen roten Mini

Cooper vor den beiden Gebäuden. Niemand war zu sehen und in keinem von den beiden Häusern wurde gearbeitet. Alexander ließ an seiner Seite die Fensterscheibe herunter. „Keine Handwerker. Ich sehe auch weit und breit kein Auto. Vielleicht ist die Baufirma pleite! Es scheint so, als hätten die beiden Männer das gewusst, als sie das als Unterschlupf genommen haben."
Nabil nickte. „Vielleicht haben sie Freunde oder Verwandte in Bonn, die am Bau arbeiten. Den Leuten ist das zu heiß, Illegale zu beherbergen. Aber sie kennen Gebäude, die leer stehen."
„Also keine Flüchtlinge!", fasste Antonia zusammen.
„Das weiß man nicht. Die schlagen sich ja auch manchmal illegal durch!"
Sie stiegen aus und betraten das Gebäude, in dem Antonia die beiden Männer hatte verschwinden sehen. Vorsichtig stiegen sie die Betonstufen von Stockwerk zu Stockwerk hoch und suchten die verschiedenen Ebenen ab. Erst auf der vierten und höchsten Etage fanden sie einen Raum ohne Fenster, in dem ein paar Kartons und alte Decken auf dem Fußboden lagen. Daneben lagen Zigarettenkippen und eine Zeitung.
Nabil stieß eine leere Wasserflasche mit dem Fuß zur Seite und hob das Blatt auf. „Das ist kein Arabisch. Das ist entweder Persisch oder Afghanisch. Kann ich nicht genau sagen!"
Antonia horchte auf. „Wir nehmen sie mit. Hattest du nicht gesagt, die Legion habe in Afghanistan gekämpft? Vielleicht hat Loser etwas damit zu tun."
Nabil zuckte mit den Schultern. „Möglich!"
Alexander runzelte die Stirn: „Jetzt geht aber deine Phantasie mit dir durch, Antonia. Loser trägt Maßanzüge, in Afghanistan kann ich ihn mir kaum vorstellen."
Antonia trat an eines der offenen Fenster. Der Wind verursachte einen unangenehmen Durchzug auf der Etage. „Es muss hier nachts ziemlich kalt gewesen sein. Vielleicht sind sie deswegen weitergezogen. Sollen wir eine Nachricht hinterlassen? Eine Telefonnummer oder so etwas?"

Alexander sah sie befremdet an. „Du denkst, die rufen in der WG an und sagen mal eben ‚Hallo, wir sind hinter Loser her, können wir bei euch duschen?'"
Antonia sah sich noch einmal um. „Ich nehme an, sie kommen nicht noch einmal hierhin zurück. Könntet ihr zur Sicherheit morgen nochmal nachsehen? Sie führen etwas im Schilde, und ich vermute nichts Gutes!"
Alexander und Nabil versprachen ihr, am nächsten Tag noch einmal in das Neubaugebiet hinauszufahren. Nabil war allerdings skeptisch. „Ich glaube nicht, dass die nochmal hierhin kommen. Illegale verbringen die Nacht selten zweimal am gleichen Ort. Vielleicht sind sie nur auf der Durchreise und wollen in ein anderes Land!"
Antonia nahm erleichtert wieder in Alexanders Wagen Platz. Insgeheim hatte sie sich Sorgen gemacht, Alexander und Nabil könnten in eine Auseinandersetzung mit den Fremden geraten.
„Danke, dass ihr mitgekommen seid. Was die Typen nur von Loser wollen? Wenn Lewald nur reden würde. Er weiß viel mehr, als er sagt."
Auf der Rückfahrt hatte Alexander eine Idee. „Ich schlage vor, wir laden Lewald zu uns ein. Ihr macht ein Essen, wir setzen Paula neben ihn und geben ihm reichlich zu trinken! Vielleicht lockert das seine Zunge!"
Antonia beugte sich vom Rücksitz vor und klopfte ihm anerkennend auf die Schulter. „Gute Idee!"
Nabil gefiel Alexanders Einfall nicht. „Warum fragt ihr Lewald nicht direkt? Was sollen diese Tricks? Ich finde das nicht in Ordnung, dass man so mit Menschen umgeht. Und mir gefällt nicht, dass Paula dabei mitspielen soll!"
Alexander versuchte ihn zu überzeugen, dass Lewald selbst ein Trickster sei, aber Antonia war doch betroffen. Sie mochte Lewald trotz seiner vielen Schrullen.
„Es ist manipulativ, Nabil. Du hast recht. Aber hier geht es um Mord. Manchmal muss man zu unfeinen Mitteln greifen,

wenn man weiterkommen will. Ich glaube, dass Loser etwas zu verbergen hat und Lewald kann uns vielleicht weiterhelfen."

Zurück in der WG bestellte Alexander Pizza für alle und bis der Lieferservice kam, entwickelte man gemeinsam am Küchentisch eine Strategie, wie man Lewald gesprächig machen könnte. Es musste wie eine spontane Einladung aussehen und man entschied, dass Carmen ihren Geburtstag feiern sollte.

Carmen, die den Tag im Bett verbracht hatte, weil sie am Vorabend trotz Erkältung bis zwei Uhr nachts gekellnert hatte, protestierte. „Warum ich? Mein Geburtstag liegt doch schon Wochen zurück!"

Paula, die ihre Gelassenheit wiedergewonnen hatte, als die drei Kundschafter wohlbehalten zurückgekommen waren, entschied, dass es dabei blieb. „Du, Carmen, weil er von deinem Auftritt total begeistert war!"

Antonia nickte. „Ich werde ihn anrufen, mich noch einmal dafür bedanken, dass ich seine Wohnung besichtigen durfte und ihn dann scheinbar spontan einladen, mit dem Hinweis, dass sich auch Paula freuen würde!"

Nabil schüttelte den Kopf. „Damit bin ich nicht einverstanden!"

Paula wies auch ihn zurecht. „Das musst du auch nicht, du wirst nicht anwesend sein. Lewald ist auf dich eifersüchtig und das gibt schlechte *vibrations*!"

Dann stand der Plan fest. Paula würde kochen, Alexander wollte, wie er sagte, trinkbaren Wein besorgen und Carmen sollte zu fortgeschrittener Stunde singen. Antonia wollte sich ein paar Fragen für den Dozenten überlegen. Sie würde von seinem Tattoo anfangen und das Gespräch auf die spanische Fremdenlegion bringen.

Mitten in der Planungsdiskussion klingelte das Telefon. Alexander, der am nächsten zum Flur saß, stand auf und hob ab. „Antonia, für dich! Florian ist am Apparat!"

Antonia stand auf und nahm den Hörer entgegen. Florian schien verwirrt. „Antonia, was ist los? Dein Handy ist ausgeschaltet. Was macht ihr denn da in der WG?"

Antonia ging mit dem Telefon etwas weiter den Flur hinunter, damit die anderen sie nicht hören konnten. „Ach, wir planen gerade ein wichtiges Essen mit einem Dozenten. Wer was einkauft und so! Es ist der, dessen Wohnung wir beide uns ansehen wollen."
Florian räusperte sich. „Deshalb rufe ich an. Ich komme am Mittwoch nach Bonn und wollte dich bitten, mit ihm einen Besichtigungstermin zu vereinbaren. Es klang alles ganz gut! Die Lage, der Preis!"
„O ja, da freue ich mich", sagte Antonia etwas lahm. Hoffentlich würde Lewald während der Besichtigung nicht von dem Mord an Kahlschlag anfangen, dann würde Florian nachfragen und bald Schlüsse zu ihrem verlängerten Aufenthalt in Bonn ziehen. Wenn der Fall gelöst wäre, könnte sie Florian alles erzählen und so tun, als habe sie nur so nebenbei ein Interesse daran entwickelt. Vorher würde er Ärger machen.
„Du klingst nicht sehr begeistert. Komme ich vielleicht ungelegen? Soll ich meinen Besuch verschieben?"
Bevor sie antworten konnte, klingelte es an der Wohnungstür. Alexander öffnete. Es war der Pizza-Service mit der Lieferung.
„Doch, natürlich freue ich mich, hier ist nur gerade so viel los! Die Pizza ist da!"
„Ahh, die Pizza ist da!", wiederholte Florian trocken.
In der Küche ging ein Gejohle los, als Alexander den Turm weißer Kartons auf den Tisch stellte.
„Dann guten Appetit! Ich schicke dir eine SMS, wenn ich weiß, wann mein Zug ankommt!"
Florian legte auf und Antonia hatte ein schlechtes Gewissen. Sie hatte den Freund in den letzten Wochen ziemlich vernachlässigt. Das musste anders werden.
In der Küche war man weiter mit der Planung des Abendessens für Lewald beschäftigt.
Paula schlug den nächsten Tag vor. „Wir sollten das unbedingt morgen Abend machen, denn übermorgen kommt Loser. Vielleicht ist Lewald dann so in Beschlag genommen, dass er nicht mehr ansprechbar ist!"

Carmen stimmte ihr kauend zu. „Ja, lasst es uns hinter uns bringen!“

Antonia musste Lewald nicht lange überreden, als sie ihn anrief und zum Abendessen einlud. Er schwärmte von Carmen, die er neulich habe singen hören. Er komme gern.
Die beiden Frauen fuhren in Alexanders Mini los, um Einkäufe für den Abend zu machen. Paula wollte auf dem Weg bei Loser vorbei, um das Haus für die Rückkehr seines Bewohners vorzubereiten. „Ich soll ein paar Dinge in den Kühlschrank stellen!“ In einem kleinen Laden in der Nähe von Losers Villa kaufte sie Milch, Butter, Toastbrot, Eier und Salami, dann lenkte sie den Mini in die Garageneinfahrt von Losers Villa. Antonia folgte ihr gespannt.
Die Einrichtung des Hauses war gediegen, aber unpersönlich. Bücherwände mit Gesamtausgaben, am Fenster des Arbeitszimmers zwei cognacfarbene Barcelona-Stühle von Mies van der Rohe. Im Wohnzimmer standen zwei weitere Design-Klassiker, die Sofas von Le Corbusier in schwarzem Leder, an den Wänden hingen gerahmte Reproduktionen von Malern der Moderne wie Miró und Picasso.
„Originell ist das hier aber nicht. Als hätte man alles schon mal gesehen!“, bemerkte Antonia.
„Tscha, einfallslos, ich weiß! Hier geht es um Statements. Zu dem, was man erreicht hat im Leben, nicht um persönlichen Geschmack.“
Paula ging in die Küche und räumte die Einkäufe in den Kühlschrank. Antonia hörte, wie sie Wasser laufen ließ. „Einen Kaffee? Loser hat immer sehr guten Schweizer Kaffee hier!“
„Gerne. Darf ich mich inzwischen auch mal oben umsehen?“
„Klar, ich komme gleich nach!“
Antonia stieg eine helle Granittreppe hoch in den ersten Stock. Von einem breiten Flur gingen verschiedene Zimmer ab. Es gab ein Gästezimmer, die beiden verlassenen Kinderzimmer, zwei Bäder sowie das frühere Elternschlafzimmer. Loser habe

das gemeinsame Schlafzimmer sofort nach dem Auszug seiner Frau verändern lassen, hatte Paula ihr auf der Fahrt erzählt. Statt der Ehebetten gab es ein rundes, mit violettem Samt bezogenes Bett auf einer kleinen Empore. Das Kopfende war einem Pfauenrad nachempfunden, am Fußende lag eine Decke mit Leopardenmuster, links und rechts neben dem Bett standen Tiffany-Lampen.

„Da will es aber jemand nochmal wissen!", mokierte sich Antonia, als Paula die Treppe hochkam. „Fehlt bloß noch die Disco-Kugel und die verspiegelte Decke über dem Bett!"

Paula zog die herabgelassenen Jalousien hoch und drehte den Heizkörper auf. „Ich weiß gar nicht, wen er diesmal mitbringt, Concepción oder die Neue aus Madrid. Vielleicht nutzt er die Spielwiese diesmal auch allein!"

Als sie die Treppe nach unten gingen, konnte Antonia ihre Neugier nicht unterdrücken. „Hat er dich eigentlich auch schon mal angemacht?"

„Nein, ich bin zu unelegant, außerdem aus seinem Team. Das macht er nicht. Seine Devise lautet: Never fuck the crew! Chantal hat ihm lange schöne Augen gemacht, ist aber an ihm abgeprallt!"

Aus der Küche lockte Kaffeeduft. Antonia goss sich eine Tasse halbvoll und ging noch einmal in Losers Arbeitszimmer. Sie schlenderte an den Bücherwänden entlang und blieb bei den Bänden zur Geschichte Spaniens stehen.

Paula brachte die Post, die sie im Flur eingesammelt hatte und ordnete sie auf Losers Schreibtisch. „Wonach suchst du?", fragte sie, ohne hochzuschauen.

„Ich dachte, hier steht vielleicht etwas zur Geschichte der spanischen Fremdenlegion, ich kann aber nichts finden!"

Antonia musterte noch einmal die Bücherwand. Auf einem Regalbrett standen in Silber gerahmte Fotos von Losers Söhnen. Die beiden Jungen, etwa vier und sieben Jahre alt, sahen nicht sehr glücklich aus, ihr Lächeln wirkte gezwungen. Bilder von Losers Exfrau gab es nicht. Neben dem Schreibtisch hatte er eine Wand für gerahmte Auszeichnungen reserviert. Dort hingen seine deutschen Universitätsurkunden sowie die Urkunden zur Verleihung der Ehrendoktorwürde der Universitäten Córdoba und Madrid. Antonia wollte sich gerade abwenden, als ihr Blick auf einen dunklen Rahmen fiel, der so angebracht war, dass ihn ein Bücherstapel auf Losers Schreibtisch halb verdeckte. Sie erkannte das Wappen der spanischen Ehrenlegion, das Lewalds Oberarm als Tätowierung zierte. Sie öffnete das Foto auf ihrem Handy. Tatsächlich. Dasselbe Wappen. Darunter stand etwas in Spanisch und Losers Name.

„Paula, bitte übersetze doch mal, was hier steht!"

Paula hatte die eingegangene Post auf dem Schreibtisch nach ihrem zeitlichen Eingang geordnet. Die meisten Briefe kamen aus den USA und Mexiko, daneben gab es ein paar Briefe eines Immobilienmaklers und Rechnungen. Sie trat näher und besah sich die Urkunde.

„Da steht was von Ehrenmitgliedschaft und Treue und Dank! Na ja, Loser ist ja in vielen spanischen Gesellschaften Mitglied! Vielleicht kriegen wir Lewald heute Abend so weit, dass er uns was darüber erzählt! Ich versuche jedenfalls, alles zu geben. Ich mache mein Standardgericht: Hühnchen mit Safranreis und Salat!"

Dann ging sie in die Küche, um die Tassen abzuwaschen, während Antonia Losers Bücher zur Seite schob und ein Foto von der Urkunde machte.

Etwas später standen sie in einem Supermarkt und kauften Reis und Hühnerbeine. Paula wollte eine marokkanische Tajine machen, wie sie es von Nabil gelernt hatte. „Ich brauche noch Safran und Rosinen. Und dann nix wie heim an den Herd!"

Urs Lewald erschien pünktlich um halb acht, in der Hand einen Strauß Rosen in Cellophanpapier, auf dem noch der Aufkleber der Tankstelle klebte und den er launig zur Begrüßung schwenkte: „Für das Geburtstagskind!"

Paula rief Carmen, die aus ihrem Zimmer kam und die Rosen mit einem solchen Ausdruck von Befremdung entgegennahm, dass Antonia sich wegdrehen musste, um nicht in lautes Lachen auszubrechen.

Kurz nach Lewald erschien Alexander und brachte Rotwein mit. Antonia und Paula deckten den Tisch, während Lewald Alexander half, die Flaschen zu entkorken.

Als Carmen die Rosen in einer Vase arrangierte, sprach Lewald sie auf ihren Bühnenauftritt an und wie sehr er sie neulich in der Altstadt bewundert habe. Er lobte ihre Stimme und bot ihr an, in der Universität Córdoba für sie einen Auftritt zu arrangieren. Er schien sich sehr über die Einladung zu freuen, und Antonia tat es plötzlich leid, dass sie ihn nur eingeladen hatten, um ihn auszuhorchen.

Sie winkte Alexander kurz auf den Flur und fragte ihn, ob Nabil und er am Nachmittag jemanden von den beiden Männern in dem leerstehenden Gebäude angetroffen hätten.

„Nein, leider nicht. Alles sah noch so aus wie gestern. Nabil hatte recht mit seiner Vermutung, sie sind nicht zurückgekommen!"

„Mist, Mist, Mist!"

„Aber", fuhr Alexander fort, „wir haben den Titel der Zeitung im Internet gecheckt. Sie stammt eindeutig aus Afghanistan!"

„Oh, gut zu wissen! Ich mache mir trotzdem Vorwürfe, dass ich die beiden nicht angesprochen habe. Was hätte mir mitten in der Stadt schon passieren können?"

Alexander schüttelte den Kopf. „Das halte ich für keine gute Idee. Willst du denn nochmal überfallen werden?"

Antonia sah ihn verblüfft an. „Also hat Paula nicht dicht gehalten?"

Alexander schob seine Hand unter ihr Kinn und beugte sich nah über ihr Gesicht. „Nein, und das war gut. Wir haben beide den Eindruck, wir sollten besser auf dich aufpassen! Aber jetzt gehen wir erst mal in die Küche und hören, was Lewald uns so auftischt!"

Wie verabredet, hatte sich Paula dem Dozenten gegenüber platziert. Sie spielte ihren Part sehr gut, strich sich hin und wieder versonnen über ihr blondes Haar, senkte den Blick oder stieß lächelnd mit ihm an, als Alexander allen eingegossen hatte. Urs Lewald war offenbar von ihrer Nähe sehr angetan, lobte das Hühnchen und den Wein und ließ die anderen wissen, dass es ihm schmecke.
Irgendwann zwinkerte Antonia Alexander zu, der ihr gegenüber saß. Als er nicht reagierte, tippte sie ihn unter dem Tisch an und machte ein fragendes Gesicht. Alexander verstand.
Nachdem Lewald noch einmal von seiner Hütte in den Bergen schwärmte, in der man abends nur die Frösche quaken, morgens nichts als den Esel des Nachbarn höre und dabei Paula tief in die Augen sah, zitierte Alexander plötzlich laut aus Schillers Don Carlos: „*Die schönen Tage in Aranjuez sind nun zu Ende*! Morgen kommt Loser zurück und wir müssen alle wieder nach seiner Pfeife tanzen!"
Alexander hatte Lewalds Glas zum dritten Mal sehr voll gegossen und sah ihn erwartungsvoll an.
Antonia bemerkte, wie das Gesicht des Dozenten den verzerrten Ausdruck annahm, den sie neulich in der Cafeteria an ihm gesehen hatte. Rasch sagte sie: „Und Loser hat uns alle in seiner Hand!"
Lewald hob sein Glas und trank den Wein in großen Schlucken. Dann setzte er das Glas abrupt ab und sagte laut: „Einen Scheiß hat er!"
Ein Schweigen entstand. Alle hofften, Urs Lewald würde ausführlicher werden, stattdessen starrte er nur trübsinnig in sein Glas. Paula drehte eine blonde Strähne um ihren Finger und fragte, den Kopf leicht schief gelegt: „Wie haben Sie den Chef eigentlich kennengelernt, Dr. Lewald? War das in Córdoba?"
Lewald sah sie mit hungrigen Augen an. „Nein, liebe Paula, in Algeciras. Ich war unterwegs nach Marokko. In Algeciras bekam ich dann Kontakt mit Legionären und schloss mich der Legion an. Nach der Ausbildung war ich sogar ein paar Mona-

te mit den Kameraden in Afghanistan, eine harte Zeit. Da gibt es außer Dreck nicht viel. Dann bin ich zurück nach Spanien und habe die Stelle in Córdoba angetreten."
Paula wurde ungeduldig. „Und wo genau haben Sie den Chef kennengelernt? Er behauptet, er hätte Ihnen die Stelle in Córdoba vermittelt!"
Lewalds Augen wurden schmal. „So, sagt er das! Nun ja, ich hatte ein summa cum laude in meiner Promotion und man suchte dort nach jemandem, der sowohl Deutsch als auch Spanisch konnte. Ich habe Loser einen Gefallen getan und sage nur so viel: Jemand der in der Legion war, sollte auch stolz darauf sein! Da ist man treu, das leugnet man nicht!"
Jetzt mischte sich Alexander ein. „Sie wollen doch nicht allen Ernstes behaupten, der Chef sei auch in der Fremdenlegion gewesen?"
Lewalds Kopf sank auf seine Brust. „Den Kollegen Loser habe ich seinerzeit in Algeciras kennengelernt. Er besuchte dort einen Freund, und er hat mich auf die Stelle in Córdoba hingewiesen. Ob ich mich nicht bewerben wolle." Dann fragte er in gereiztem Ton: „Aber was ist das hier? Ein Verhör? Die Kripo hat mich bereits über meine Zeit in Spanien befragt. Da gibt es nichts zu verbergen!"
Carmen, die bis dahin überwiegend geschwiegen hatte, wechselte geschickt das Thema und sprach Lewald auf Algeciras an. Sie war in der Nähe aufgewachsen und hatte dort eine Schule für Flamenco-Tanz besucht. Die beiden rückten näher zusammen und sprachen von da ab Spanisch miteinander. Paula holte zum Nachtisch eine Crema Catalana aus dem Ofen, während Antonia versuchte, Alexanders Blick auszuweichen, der immer länger auf ihr ruhte, je mehr Wein er trank.
Auf Lewalds Bitte hin griff Carmen nach ihrer Gitarre und sang leidenschaftliche Lieder über verratene Liebe, die Liebe der Gitanos und am Ende wieder das Lied von der untreuen Frau, deren Liebhaber sich das Herz aus der Brust reißen wollte, weil sie ihn betrogen und er sie umgebracht hatte.

Gegen zwei Uhr ging der Wein zur Neige. Lewald stand auf, sichtlich erschüttert von Carmens Gesang, bedankte sich mit einem zweifachen Handkuss bei Paula für das Essen und wankte aus der Küche. Alexander brachte ihn zur Tür, weil er sich nicht zurechtfand und statt zum Ausgang ins Badezimmer gehen wollte.

Antonias Kopf war schwer vom Wein. Sie blieb noch eine Weile mit Paula und Alexander am Tisch sitzen und stützte ihr Gesicht in beide Hände. „Richtig viel haben wir ja nicht erfahren! Wenn ich mal zusammenfassen darf: Da fehlt etwas in Lewalds Geschichte! Es ist die Lücke, wie Frau Dr. Flimm sagen würde, die mich stutzig macht. Warum sollte Loser jemandem wie Lewald gleich zwei Jobs auf einmal besorgen?"

Paula hatte Schluckauf. „Pardon! Aber wenn er doch ein summa in seiner Diss hatte!"

Alexander schüttelte den Kopf. „Antonia hat recht. So richtig weitergekommen sind wir nicht mit ihm. Dann dieses Gefasel über Stolz und Treue! Ich würde mich nicht wundern, wenn Loser doch Legionär war!"

Antonia zog ihr Handy hervor und zeigte ihm das Bild der Urkunde, die sie nachmittags in Losers Arbeitszimmer entdeckt hatte. „Zumindest ist er Ehrenmitglied!"

Paula lehnte sich zurück. „Tscha, das ist ja alles schön und gut. Aber was hat das nun alles mit dem Mord an Kahlschlag zu tun?"

Antonia stöhnte leise auf. „Paula, so ein Fall löst sich nicht von heute auf morgen. Ich trage gerade ein paar Mosaiksteine zusammen. Für das Gesamtbild ist es noch zu früh!"

Paula blickte auf ihr Handy, auf das gerade mit einem Plop eine SMS angekommen zu sein schien. „Okay! Ich sag dann mal Nabil Bescheid, dass die Luft rein ist!"

Antonia war mit Kopfschmerzen erwacht und schwor sich zum wiederholten Mal, den Rotwein in der WG zu meiden. Ihr Handy meldete sich und sein Klingelton bohrte sich unter

ihre Schädeldecke. Mit einem leidenden „Ja, bitte“ meldete sie sich. Es war Alexander.
„Hier ist die Hölle los!“, verkündete er mit munterer Stimme. „Loser ist da und macht uns alle wahnsinnig. Er tut so, als ob außer ihm keiner weiß, was Arbeit ist!“
Antonia stand auf und suchte im Badezimmer nach Paulas Alka Seltzer. „Weiß man schon, was er vorhat? Und frag bitte Paula, wo sie ihr Kopfschmerzmittel hat!“
Sie hörte, wie Alexander die Frage an Paula weitergab.
„Paula sagt, Frau Schwade musste einen Tisch für Loser beim Italiener für ein Uhr heute Mittag reservieren. Er trifft sich mit Professor Bärwinkel, einem Kollegen aus der Italianistik, und das Medikament liegt auf dem Küchenschrank.“
Antonia hatte das Alka Seltzer gefunden und löste sich zwei Tabletten in einem Wasserglas auf.
Nachdem die Wirkung eingetreten war, rief sie die Nummer an, die sie von Paula hatte. Jeder, der von der Kripo verhört worden war, hatte ein Kärtchen mit dieser Telefonnummer bekommen, falls jemand noch etwas Wichtiges mitteilen wollte. Sie hatte von früheren Fällen her Erfahrung mit der Polizei. Ein Gespräch zwischen Privatermittlern und untersuchenden Kommissaren hatte meist einen Vorteil für beide Seiten. Man stellte sie im Präsidium durch und Antonia, eine Freundin der kurzen Wege, bat um einen Termin in der Sache des Obdachlosen Jürgen Schulte, den man tot im Hofgarten gefunden hatte. Ein Kommissar aus der Abteilung Gewaltverbrechen bat sie, am kommenden Tag vorbei zu kommen.

Am Nachmittag fuhr sie auf Jorges altem Herrenrad zur Uni. Paula hatte einen Besprechungstermin mit Loser, dem sie über die Exkursion nach Madrid berichten sollte. Im Mansardenzimmer fand sie nur Alexander vor, der sich einem Computerspiel widmete.
„Ich muss Dampf ablassen“, erläuterte er. „Nach einem Gespräch mit dem Chef spiele ich meist einen Ego-Shooter, das beruhigt mich!“

Antonia setzte sich neben ihn und sah eine Weile zu, wie sein Held auf dem Bildschirm mit einer *pumpgun* alles platt machte, was sich ihm in den Weg stellte. Dann unterbrach sie ihn. „Du könntest mir bei meiner Recherche helfen. Ich wollte im Netz nach Informationen über die spanische Fremdenlegion suchen.“ Alexander tauchte aus seiner Bildschirm-Raserei auf und putzte sich die Brille. Bei Google fanden sie auch nicht mehr als das, was Antonia schon wusste. Über Quellen zu Mitgliedschaften war nichts zu erfahren. Alexander versprach ihr, sich um Literatur über die Legion zu kümmern. „Das dauert aber ein paar Tage, bis ich die spanischen Bücher bekomme!“
Antonia radelte zurück. Unterwegs regnete es heftig und sie kam durchnässt in der Wohnung an. Carmen und Paula saßen in der Küche, vor sich die Flasche Brandy, die Alexander neulich gesucht hatte und die eigentlich Jorge gehörte. Es war kaum noch etwas drin.
„Wir sind auch nass geworden und haben uns etwas aufgewärmt! Möchtest du auch einen Schluck?“, fragte Paula.
Antonia schüttelte den Kopf. Ihr sei eher nach Tee. Sie setzte den Wasserkessel auf und holte sich eine Tasse aus der Spüle, um sie abzuwaschen.
„Okay, dann müssen Carmen und ich uns opfern“, meinte Paula und verteilte den Rest des Brandys auf die beiden Gläser. „Im Flur liegt übrigens Post für dich!“
Auf der kleinen Konsole mit dem WG-Telefon lag ein einfacher Umschlag mit Antonias Namen in Druckbuchstaben. Er war unfrankiert. Sie ging damit in die Küche und öffnete ihn. Im Inneren befand sich nur ein liniertes Blatt, auf dem ein Satz in holprigen Druckbuchstaben stand: WIR HABEN DICH GEWARNT!
Antonia setzte sich und zeigte Carmen und Paula den Zettel. „Das ist wie in einem schlechten Film! Dahinter steckt bestimmt wieder dieser Jonas!“
Paula war entsetzt. „Ist ja krass! Vielleicht fallen die nochmal über dich her! Ich bin froh, dass Florian heute kommt und auf dich aufpasst!“

Antonia fuhr wütend herum. „Bloß kein Wort zu Florian, der vermasselt mir sonst noch alles."
Als sie Paulas verständnislose Miene sah, fügte sie hinzu: „Falls Jonas dahintersteckt bzw. im Auftrag des Täters handelt, fühlt man sich offenbar sehr unsicher!"
Paula schüttelte störrisch den Kopf. „Nö, Antonia. So geht das nicht weiter. Das kann ich nicht zulassen. Wenn dir was zustößt, hätte ich keine ruhige Minute mehr."
„Ich habe doch morgen einen Termin bei der Kripo, da werde ich alles erzählen", versuchte sie Paula zu beruhigen.
„Nö, Antonia! Ich finde, du solltest wegen dieser Sache zur Polizei gehen!"
Antonia nahm den Zettel und ihre Teetasse und erhob sich. „Die Kripo ist die Polizei, Paula. Ich nehme jetzt ein heißes Bad! Falls Florian anruft, bitte ihn, sich ein Taxi zu nehmen. Ich muss in die Wanne, sonst bekomme ich eine Erkältung."
Antonia konnte in der Badewanne am besten nachdenken. Sie überlegte, wie sie morgen, ohne zu viel preiszugeben, mit dem Kommissar auch über den Mord in der Uni sprechen konnte. Wenn die Morde zusammenhingen, war das Verbindungsstück die Tatwaffe. Vielleicht auch Spuren an den beiden Opfern.
Sie hatte sich gerade wieder angezogen, als es klingelte. Sie öffnete freudig die Haustür, aber es war nicht Florian, sondern Alexander. „Du?", fragte sie enttäuscht.
Alexander wirkte aufgedreht. „Stell dir vor! Wieder einer!"

Sie verstand zunächst nicht, was er meinte und folgte ihm in die Küche, wo Paula und Carmen sich an einem improvisierten Abendessen aus Reis, Zwiebeln und Knoblauch versuchten.
„Ich wollte eben mein Büro verlassen, als Frau Schwade, unser Nachrichtensender, auf mich zugelaufen kommt. Sie hatte gerade mit einer Kollegin telefoniert und gehört, dass es wieder eine Attacke auf einen Universitätsangehörigen gegeben hat.

Diesmal hat es Bärwinkel getroffen, der, mit dem Loser sich heute Mittag zum Essen getroffen hat. Der Dekan hat verfügt, er wolle nicht wieder einen Polizeiauflauf im Arkadenhof, deshalb hat man Bärwinkel diskret von einem Krankenwagen abholen lassen und dann erst die Polizei verständigt."

„Ich habe es geahnt!", bemerkte Antonia düster, „die Abstände werden kürzer!"

Paula und Carmen, bei denen der Brandy nachwirkte, fanden Alexanders Bericht eher lustig.

„Wenn das so weitergeht, erledigt sich der Stellenmangel an der Uni von selbst!", kicherte Paula.

Carmen nahm einen hölzernen Kochlöffel zur Hand und schlug sich damit gegen den Kopf. „Und der neue Werbeslogan könnte heißen: *Unsere Uni haut Sie um!*"

Antonia, deren Stimmung durch eine aufziehende Erkältung getrübt war, blieb ernst.

„Der Täter scheint jetzt eher wahllos zu handeln, mal trifft es Professoren, mal Angestellte. Ich bekomme kein Profil von ihm. Was hat denn die Schwade sonst noch erzählt?"

Alexander hatte sich Paulas Glas genommen und trank den letzten Rest Brandy im Stehen aus. „Sie meinte, die Polizei sei jetzt sehr alarmiert und man hat mit dem Rektor überlegt, ob nicht der Wachdienst verstärkt werden soll. Aber der Überfall war diesmal anders. Man hat Bärwinkel nicht einfach auf den Kopf geschlagen. Der Täter muss Insiderwissen haben. Er ist mit einem Taser in Bärwinkels Büro, als seine Sekretärin für ihn in der Uni unterwegs war."

„Was'n das? Ein Taser? Ich kenne nur Teaser", kicherte Paula wieder.

Antonia erklärte ihr die Funktion. „Ein Taser oder Elektroschocker ist ein kleines Gerät, mit dem man wirksam Angriffe abwehren kann, weil es Stromschläge austeilt. Wachdienste und die Polizei setzen es manchmal gegen Gewalttäter ein."

Alexander nickte. „Im Internet werden die für 50 Euro angeboten! Aber der Witz an der Sache ist, dass Bärwinkel seit einer Operation eine Metallplatte im Kopf trägt. Der Täter muss das gewusst haben. Das ist ganz schön teuflisch, ein solches Ding dem Mann an den Kopf zu halten." Er fasste sich an den Kopf und verzog sein Gesicht.

Paula schaute betroffen. „Bärwinkel ist ein Netter! Das ist wirklich gemein, so was!"

„Und wer hat Bärwinkel gefunden?", fragte Antonia.

„Frau Schwade meinte, seine Sekretärin habe ihm das Leben gerettet. Bei dieser Bemerkung machte sie übrigens eine bedeutungsvolle Pause! Dann erzählte sie, dass der Täter noch voll in Aktion war, als die Sekretärin in Bärwinkels Zimmer kam. Er war maskiert, ganz in schwarz, hat die Frau zur Seite gestoßen und ist geflohen!"

„Hatte er vielleicht Springerstiefel an?", fragte Antonia.

„Also so genau weiß ich das nicht. Die Sekretärin wahrscheinlich auch nicht, weil sie ja völlig überrumpelt wurde ..."

In diesem Moment klingelte es erneut und diesmal stand Florian vor der Tür. Antonia umarmte ihn zärtlich und führte ihn rasch in Jorges Zimmer, um zu vermeiden, dass er über die Vorfälle in der Uni von den anderen erfuhr. Sie wollte ihm selbst - und unter Vermeidung bestimmter Details, die ihr eigenes Engagement in der Sache betrafen - von der Lage berichten. Florian begrüßte die anderen nur kurz mit einem *Hallo* in die Küche, dann drängte ihn Antonia mit einem „Du musst sehr hungrig sein" aus der Wohnung.

Sie gingen in ein nahegelegenes italienisches Restaurant und bevor die Pasta serviert wurde, zeigte Antonia dem Freund die Handyfotos von Lewalds Wohnung. „Ich habe mit Lewald einen Termin für morgen Vormittag gemacht. Wenn es dir passt, können wir sie uns zusammen ansehen."

Florian war einverstanden. „Ich kann leider nicht lange bleiben. Ich habe einen Besichtigungstermin bei der Orgelbau-Firma Klais vereinbart. Ich will im Sommer mit meinen Studenten aus Köln eine Exkursion dorthin machen. Und in einem wollte ich die Orgel im Bonner Münster kennenlernen und habe mich mit dem Kantor verabredet. Danach muss ich wieder nach Köln. Ich habe ein Abendessen mit Kollegen aus dem Institut und am Freitag Proben in Hamburg für das Sonntagskonzert in Altona."

Antonia war enttäuscht, konnte sich aber nicht beklagen, weil sie selbst wegen des Mordfalls bisher nicht mehr nach Hamburg gefahren war.

Florian lehnte sich zurück und nahm einen Schluck Wein. „Wieso waren deine WG-Leute denn so aufgekratzt?"

Antonia stocherte in ihren Spaghetti aglio olio herum, entschloss sich dann aber zu einer Teilwahrheit. „Ach, letzte Woche ist eine Frau im Dekanat überfallen und niedergeschlagen worden und heute ein Professor mit einem Taser angegriffen worden. Das erzeugt natürlich viel Aufregung und auch Angst, aber die kompensieren das mit aufgesetztem Frohsinn!"

Florian bestellte sich ein zweites Glas Rotwein. „Und wie geht es den beiden Opfern? Ich meine, ist einer von ihnen tot?"

Antonia sah erstaunt hoch. „Beide sind im Krankenhaus. Wie kommst du darauf, dass sie tot sein könnten?"

„Nur so", murmelte Florian. „Falls einer der beiden stirbt und es Mord wird, sehe ich dich in den nächsten Wochen nicht mehr!"

Antonia lächelte beschwichtigend. „Ach nein, meines Wissens leben beide noch. Keine Sorge!" Dann wechselte sie das Thema. „Morgen besichtigen wir unsere erste gemeinsame Wohnung! Und wenn sie dir gefällt, können wir schon bald mit dem Renovieren anfangen. Lewald sprach davon, dass er zum Semesterende nach Spanien zurück will. Und dann siehst du mich so viel, dass du dich vielleicht bald über ein paar neue Aufträge für mich freuen wirst."

Diesmal hatte der Adjutant die Aktion übernommen, der Eine hatte die gesamte Aktion bis in alle Einzelheiten geplant. Es gab nur ein schmales Zeitfenster, in dem man handeln konnte. Die feindlichen Truppen hatten seit dem letzten Angriff das Gelände durchkämmt und es hieß, mit größter Vorsicht vorzugehen. Alle applaudierten dem Adjutanten, als er berichtete, wie er die Tatwaffe platziert hatte. Der Eine wollte genau wissen, welches Gesicht das Opfer gemacht hatte und der Adjutant imitierte unter dem Gejohle aller den angstverzerrten Ausdruck des Alten und wie er schützend seine Hände über den Kopf gelegt hatte. Der Erzengel schaute zufrieden auf sie herab, während der Drache sich verzweifelt unter seinem Fuß krümmte.

Am nächsten Morgen führte Antonia, bevor sie Lewalds Wohnung besichtigten, den Freund zum Frühstück ins *Café Blau*. Sie erinnerte sich an ihren ersten Tag in Bonn.
„Hier habe ich mit Paula gegessen, als ich angekommen bin. Es kommt mir vor, als sei ich schon eine Ewigkeit hier."
Florian bestellte sich Rührei mit Speck. „Du *bist* eine Ewigkeit hier, Antonia. Ich habe Rita angerufen. Sie sagte, du hättest nur einmal bei ihr in Köln übernachtet. Sie kann nicht verstehen, wie man dieses Nest gegen ihr heiliges Köln eintauschen kann! Und ich, ehrlich gesagt, auch nicht!"
Antonias Stimme nahm einen gereizten Ton an. „Florian, bitte! Wie oft muss ich das denn noch erklären? Ich konnte nicht länger bei Rita bleiben, ihr Hund stinkt unerträglich und dann ergab es sich, dass in Paulas WG das Zimmer frei wurde. Das ist doch wohl zu verstehen, oder?"
Florian senkte sein Gesicht tief in seine Tasse mit Milchkaffee. Als er wieder auftauchte, sagte er: „Ich will ja auch nur sichergehen, dass es keinen anderen Grund für dich gibt, in Bonn zu bleiben!"
Antonia blätterte in der Speisekarte. „Ich glaube, ich nehme noch ein Croissant!" Dann winkte sie der Kellnerin. Florian hatte also Verdacht geschöpft. Wahrscheinlich hatte Rita ihm vom Tod des Emeritus erzählt. „Falls Rita ..."
Doch Florian unterbrach sie. „Ich meine, dieser Alexander ist ziemlich attraktiv und er scheint sich sehr für dich zu interessieren!"

Antonia war erleichtert, dass er nicht den Mordfall meinte. „Wer sagt das denn? Alex ist ein Kumpel, weiter nichts! Er hat mir in Windeseile eine Art Konzept für eine Dissertation geschrieben, stell dir vor!"
„Für eine Dissertation? Ich wusste nicht, dass du noch promovieren willst!"
Antonia spürte, wie sie rot wurde. „Ach, es war nur so ein Gedanke. Eine Spielerei. Ich dachte, vielleicht kann ich nochmal etwas anderes im Leben machen als Verbrechen aufzuklären!"
Florians blaue Augen nahmen einen misstrauischen Ausdruck an. „Aber in Spanisch? Du sprichst doch gar kein Spanisch!"
Antonia bestrich sich ihr Croissant dick mit Marmelade. Dann sah sie hoch. „Es hat wirklich nichts mit Alexander zu tun. Er kann dir nicht das Wasser reichen. Es ist nur so, dass ich es mal ausprobieren wollte. Und Lewald war ganz beeindruckt. Es geht um Kriminalität im spanischen Film." Sie biss herzhaft in ihr Croissant. „Und die Filme sind ja synchronisiert!"
Florian entspannte sich und lächelte. „Okay! Dann lass uns mal die Wohnung ansehen."

Am Rhein sahen sie beim Anlegemanöver der Rheinfähre zu und beschlossen, später eine Fahrt zum Ufer gegenüber zu machen. Gegen elf Uhr gingen sie die steile Fährgasse bis zu dem Mehrfamilienhaus hoch, in dem Lewald wohnte.
Als Antonia bei ihm klingelte, öffnete er nicht. Sie trat auf die Straße zurück und sah nach oben in den zweiten Stock. Die Balkontür stand weit offen, er schien also zu Hause zu sein. Der Wind zerrte an den vertrockneten Pflanzen, die aus den Blumenkästen ragten. Nach weiterem vergeblichem Klingeln drückte Antonia auf einen anderen Knopf der Schaltfläche. Der Lautsprecher meldete sich mit einem hohen, übersteuerten Ton und eine Frauenstimme ließ ein missmutiges „Bitte?" ertönen.
„Entschuldigen Sie, wir sind mit Herrn Lewald verabredet. Er scheint zu Hause zu sein, macht aber nicht auf! Könnten Sie uns reinlassen?", fragte Antonia das weiße Gitter.

Aus dem Lautsprecher kam nach einer Pause ein gedehntes „Okay". Dann wurde aufgedrückt.
An Lewalds Wohnungstür klingelte Antonia noch einmal. Drinnen erklang ein hohes Summen. Daneben hörte man entfernte Radiostimmen.
„Vielleicht liegt er in der Badewanne! Oder er hat Kopfhörer auf. Bist du sicher, dass du elf Uhr mit ihm verabredet hast?", fragte Florian.
Antonia klopfte. Nichts. Dann rief sie Lewalds Namen und klopfte noch einmal energisch.
Von innen fragte eine dünne Stimme: „Wer da?"
„Wir sind es, Dr. Lewald! Antonia Babe und Florian Niedlich. Wir kommen wegen der Wohnung!"
Die Tür öffnete sich einen Spalt und Lewalds blasses Gesicht war zu sehen. Dann entfernte er die Sicherungskette von der Tür und bat sie herein.
„Was ist denn mit Ihnen passiert?"
Um Lewalds Kopf wand sich eine Art provisorische Bandage und er kniff sein rechtes Auge zu. „Kommen Sie herein!" Er bat Florian und Antonia in das Wohnzimmer und ließ sich selbst auf den einzigen Sessel sinken, der dort stand. Auf dem Tischchen lag noch immer die Bananenschale, die Antonia dort vor einer Woche gesehen hatte. Sie war inzwischen schwarz geworden und sah aus wie eine Johannisbrotschote.
„Ich kann Ihnen leider nichts anbieten, tut mir leid. Ich konnte heute noch keine Besorgungen machen. Sie sehen ja selbst. Ich bin gestern Abend, als ich aus meinem Büro kam, im Flur angegriffen worden. Jemand hat mir von hinten mit etwas Schwerem auf den Kopf geschlagen. Ich bin gestürzt und ohnmächtig geworden. Gegen Mitternacht bin ich dann im Flur liegend aus der Ohnmacht erwacht. Ich habe den Wachdienst verständigt. Seit diesen schrecklichen Vorfällen trage ich die Nummer immer bei mir. Mir geht es nicht gut. Haben Sie zufällig etwas gegen Kopfschmerzen dabei?"
Antonia kramte in ihrer Tasche und fand einen Blister mit Aspirin. Sie ging in Lewalds Küche und holte ein Glas Wasser.

Als sie zurückkam, machte sie ein strenges Gesicht. „Ich bestehe darauf, dass Sie sich untersuchen lassen, Herr Lewald. Sie könnten eine Gehirnerschütterung haben. Sollen wir Sie in ein Krankenhaus bringen? Ich bestelle Ihnen jetzt jedenfalls ein Taxi!"

Lewald stöhnte leise und kroch tiefer in seinen Sperrmüllsessel.

„Florian, schau du dir bitte die Wohnung an, ich bestelle ein Taxi und fahre mit Dr. Lewald ins nächste Krankenhaus!"

Florian nickte und trat auf den Balkon. Sein Blick streifte die vertrockneten Pflanzen und die Häuser von gegenüber. „Wo ist denn hier der Rhein?", fragte er Lewald über die Schulter.

Der Dozent war aufgestanden und ihm mit unsicheren Schritten gefolgt. Er hielt sich den Kopf und versuchte offenbar, fröhlich zu klingen. „Links, schauen Sie nach links!"

Unten rappelte ein Lieferwagen die Fährgasse hoch. Florian beugte sich theatralisch weit über das Geländer. „Ach ja, jetzt sehe ich es auch. So etwas wie Wasser, das sich bewegt!"

Antonia folgte ihnen, das Handy am Ohr. „Florian, spar dir deinen Sarkasmus! Wenn wir hier wohnen, bist du in vier Minuten am Rhein und kannst ihn in seiner ganzen Schönheit bewundern. Täglich!" Dann hatte sie offenbar eine Verbindung mit der Taxizentrale und bestellte einen Wagen.

Florian führte Lewald wieder zu seinem alten Sessel und durchschritt die fast leere Wohnung. Er lobte die beiden großen Zimmer als hell und groß, bemängelte dann aber, dass das Bad kein Fenster habe und die Küche viel zu klein sei.

„Ich denke", sagte er dann zu Lewald, „ich werde das mit Frau Babe noch besprechen müssen. Vielleicht brauchen wir doch etwas Größeres!"

Antonia holte Lewalds Mantel von der Garderobe und sie stützten den Dozenten bis zur Haustür. Als das Taxi vorfuhr und Lewald neben dem Fahrer Platz genommen hatte, wisperte Florian Antonia ins Ohr: „Letzte Woche zwei, jetzt Lewald. Ist Köpfe-Einschlagen an dieser Uni eine Art Volkssport?"

Antonia antwortete nicht. Sie stieg nach hinten in das Taxi, um Lewald zu begleiten. Florian wünschte dem Dozenten gute Besserung und verabschiedete sich, um den Kantor des Bonner Münsters zu treffen.
Auf Antonias Nachfrage empfahl der Taxifahrer die Notaufnahme des St. Petrus-Krankenhauses, da bringe er immer wieder Patienten hin. Vor allem nachts. „Alkohol, Schlägereien", erläuterte er.
Nach langem Warten in der Ambulanz wurde Lewald endlich in einen Behandlungsraum gerufen. Antonia war zwischendurch nach draußen gegangen, um per Handy ihren Termin bei der Kriminalpolizei zu verschieben. Dann war sie zu Lewald zurückgekehrt und hatte ihn vorsichtig zu dem Überfall befragt. Das Sprechen fiel ihm schwer und er wiederholte mit Mühe, was er ihnen schon in der Wohnung erzählt hatte. Er habe sein Zimmer in der Uni verlassen und nach einigen Metern im Flur habe er von hinten einen schweren Schlag auf den Kopf bekommen und sei zusammengesunken. Er habe gerade noch eine dunkle Gestalt sehen können.
Die hellblaue Windjacke des Afghanen vor Augen fragte Antonia ihn, ob er sich daran erinnern könne, was die Person getragen hatte.
„Dunkles Zeug halt, schwarze Hose, eine Jacke mit Kapuze und eine Mütze über dem Kopf!"
Wie bei mir, dachte Antonia. Vielleicht war es ja gar nicht Jonas Kahlschlag gewesen, der sie im Hofgarten überfallen hatte. Vielleicht trieb hier tatsächlich ein unbekannter Irrer sein Spiel.
Dann wurde Lewald endlich von einer Krankenschwester aufgerufen und Antonia konnte zu ihrem Termin aufbrechen. „Ich sehe heute Abend nochmal nach Ihnen, Dr. Lewald."
Am Bahnhof nahm sie die Straßenbahn zum Polizeipräsidium. Der zuständige Kommissar, ein Herr Schneider, empfing sie freundlich und klärte sie darüber auf, dass er bereits über sie informiert sei.

„Ihr Name taucht bei uns im Zusammenhang mit Mordfällen auf Rügen auf. Sie haben an der Aufklärung mitgearbeitet und sich als sehr kooperativ gezeigt!“, lobte er Antonia, nachdem sie Platz genommen hatte. Sie sah sich im Büro des Kommissars um. An der Wand hinter Schneider hingen Kunstdrucke und Landschaftsfotografien.
„Sie kennen Rügen?“, fragte Antonia.
„Nein, aber da wollte ich immer schon mal hin. Zum Urlaub, natürlich! Nicht dienstlich!“
Dann überraschte er Antonia mit der Frage: „Was haben Sie denn schon über die Vorfälle in der Uni herausgefunden? Sie sind ja näher dran als wir! Man hat mir gesagt, Sie wollen Ihre Doktorarbeit bei Professor Loser schreiben?“
Antonia überlegte kurz, von wem der Kommissar das wusste. „Haben Sie schon mit Herrn Loser gesprochen? Er ist ja aus Spanien zurück!“
„Nein! Das hat uns Frau Schwade erzählt. Die weiß so ziemlich alles, was das Institut angeht!“
„Ja“, bestätigte Antonia. „Sie ist sehr aufmerksam!“
Dann teilte sie dem Kommissar mit, dass sie einen Zusammenhang zwischen dem Mord an Kahlschlag und den Angriffen auf die Dekanatsangestellte und Professor Bärwinkel sehe. „Und heute hat es auch noch Dr. Lewald erwischt. Er hat es noch nicht angezeigt, aber ich habe ihn ins Krankenhaus begleitet!“
Kommissar Schneider, der so wirkte, als stünde er kurz vor der Pensionierung, machte sich eine Notiz. „Schon wieder einer! Da haut aber einer um sich, was? Hoffentlich kein Trittbrettfahrer, der sich den Mord an Kahlschlag zunutze macht. In welcher Verfassung ist Dr. Lewald? Wir müssten dann auch nochmal mit ihm sprechen! Herr Bärwinkel steht noch unter Schock, liegt aber in demselben Krankenhaus. Na ja, vielleicht machen wir das dann in einem.“
Es kam Antonia vor, als sei es dem Beamten lästig, dass sich die Fälle in der Uni häuften. Wer konnte es ihm verdenken?

Selbst sie fühlte sich allmählich überfordert und sie stand unter keinem Erwartungsdruck.
Sie räusperte sich. „Es bliebe demnach die Frage, ob der Mord an dem Obdachlosen mit diesen Taten in Zusammenhang steht. Deswegen bin ich hier. Ich meine, es wäre sinnvoll, wenn man diese Tat von den anderen abtrennen könnte, oder?"
Schneider seufzte. „Leider ist das nicht so einfach! Man hat gewisse Übereinstimmungen gefunden. Den Verletzungen nach war die Tatwaffe bei beiden Morden dieselbe! Aber bei beiden Opfern fanden sich sonst keine menschliche Spuren. Unsere Leute haben den Eindruck, als habe der Täter in beiden Fällen einen Ganzkörperschutz und Handschuhe getragen. Allerdings fanden sich an beiden Opfern im Gesicht winzige Partikel der gleichen Wolle! Bisher unser einziger Hinweis auf einen gemeinsamen Täter. Das ist aber auch alles!"
Antonia sank etwas in sich zusammen. „Das macht es wirklich nicht einfacher!"
Schneider lehnte sich zurück und schloss halb die Augen. „Wem sagen Sie das!"
Antonia sah links von ihm an der Wand einen Kalender, auf dem die Wochen seit Januar durchgestrichen waren. „Werden Sie pensioniert?"
Schneider folgte ihrem Blick und belebte sich. „Tja, 1. Oktober ist hier Schluss für mich! Wäre schön, wenn ich meine Laufbahn mit der Aufklärung von diesem Sch..., äh Schaden, krönen könnte!"
Antonia erfuhr, dass Jürgen Schulte eine Zeitlang in einem Bonner Obdachlosenheim gelebt hatte und deshalb leicht identifiziert werden konnte. Dann hatte man eine Kusine ausfindig machen können, die ausgesagt hatte, Schulte habe seit über zwanzig Jahren im Ausland gelebt, zuerst in Frankreich, dann in Spanien.
Antonia sah auf. „Spanien! Haben Sie eine Ahnung, ob er dort jemanden kannte?"
Schneider zuckte mit den Schultern. „Leider nein. Aber wir

überprüfen gerade die Lebensläufe von denjenigen, die zu dieser Zeit auch in Spanien waren!"
Antonia folgte einer plötzlichen Eingebung und fragte den Kommissar unvermittelt: „Wissen Sie, ob das Opfer tätowiert war?"
Schneider sah sie überrascht an. „Nein, weiß ich nicht. Ich habe ihn mir aber auch nur teilweise angesehen. Nur den Kopf, meine ich! Und da war nicht mehr viel zu erkennen. Warum fragen Sie?"
„Wissen Sie, in diesem Institut gibt es gewisse Sympathien für die spanische Fremdenlegion. Manche lassen sich das Wappen der Legion tätowieren, wie Dr. Lewald zum Beispiel. Bei Professor Loser hängt es gerahmt an der Wand!"
Sie zeigte dem Kommissar das Foto von dem Wappen, das sie in Losers Haus aufgenommen hatte.
„Und wenn jetzt Schulte auch … Ich verstehe." Schneider nickte. „Wir haben das Opfer ja noch tiefgekühlt, ich frag mal nach!"
Der Kommissar wählte eine Nummer und Antonia hörte, wie er Anweisungen gab, das Mordopfer auf Tätowierungen hin zu untersuchen. „Das kann etwas dauern! Ich rufe Sie an, wenn ich etwas weiß!"

Auf dem Rückweg machte sich Antonia in der Straßenbahn eine Skizze. Loser, Lewald und Schulte hatten lange in Spanien gelebt. Dann fiel ihr noch Brigitte Wasmuth ein. Einer von denen könnte Schulte in Spanien gekannt haben. Aber was hatte das mit Kahlschlag zu tun? Und was mit den jüngsten Überfällen? Ihre Laune erreichte einen Tiefpunkt, als sie eine SMS von Florian bekam.
„Es tut mir leid! Habe eben Zug nach Köln genommen, Gespräche mit Kantor und bei Klais haben länger gedauert. Kommst du nächstes Wochenende nach HH? Du könntest mir beim Packen helfen!"
Um ihre Stimmung aufzubessern, spendierte sie sich einen Cappuccino und ein Stück Baisertorte mit Erdbeeren im *Café*

Extro, bevor sie noch einmal zum Krankenhaus ging, um nach Lewald zu sehen. Unterwegs erhielt sie eine zweite SMS von Florian: „Oder wir verbringen das kommende Wochenende zusammen in Madrid! Was meinst du?"
Sie antwortete mit einem begeisterten „Jaaaaa!" und betrat beschwingt das Krankenhaus. An der Auskunft fragte sie nach Lewalds Zimmernummer und fuhr mit einem Patienten, der aus dem Raucherzimmer kam und seinen Tropf vor sich herschob, im Aufzug nach oben.
Lewald schlief, als sie sein Zimmer betrat. Das Nachbarbett war nicht belegt. Antonia rückte einen Stuhl an sein Bett und betrachtete ihn. Sie hatte Mitleid mit ihm, wie er da lag, sehr mager und in einem verwaschenen Krankenhaushemd. Seine Schlüsselbeine traten stark hervor, die Schatten unter seinen Augen waren tief.
Als sie sich räusperte, schlug er die Augen auf und sah Antonia traurig an. „Auf dem Röntgenbild hat man nichts finden können. Meine Wunde am Hinterkopf wurde mit ein paar Stichen genäht. Ich bleibe bis Montag hier. Könnten Sie Frau Schwade ausrichten, dass meine Veranstaltung am Montag ausfallen muss?"
Antonia nickte. „Aber natürlich! Hier, ich habe Ihnen Bananen mitgebracht!" Während sie das Obst auf den Nachttisch legte, fielen Lewald die Augen wieder zu.
„Das Schmerzmittel macht mich müde …", murmelte er leise. Die Tür ging auf und die Nachtschwester kam herein. Sie brachte weitere Medikamente und eine Flasche Wasser. „Soooo, Herr Doktor. Hier habe ich noch etwas für die Nacht! Eine gegen die Schmerzen, eine für den Magen und eine zum Schlafen!"
Lewald machte den Eindruck, als sei er wieder eingeschlafen. Die Schwester schob die Plastikschachtel mit den Medikamenten etwas näher an ihn heran und fragte laut, ob Lewald sie verstanden habe. Lewald öffnete müde die Augen und nickte. Das schien der Krankenschwester zu genügen. „Aber

die Einnahme nicht vergessen!" Sie wünschte eine gute Nacht und ging.
Antonia zupfte Lewald am Ärmel. „Herr Lewald, ist das nicht ein bisschen viel, was Sie hier einnehmen?"
Lewald stützte sich auf seinen Ellbogen und bat sie um ein Glas Wasser. Dann nahm er alle drei Pillen nacheinander und ließ sich mit einem Seufzer auf den Rücken fallen. „Immerhin kann ich von dem Zeug schlafen", murmelte er. Sein Arm hing schlaff über der Bettkante. Unter dem Ärmel konnte Antonia seine Tätowierung erkennen. Sie wollte ihn nach dem Schal fragen, den Jonas aus Lewalds Zimmer mitgenommen hatte, und der nach *Bois du Portugal* roch. Während sie nach einem Anknüpfungspunkt suchte, war Lewald eingeschlafen und schnarchte leise. Im Schlaf hatte er seinen Arm jetzt nach oben angewinkelt und der Ärmel seines Nachthemds war hochgerutscht. Antonia konnte sehen, dass über dem Wappen der spanischen Fremdenlegion ein Spruch tätowiert war. Sie beugte sich nach vorne und schob den Stoff vorsichtig noch etwas höher, um den Schriftzug lesen zu können. In diesem Moment öffnete Urs Lewald die Augen und sah sie kurz an. Dann rollte er auf die Seite, zog sich die Decke über die Schulter und schlief weiter.
Antonia stand auf und verließ leise das Zimmer. Draußen schrieb sie noch einmal an Florian. „Schöne Idee mit Madrid. Versuche Billigflug für Freitag zu bekommen!"
Dann rief sie Dr. Täubner, den Archivar, wegen eines neuen Termins an. Sie hatte Glück, denn Täubner bot ihr an, direkt bei ihm vorbeizukommen. Er sei noch eine Weile im Universitätsmuseum beschäftigt, sie solle in sein Büro kommen.

8

Dr. Täubner saß vor seinem Bildschirm, diesmal in grünem Pulli mit leicht verrutschter Fliege. Er sprang auf und begrüßte Antonia mit Handschlag. „Nehmen Sie Platz, Frau Babe! Wegen der jüngsten bedauerlichen Vorfälle im Dekanat und im Seminar für Italianistik, wollte ich Sie fragen, ob Sie inzwischen Akteneinsicht beantragt haben."

Antonia senkte schuldbewusst den Kopf. „Da muss ich leider passen. Wir hatten eine Exkursion nach Madrid, ich bin auf Wohnungssuche und ..." Sie zögerte ein wenig, gab dann aber ihrem Einfall nach. „Ich wurde selbst im Hofgarten überfallen und niedergeschlagen. Ich vermute, es hat etwas mit meinen Recherchen zu tun!"

Dr. Täubner sah sie erschrocken über seine Lesebrille hinweg an. „Was? Wann ist denn das passiert?"

Antonia räusperte sich. Dann gestand sie dem Archivar, dass sie als Privatermittlerin arbeite und manchen Leuten vielleicht lästig geworden sei.

„Und haben Sie den Überfall angezeigt?"

„Noch nicht, aber ich muss ohnehin mit der Polizei sprechen und dann werde ich das natürlich erwähnen."

Der Archivar sprang nervös auf. „Also, dann sind Sie professionell an der Aufklärung des Falls Kahlschlag interessiert? Warum haben Sie das denn nicht gleich gesagt? Ich habe da etwas, das für Sie von Interesse sein könnte! Hier im Universitätsmuseum hängt ein Foto, auf dem das Mordopfer zusammen mit Loser und anderen Mitarbeitern zu sehen ist. Schauen Sie es sich einmal an, ich komme gleich nach, ich habe noch einen Anruf zu erledigen!"

Antonia ging über den Flur und schlenderte durch den Raum, der die Geschichte der Hochschule in Bildern erzählte. Die Fotografien zeigten sämtliche Rektoren und Dekane, die das Schicksal der Universität in den letzten hundert Jahren bestimmt hatten. Eines der jüngeren Fotos zeigte den ermordeten Dekan Kahlschlag umringt von den Institutsdirektoren der Fakultät. Sie erkannte in einem der Herren den noch jungen Loser. Im Hintergrund standen in devoter Haltung Mitarbeiter und Studenten. Antonia fand Loser als jungen Mann noch unsympathischer, als sie ihn als gereiften Sechziger in Erinnerung hatte. Sein Gesicht war glatt, das strahlende Lächeln aufgesetzt, der Ausdruck in seinen Augen berechnend. Kahlschlag neben ihm wirkte vertrottelt, obwohl er zum Zeitpunkt der Aufnahme nicht älter als Ende fünfzig gewesen sein konnte.

Sie beugte sich etwas vor, um das Foto genauer zu betrachten. Ein Gesicht unter den jüngeren Leuten kam ihr bekannt vor, aber sie hätte nicht sagen können, an wen es sie erinnerte. Es handelte sich um einen jungen Mann mit langem, dunkelblondem Haar, Mittelscheitel und Nickelbrille.

Die Tür des Museums öffnete sich und Dr. Täubner trat neben sie. „Genau dieses Foto habe ich gemeint!"

Unter dem Bild, einer über zwanzig Jahre alten Aufnahme, standen die Namen der Abgebildeten. Der junge Mann, der ihr bekannt vorkam, hieß Donatus E. Lurs. Die beiden anderen jungen Männer sahen südländisch aus und hatten spanische Namen.

Sie zeigte auf das Foto. „Weiß man, wohin die Mitarbeiter jeweils gehören? Irgendwie erinnert mich der mit der Nickelbrille an jemanden!"

Täubner beugte sich vor und sah über seine Lesebrille hinweg auf das Foto. „Die beiden rechts, das sind Spanier. Das waren damals Mitarbeiter von Loser, der Mann mit der runden Brille arbeitete in der Germanistik." Dann richtete er sich auf und machte eine kleine Pause. „Hätte ich früher gewusst, dass Sie das hier sozusagen beruflich machen, hätte ich Ihnen das schon früher gesagt. Ich habe eben nochmal in meinen Computer geschaut: Lurs ist der Kandidat, dessen Habilitation abgelehnt wurde!"

Antonia zuckte zusammen. Neben Jonas, der womöglich sei-

ne Erbschaft beschleunigen wollte, gab es also jetzt definitiv einen Kandidaten mit einem Rachemotiv.
„Und wissen Sie, ob dieser Mann Mitarbeiter von Kahlschlag war?"
Der Archivar schüttelte den Kopf. „Ob er Kahlschlags Assistent war, weiß ich nicht. Jedenfalls hatte er mit ihm zu tun, sie arbeiteten ja im selben Institut. Ich empfehle Ihnen, noch einmal mit dem Kollegen Schleuder zu sprechen, dem Kustos. Der weiß alles Nähere! Ich habe eben mit ihm telefoniert. Sie können ihn gerne morgen aufsuchen! Vielleicht hat er auch eine Abschrift des Habilitationsverfahrens mit sämtlichen Gutachten. Dann sparen Sie sich den Weg über das Dekanat."
Antonia ergriff beide Hände des Archivars und drückte sie. „Sie haben mir sehr geholfen!"
Aufgeregt lief sie in die Cafeteria und öffnete ihr Notebook. Sie googelte den Namen Lurs, aber die Recherche ergab null Treffer. Nirgendwo gab es einen Hinweis auf den Mann. Sie hatte die Nummer des Kustos in ihrem Handy gespeichert und rief in seinem Vorzimmer an. Dort hieß es, er sei nicht mehr im Haus, sie möge sich am nächsten Tag wieder melden.
Im Arkadenhof trat sie hinaus in einen lauen Frühlingsabend. Es war noch zu früh, um nach Hause zu gehen. Ohne ein bestimmtes Ziel schlenderte sie daher in Richtung Altstadt. Sie wusste, dass Carmen heute Abend kellnerte und beschloss, etwas in der Kneipe zu essen. Sie bestellte sich Calamares und ein Glas Wein, brach jedoch bald nach dem Essen wieder auf. Das Restaurant war voll besetzt und die Spanierin hatte kaum Zeit, ein paar Worte mit ihr zu wechseln. Antonia gab Carmen ein großzügiges Trinkgeld und spazierte durch die Altstadt in Richtung Bahnhof.
Als sie in eine unbelebte Querstraße einbog, von der sie annahm, dass sie zum Zentrum führte, hörte sie hinter sich rasche Schritte. Seit ihrem Erlebnis im Hofgarten war sie schreckhafter als sonst. Sie blieb stehen und tastete nach dem Pfefferspray in ihrer Tasche. Paula hatte nach dem Überfall

darauf bestanden, dass sie es bei sich trug. Dabei sah sie sich unauffällig um. Da war niemand zu sehen. Sie ging weiter, dann hörte sie wieder Schritte. Falls sie jemand verfolgte, hatte er sich eben vor ihr versteckt. Die Türeingänge der alten Häuser boten genug Platz, um sich dort zu verbergen. Sie ging etwas schneller. Niemand war auf dieser Straße zu sehen, immerhin waren einige Fenster erleuchtet. Sie drehte sich noch einmal um.

Nun sah sie zwei Männer, die etwa 50 Meter hinter ihr hergingen. Als sie stehenblieb, blieben auch sie stehen, wobei sich der eine von den beiden eine Zigarette anzündete. Antonia hatte jetzt das Ende der Straße erreicht. Sie bog rasch nach rechts ab und lief an einem hässlichen Hochhaus entlang, in dem die Stadtverwaltung ihren Sitz hatte. Hier waren ein paar Leute unterwegs, die aus einer Kneipe am Ende der Straße kamen. Die Kneipe hieß *Bla*. Paula und Carmen tranken dort manchmal ein Bier.

Da fiel ihr die Warnung ein, die man ihr vor ein paar Tagen in den Briefkasten der WG geworfen hatte. Vielleicht war sie ja tatsächlich in Gefahr. Sie beschleunigte noch einmal ihren Schritt und lief bis zu einem offenen Platz, in dessen Mitte sich links und rechts Haltestellen für die Straßenbahn befanden. Sie hatte eigentlich vorgehabt, den ganzen Weg in die Südstadt zu Fuß zu gehen, aber unter diesen Umständen sprang sie in die nächste Bahn. Am Bahnhof stieg sie aus und nahm sich ein Taxi für den restlichen Weg. Falls es sich bei den zwei Männern um die beiden Afghanen handelte, hatte sie diese abhängen können. Falls es Jonas mit seinem Kumpel gewesen war, hätte ihr das Manöver kaum genützt, denn Jonas wusste mit Sicherheit, wo sie zu finden war.

Vielleicht war das Ganze aber auch nur Einbildung, denn an der *Bla*-Ecke hatte sie sich noch einmal umgeschaut und keinen der beiden Männer mehr gesehen. Seit dem Überfall im Hofgarten waren ihre Nerven abends besonders angespannt. Sie bezahlte den Taxifahrer und war froh, die Haustür hinter sich schließen zu können.

In der Wohnung war niemand. Paula und Nabil waren mit Freunden unterwegs und Carmen würde nicht vor zwei Uhr zurück sein. Antonia schaltete den kleinen Fernseher auf dem Kühlschrank ein und kochte sich einen Tee. Es gab nur eine öde Polit-Talkshow, daher wartete sie nur ab, bis der Tee gezogen hatte, schaltete den Fernseher wieder aus und nahm den Becher mit in Jorges Zimmer. Sie las noch ein paar Seiten in einem Roman und wollte gerade das Licht ausschalten, als sie im Flur ein leises Geräusch hörte.

Langsam knipste sie die Lampe aus, stand im Dunklen auf und lauschte an der Zimmertür. Sie hörte eine Art Schaben, mal leiser, dann wieder lauter, das von der Wohnungstür kam. Eine Weile war es still, dann setzte das Schaben wieder ein. Sie öffnete leise die Tür zum Flur und ging barfuß ein paar Schritte zur Wohnungstür. Jetzt hörte sie es ganz deutlich. Jemand kratzte mit einem Gegenstand am Schloss. Ihr Herz raste. Wer war das?

Sie lief in Jorges Zimmer und schloss sich ein. Falls jemand in die Wohnung käme, könnte sie aus dem Fenster um Hilfe schreien und den Eindringling erschrecken. Mit zitternden Fingern wählte sie die Nummer Alexanders – der einzige Mensch, von dem sie wusste, dass er in der Nähe wohnte.

Als sie das Klingelzeichen hörte, flüsterte sie: „Bitte, bitte, geh ran!“

Es dauerte etwas, dann hörte sie Alexanders Stimme und ein gedehntes „Jaaa?“.

„Alexander, wo bist du? Du musst so schnell wie möglich hierher kommen!“

Alexander flüsterte eine Antwort, die sie nicht verstand.

„Was ist? Was sagst du? Ich verstehe dich nicht!“

Alexander sprach etwas deutlicher, aber immer noch leise. „Ich kann nicht laut sprechen, es ist schon spät und ich wecke alle Leute auf. Ich stehe hier vor eurer Tür, komme aber nicht rein!“

Antonia war perplex. „Waaas? Wo bist du? Spinnst du?“

„Antonia, mach auf. Ich muss mal dringend und ich möchte das nicht hier im Flur erledigen!"
Erleichtert und wütend zugleich ging Antonia zur Tür und ließ ihn herein.
Alexander preschte an ihr vorbei in Richtung Badezimmer und Antonia konnte ihm nur noch laut nachrufen, was ihm einfalle, mitten in der Nacht an der Tür der WG herumzukratzen. Dann ging sie in die Küche, um auf seine Erklärung zu warten.
Alexander schien keine Schuldgefühle zu haben, er rief aus dem Badezimmer, ob sie Wasser aufsetzen könne, er brauche dringend einen Kaffee. Antonia tat nichts dergleichen. Sie holte sich Jorges Bademantel und setzte sich mit verschränkten Armen auf einen Küchenstuhl.
„Und? Was führt dich hierher?"
Alexander griff nach dem Wasserkessel. „Herrjeh, ich hatte zu viel getrunken. Ich war mit einem Freund auf Kneipentour und da dachte ich, ich seh mal bei euch vorbei. Früher hat das immer mit einer Scheckkarte geklappt an der Tür. Jorge hat zigmal seinen Schlüssel vergessen und ist dann immer so reingekommen, aber ich glaube, Paula hat das mal reparieren lassen. Jedenfalls hatte ich heute kein Glück. Möchtest du auch einen Kaffee?"
Antonia schüttelte den Kopf. „Ich möchte jetzt vor allem schlafen! Du hast mich zu Tode erschreckt!"
Alexander setzte sich neben sie und stützte seinen Kopf auf. „Entschuldige, ich bin sehr betrunken. Ich wollte dich nicht erschrecken. Meistens ist hier um diese Zeit immer noch einer in der Küche!"
„Heute nicht, wie du siehst", sagte Antonia schroff und stand auf.
Alexander hielt sie am Handgelenk fest. „Bleib doch noch ein bisschen!"
Eine Weile hörte man nur das Brummen des Kessels, in dem sich das Wasser allmählich erwärmte. Alexander stand leicht

schwankend auf und schüttete löffelweise Kaffeemehl in eine braune Filtertüte. Dann stand er ratlos da. „Wo ist denn der Filter?"

Antonia langte in die Spüle. „Hier!"

Alexander nahm ihn und legte ihn wieder ab.

„Ich glaube, ich schaff das nicht mehr. Ich trink ihn morgen!" Dann fragte er mit treuherzigem Blick, ob er bei ihr schlafen könne, er sei furchtbar müde. Antonia stand auf. „Im Wohnzimmer steht das Gästesofa!"

Sie schloss Jorges Zimmertür ab und hörte, wie Alexander im Flur laut fluchte. Er schien sich den Fuß gestoßen zu haben. Dann hörte sie ihn ins Wohnzimmer tappen, während sie hellwach dalag, bis es draußen hell wurde.

Nachdem er zwei Tage lang alle im Institut mit widersprüchlichen Anweisungen verrückt gemacht hatte, verkündete Professor Loser, dass er dringend nach Madrid zurück müsse. Paula erhielt den Auftrag, sich zu den Maklerterminen in der Villa einzufinden. Der erste Termin war geplatzt, weil der Käufer Losers niedrigste Forderung noch zu hoch fand.

Paula, die mit Antonia und Carmen beim Frühstück saß, wurde rot vor Empörung.

„Er hat doch tatsächlich gesagt, ich dürfe während dieser Zeiten an seinem Schreibtisch arbeiten!"

Carmen grinste. „Wer weiß! Vielleicht hat der Tisch magische Kräfte und deine Diss schreibt sich da von alleine!"

Paula war nicht in Stimmung für Witze. „Ich muss jetzt gleich dahin, obwohl der Makler einen Schlüssel hat. Loser will, dass ich während der Besichtigungen im Haus bin. Ich soll die Tochter mimen, damit niemand auf die Idee kommt, das Haus sei unbewohnt! Dann hat er mir aufgetragen, in den oberen Räumen Licht brennen zu lassen, so als sei jemand zu Hause. Bisher war doch immer alles dunkel und es hat ihn nicht gestört!"

„Weiß man, warum er so plötzlich abreist?", fragte Antonia.

„Frau Schwade wusste es nicht, und wenn die es nicht weiß, weiß es keiner", antwortete Paula. „Ich habe dieses Hin und Her so was von satt. Ich bin froh, wenn meine Arbeit fertig ist und ich der Uni den Rücken kehren kann!"

Antonia lieh sich Paulas Fahrrad und fuhr zur Universität. Sie wollte unbedingt mit Dr. Schleuder sprechen, bevor der Seminarbetrieb losging. Sie hatte sich den Namen des jungen Mannes vom Archivfoto notiert und stieg, zwei Stufen auf einmal nehmend, die Treppe zum Germanistischen Seminar hoch. Der alte Kustos begrüßte sie etwas abwesend, räumte umständlich einen Stapel Bücher von einem Stuhl, bot ihr jedoch keinen Platz an.
„Entschuldigen Sie die Unordnung. Ich arbeite an einem Artikel zur frühmittelalterlichen Lyrik und der Abgabetermin naht. Der Kollege Täubner schickt Sie, nicht wahr?"
„Ja! Vielen Dank, dass Sie sich noch einmal Zeit für mich nehmen. Es geht um einen ehemaligen Mitarbeiter des Instituts. Donatus E. Lurs. Wissen Sie, was aus ihm geworden ist?"
Dr. Schleuder sah betroffen auf seine gelblichen Fingernägel. Der Name schien keine guten Erinnerungen bei ihm zu wecken. „Über seinen Werdegang weiß ich nichts. Aber ich erinnere mich an Donatus. Er war ein sehr begabter junger Student und promovierte früh. Zu früh, wenn Sie mich fragen. Er war etwas genialisch und hielt viel von sich. Ich will sagen, er neigte dazu, sich zu überschätzen. Er hat dann auch zu früh eine Habilitationsschrift begonnen, die nur mit Ach und Krach angenommen wurde. Sein mündlicher Vortrag wurde von der Fakultät abgelehnt. Damit war das Verfahren gescheitert. Wir haben nie wieder etwas von ihm gehört!"
Antonias Herz machte einen Sprung. „Er wurde abgelehnt und ist dann verschwunden?"
„So ist es! Wir waren hier alle sehr betroffen und wollten ihm helfen. Kahlschlag hat sogar eine Stelle für ihn im Dekanat gefunden, aber er hat sich nie wieder gemeldet! Vielleicht ist er ja inzwischen verstorben, das wäre auch möglich."

„War er ein Mitarbeiter von Professor Kahlschag?"
„Nein, das nicht. Aber als Dekan hatte Kahlschlag natürlich den Kommissionsvorsitz und musste zusammen mit den anderen die Entscheidung treffen, die zu treffen war!"
Antonia blickte in ihre Notizen. „Also gibt es in der Institutsgeschichte einen gescheiterten Promovenden, der sich umgebracht hat und einen mit einer gescheiterten Habilitation, der verschwunden ist. Richtig?"
„So ist es! Leider."
„Und weiß das auch die Polizei? Die Angehörigen des einen Kandidaten oder dieser Lurs hätten ja ein Motiv im Mordfall Kahlschlag!"
„Man hat mich nicht danach gefragt", sagte Dr. Schleuder leise. Dann legte er den Kopf schief und murmelte: „Wenn Sie mich jetzt entschuldigen wollen. Ich sitze an diesem Aufsatz zur frühmittelalterlichen Lyrik und, wie gesagt, der Abgabetermin rückt näher!"
Vor Schleuders Tür ging Antonias Handy und Paula meldete sich. „Antonia, du glaubst es nicht! Ich komme eben hier an, Losers Villa ist mit allen möglichen Graffitis besprüht. Der Makler ist entsetzt. Ich soll noch heute einen Maler bestellen, damit die Käufer nicht abgeschreckt werden. Es ist in einer Sprache, die ich nicht entziffern kann. Aber sie sah so aus, wie die auf der Zeitung, die Nabil von diesen Afghanen mitgebracht hat. Ich habe ein Foto gemacht und an Nabils Handy geschickt. Es ist afghanisch, sagt er!"
„Paschtu!"
„Was?"
„Nabil sagt, man nennt die Sprache Paschtu. Ist ja auch nicht so wichtig!"
„Dann eben Paschtu. Deshalb kann ich es trotzdem nicht lesen."
„Wann geht Losers Flug?", wollte Antonia plötzlich wissen.
„Frau Schwade sprach von 13.00 Uhr."
„Mit welcher Linie?"

„Wenn er selbst bezahlen muss, nimmt er einen Billigflug. Um diese Zeit fliegt Eurowings. Und Hauhechel muss ihn zum Flughafen fahren. Wozuwillstndaswissen?"
Antonia antwortete nicht. Sie legte auf und radelte wie besessen nach Hause.
Alexander saß mit Carmen in der Küche. Er hatte geduscht und sah erstaunlich frisch aus. „Antonia", strahlte er. „Setz dich zu uns, wir frühstücken gerade. Ich habe wieder Zeit, jetzt, wo Loser weg ist. Komisch eigentlich. So schnell hat er noch nie seine Zelte in Bonn abgebrochen."
„Ich denke, ich weiß, was ihn antreibt. Könntest du mich bitte zum Flughafen bringen?"
Alexander sah sie verblüfft an. „Wie? Willst du auch verreisen?"
„Nein, ich möchte nur etwas überprüfen. Es ist dringend. Also, kannst du?"
Alexander kippte einen Rest Orangensaft hinunter und stand auf. „Okay, ich komme!"
In Jorges Zimmer griff Antonia nach ihrer leeren Reisetasche. Dann lief sie in die Küche zurück und fragte, ob jemand in der WG ein Fernglas habe.
Carmen stand auf, ging in ihr Zimmer und kam mit einem kleinen Beutel aus verschossenem grünen Samt in den Händen zurück. „Hier! Das Opernglas meiner Großtante. Undercover wirst du es vielleicht brauchen, ist unauffälliger als ein Feldstecher!"
Antonia öffnete das Säckchen und betrachtete das hübsche kleine Instrument aus Messing und Perlmutt.
„Es ist fast hundert Jahre alt, aber man kann immer noch gut damit sehen!", sagte Carmen lächelnd.

Auf der Autobahn erläuterte Antonia dem perplexen Alexander, dass sie herausfinden wolle, ob Loser tatsächlich nach Madrid fliege und ob er sich eventuell, ohne es zu wissen, in Gesellschaft der jungen Afghanen befände.

„Sie haben gestern seinem Haus einen neuen Anstrich verpasst. Sie sind ihm also auf den Fersen!"
Alexander sagte nur „Oh!" und drückte aufs Gaspedal.
Eine halbe Stunde später parkte er den roten Mini vor der Abfertigungshalle des Konrad-Adenauer-Flughafens. „Hier ist Parken verboten. Am besten bleibe ich im Wagen, bis mich jemand verscheucht. Nimm dir Zeit, ich rauche inzwischen eine Zigarette oder lese ein gutes Buch!"
Antonia blinzelte ihm zu. „Danke, Alex, du bist ein Schatz!"
Sie setzte sich ihre Sonnenbrille auf und betrat die Halle des Flughafens bei den Eurowings-Schaltern. Den Wartenden in der Schlange drehte sie den Rücken zu, nahm auf einer Bank Platz und tat so, als ob sie etwas in ihrer Reisetasche suche. Loser war nirgendwo zu sehen. Nach einer Weile setzte sie sich gerade hin und beugte den Kopf über eine Zeitschrift. Gleichzeitig behielt sie den Schalter im Blick, um zu sehen, ob Loser eincheckte. Hauhechel musste ihn längst abgesetzt haben, denn die Uhr ging auf elf Uhr dreißig zu. Dann, als sie gerade Carmens Opernglas ausprobierte, sah sie ihn aus dem Café kommen, das sich weiter unten in der Halle befand. Er machte sich an einem der Automaten zu schaffen, bei dem Fluggäste selbst einchecken konnten. Antonia beobachtete, wie er eine Lesebrille aufsetzte, die Anleitung studierte und die Brille wieder nervös in die Haare schob. Während dieser Prozedur tauchte von der Rolltreppe her ein Mann mit dunklem Teint und einer leuchtend hellblauen Blousonjacke auf. Es war der Afghane.
Antonia senkte ihren Kopf, damit er sie nicht erkannte. Sie war mit Sicherheit auf einem der Fotos zu sehen, die er in Madrid im Café Gijón von Loser gemacht hatte. Auch der Afghane schien sich dafür zu interessieren, ob Loser nach Madrid flog. Er blieb in einiger Entfernung stehen und beobachtete ihn. Loser hatte seinen Check-In inzwischen erledigt und ging zum Drop-off-Schalter, um seinen Koffer abzugeben. Antonias Anspannung wuchs. Wenn der Afghane sich jetzt Loser

näherte, würde sie eingreifen müssen. Dann ging es vielleicht um Losers Leben. Der junge Mann machte jedoch nur ein Foto von Loser und telefonierte. Dann drehte er sich um und ging wieder zu den Rolltreppen, die nach unten führten. Antonia atmete auf. Sie folgte Loser noch bis zum Eingang des Sicherheitsbereichs und ging dann zu Alexander zurück, der rauchend in seinem Mini saß und Musik hörte.
Auf der Rückfahrt nach Bonn zeigte sie sich erstaunt, dass die beiden Afghanen nicht ebenfalls nach Madrid geflogen waren. Alexander sah sie verblüfft an. „Aber das wäre doch das Dümmste, was die beiden machen könnten, wenn sie Loser etwas antun wollen. Ihre Namen ständen doch auf der Passagierliste! Vielleicht fliegen sie auch nach Madrid, aber doch nicht in derselben Maschine. Vielleicht fliegen sie von Frankfurt oder Düsseldorf."
„Oder nur einer fliegt und der andere bleibt hier. Sie nehmen ihn in die Zange. Wenn ich nur wüsste weshalb!"
Sie war in Gedanken versunken, während Alexander, der immer wieder auf die Überholspur wechselte, etwas über Samstagabend und Flammen erzählte. „Also, kommst du mit uns in die Rheinaue?"
„Entschuldige, ich habe nicht zugehört!"
„Morgen Abend ist *Rhein in Flammen*, ein Fest, das es nur hier gibt, weil sich nur am Rhein Wasser und Feuer wunderbarerweise verbinden. Und bei dem, meiner Erfahrung nach, alljährlich sibirische Kälte herrscht. Die Rheinflotte ist beleuchtet und zum Abschluss gibt es immer ein großes Feuerwerk."
„Ich bin mit Florian verabredet. Wir verbringen das Wochenende in Madrid", murmelte Antonia abwesend. Dann erzählte sie Alexander von Donatus E. Lurs und ihrer vergeblichen Recherche im Internet.
Alexander hatte den Namen noch nie gehört, hatte aber eine Idee. „Du könntest in der Uni-Bibliothek nach seiner Dissertation suchen. Oder nach seinem Doktorvater. Wie hieß der denn und ist er noch in Bonn?"

Antonia seufzte leise, denn sie würde Dr. Schleuder heute noch einmal bei seinen Studien zur frühmittelalterlichen Lyrik stören müssen.

Tatsächlich machte der alte Kustos diesmal keinen Hehl daraus, dass er sich von Antonia belästigt fühlte, als sie erneut vor ihm stand.
„Akteneinsicht? Wo denken Sie hin? Ich habe keine Unterlagen über Verfahren, die zwanzig Jahre zurückliegen. Die sind alle im Dekanat. Im übrigen sitze ich an einem Artikel zur frühmittelalterlichen Lyrik und …"
Antonia unterbrach ihn. „Ich weiß, Dr. Schleuder. Aber hier geht es um die Ermordung eines früheren Kollegen von Ihnen. Das sollte Ihnen schon ein wenig Mühe wert sein. Könnten Sie eine Auskunft beim Dekanat bekommen?"
Schleuder lenkte ein. „Nun gut, ich werde sehen, was ich für Sie tun kann. Aber Sie werden sich, jetzt, wo Frau Bengel im Krankenhaus ist, sicher ein bis zwei Wochen gedulden müssen. Das Dekanat ist personell unterbesetzt!"
Auf dem Flur fiel Antonia noch etwas ein. Sie klopfte noch einmal und steckte ihren Kopf durch die Tür. „Noch eine letzte Frage: Wofür steht eigentlich das E in Lurs' Namen?"
„Wie?" Der alte Mann sah diesmal nicht von seinen Studien hoch.
„Der Kandidat. Donatus Lurs. Er hieß Donatus E. Lurs."
Dr. Schleuder hob den Kopf und sah sie entrüstet an.
„Woher soll ich das wissen? Ich bitte Sie! Egon, Emil oder Erich? Der Buchstabe kann doch viel bedeuten!"
Antonia blieb in der Tür stehen.
„Wer könnte das denn genau wissen? Was ist mit dem Professor, bei dem Lurs promoviert hat?"
„Professor Köttenbrink ist vor einigen Jahren verstorben. Er war sehr mit den Kahlschlags befreundet. Köttenbrink, Kahlschlag und ich haben eine Zeit lang zusammen Skat gespielt. Frau Kahlschlag hat uns mit Schnittchen und Bier versorgt.

Das war eine schöne Zeit. Aber Köttenbrink bekam dann einen Ruf nach Mainz und uns fehlte der dritte Mann."
„Herr Schleuder, bitte finden Sie es heraus. Tun Sie es für Ihren verstorbenen Kollegen!"
Der Kustos sah sie verstört an. „Gut, ich melde mich bei Ihnen. Lassen Sie mir Ihre Telefonnummer da."
Als Antonia nach Hause kam, stand Paula in der Küche und bügelte. Sie hatte einen schwarzen Rock auf einen Kleiderbügel gehängt und fuhr mit dem Bügeleisen über Kragen und Knopfleiste einer Bluse. Im ersten Augenblick nahm sie an, Paula habe in den nächsten Tagen Examen und stelle ihre Kleidung zusammen.
„Was Offizielles?", fragte sie flüchtig.
„Ja! Kahlschlag wird am Montag beerdigt!"
Antonia ließ die Glaskanne der Kaffeemaschine sinken. „Ach! Das wusste ich ja gar nicht. Ob Loser dann wieder zurückkommt?"
„Nö. Lewald hat heute morgen eine Rundmail verschickt. Loser sei krank, er könne nicht teilnehmen. Aber das restliche Institut muss natürlich hin, das hat Lewald so im Namen Losers angeordnet! Jetzt muss ich mir noch 'ne neue Strumpfhose besorgen. Und mit Frau Schwade die Kränze fürs Grab bestellen, das hat mir Lewald auch aufs Auge gedrückt. Einen im Namen Losers, der andere vom Institut!"
In diesem Moment tauchte Carmen in der Küche auf und holte sich einen Becher Joghurt aus dem Kühlschrank. „Ich komme nicht mit", verkündete sie. „Nicht zu so einer protestantischen Veranstaltung, das ist mir zu nüchtern. Ich brauche Pathos. Action. Wie bei uns zu Hause, mit düsteren Totenmärschen und Klageweibern und so. Antonia, kannst du mich vertreten?"
Antonia nickte. Sie hatte ohnehin vor, Paula zu begleiten.
Am Nachmittag nahm sie den Bus und fuhr ein zweites Mal zum Flughafen. Diesmal flog sie selber nach Madrid.

9

Bei der Puerta del Sol stieg sie aus der U-Bahn und brachte ihren Koffer in das bescheidene Zimmer eines Hostals im vierten Stock. Es war schon fast halb sechs und Antonia spürte ein dumpfes Hämmern hinter den Schläfen. Das Bett winkte verlockend, aber sie riss sich zusammen. Wenn sie jetzt Losers Spur verlöre, wäre es vielleicht unmöglich, noch einmal an ihn heranzukommen.
Sie nahm ein Taxi zur Universität und fragte sich zu seinem Büro durch. Als Gastprofessor teilte er sich sein Arbeitszimmer mit einer anderen deutschen Dozentin. Antonia las auf dem Türschild Prof. Markus Maria Loser und Eva Maria Alvarez-Schott. Sie klopfte und war fast erleichtert, als niemand antwortete. Vielleicht wäre es zu früh, um Loser zu warnen. Trotzdem drückte sie vorsichtig die Klinke herunter. Die Tür war abgeschlossen.
Auf dem Flur kam ihr eine Studentin entgegen. Antonia fragte auf Englisch nach Professor Loser. Die bleiche junge Frau schüttelte den Kopf. Dabei sah sie Antonia mit einer Miene an, die andeutete, dass sie sich nach der Anwesenheit eines Gottes erkundigt hatte. Professor Loser sei die ganze Woche nicht im Haus, er arbeite zu Hause. Antonia fragte weiter, ob sie wisse, wie die neue Partnerin von Professor Loser heiße. Das Mädchen warf den Kopf in den Nacken und sah sie empört an. Dann führte sie aus, dass Professor Loser hier forsche. Er habe keine Partnerin.
Antonia zeigte ihr einen Zeitungsausschnitt, den ihr Paula mitgegeben hatte. Es war eine Aufnahme von einem Madrider Uniball. Im Vordergrund sah man einen breit lächelnden Loser, der eine junge Frau über die Tanzfläche führte. „Die Neue“ hatte Paula unter das Foto geschrieben und zweimal unterstrichen. Die Studentin besah sich das Foto und schüttelte den Kopf. Die Dame sei hier unbekannt. Möglicherweise habe sie nichts mit der Universität zu tun. Dann rauschte sie

davon, bevor Antonia ihr Gottesbild womöglich noch weiter beschädigte.

Antonia ging zur U-Bahn-Haltestelle zurück und fuhr in das Viertel, in dem Losers Madrider Wohnung lag. Das Wohnhaus, dessen Fassade sich mit zahlreichen schmiedeeisernen Balkonen schmückte, lag an einem hübschen baumbestandenen Platz. Schräg gegenüber gab es eine Bar. Antonia ging hinein. Außer ihr und einem Mann, der hinter der Theke ein Fußballspiel auf einem Sportkanal verfolgte, war niemand da. Sie bestellte sich einen Cortado, um ihrer Müdigkeit Herr zu werden.

Von einem Tisch am Fenster aus hatte sie einen guten Blick auf die Eingangstür des Wohnhauses. Im Kopf formulierte sie immer wieder, was sie Loser bei einer Begegnung sagen wollte. Wie sie ihn vor den Afghanen warnen würde. In ihrem Tagtraum bat der unendlich dankbare Loser sie ins Haus und lud sie und Florian zum Essen ein. Nüchtern betrachtet wusste sie, dass nichts dergleichen geschehen würde. Loser hatte bei ihrem ersten Treffen sehr ungehalten auf ihre Frage nach seiner Verbindung zur spanischen Legion reagiert. Und wenn sie Pech hatte, verließ Loser das Haus heute gar nicht mehr. Ihre Nervosität wuchs. Morgen Mittag würde Florians Maschine aus Hamburg landen. Sie hatten sich in einem kleinen Hotel in der Nähe der Plaza Mayor verabredet. Es blieb ihr nicht viel Zeit.

Gerade als sie sich ein zweites Glas Wasser bestellen wollte, sah sie, wie Loser in seinem hellen Mantel vor die Tür trat, prüfend zum bedeckten Himmel sah und hastig über den Platz ging. Er trug eine dunkelbraune, lederne Reisetasche in der einen und einen Schirm in der anderen Hand. Antonia warf ein Zwei-Euro-Stück auf den Tresen und folgte ihm. Gleichzeitig hielt sie danach Ausschau, ob sich einer der beiden Afghanen blicken ließ. Hoffentlich nahm Loser nicht die U-Bahn, dann würde sie ihn im Gewimmel verlieren. Nachdem er zwei Straßen passiert hatte, steuerte er jedoch die Terrasse eines nobel aussehenden Restaurants an. Ein Mann mittleren Alters faltete seine Zeitung zusammen und erhob sich aus einem der Korbsessel, um Loser zu begrüßen. Antonia stellte sich hinter ein parkendes Auto und zog Carmens Opernglas aus der Tasche. Zu ihrem Erstaunen war der Mann mit der Zeitung Miguel Amolador, der Spanischlektor des Instituts. Sie sah, wie die beiden kurz miteinander sprachen und dann im Inneren des Restaurants verschwanden.

Antonia war müde, hatte Kopfweh und ihr Magen knurrte. Die Mahlzeit der beiden konnte lange dauern. Vorsichtig stieg sie die Stufen zur Terrasse hoch und suchte sich draußen einen Platz, der halb von einer Palme verdeckt wurde. Die Speisekarte lag aus und die Preise waren nicht im Bereich dessen, was sie sich angesichts ihrer angespannten Finanzlage leisten konnte. Sie bestellte sich das billigste Gericht der Karte, ein Kartoffelomelette, und fragte den Kellner nach der Toilette. Sie musste sich vergewissern, ob das Restaurant noch einen anderen Ausgang hatte. Sie setzte ihre Sonnenbrille auf und durchquerte mit gesenktem Kopf das Restaurant, in dem nur ein paar mumienhaft alte Spanier zu Mittag aßen. In der hintersten Ecke saßen Loser und Amolador und sprachen leise miteinander. Keiner der beiden beachtete sie. Erleichtert stellte sie fest, dass man den Speisesaal nur über die Terrasse betreten konnte. Sie hielt sich nur kurz im Waschraum auf, kehrte an ihren Tisch zurück und behielt die Terrassentür im Auge.

Gestärkt durch die gute Tortilla fühlte sie ihre Lebensgeister zurückkehren. Auch der Kopfschmerz hatte nachgelassen. Sie bestellte die Rechnung, zahlte und verbarg ihren Kopf hinter einem Magazin. Eine halbe Stunde später traten Loser und Amolador auf die Terrasse. Loser sprach in sein Handy, während Amolador neben ihm wartete. Sein Blick streifte die Palme und die lesende Antonia. Antonias Herz stand kurz still. Dann drehte sie sich langsam zur Seite, so dass die Palme sie vollständig verdeckte. Nach einigen Minuten fuhr ein Taxi vor. Loser und Amolador stiegen ein und fuhren zusammen fort.

Erleichtert wählte Antonia Paulas Handynummer in Deutschland. Vergeblich. Paula hatte ihr Handy ausgeschaltet, vermutlich, um sich etwas Erholung von den stündlich eingehenden Anweisungen Losers zu gönnen. Daher wählte sie die Nummer des Sekretariats und erkundigte sich bei Frau Schwade, ob sie ihr die Durchwahl Herrn Amoladors geben könne. Sie müsse ihn dringend etwas zur Grammatik fragen. Frau Schwade schien sich über ihren Anruf zu freuen und plauderte munter drauflos. „Unser Lektor, der Miguel, ist heute nicht im Haus. Er hat sich gestern krank gemeldet. Darmgrippe. Ist ja mal wieder was im Umlauf. Mir ist auch schon ganz komisch. Hoffentlich hat er mich nicht angesteckt, also letztes Jahr, da gab es ja diesen fiesen Virus, da könnte ich Ihnen was erzählen, da lagen wir hier alle flach, passen Sie bloß auf, dass ...“
Antonia rief zweimal „Was? Was?“ ins Telefon und unterbrach die Verbindung. Frau Schwade war in der Lage, das gesamte Guthaben ihrer Prepaid-Karte wegzuquasseln.
Also war Amolador heimlich nach Madrid gereist, um Loser zu treffen. Und Loser mit seiner Reisetasche, das war nicht schwer zu erraten, wollte wahrscheinlich bei Amolador untertauchen, und nicht etwa bei seiner neuen Flamme. Vielleicht so lange, bis sein Umzug nach Kalifornien anstand. Er schien sich demnach weder in Bonn noch in Madrid sicher zu fühlen.

Erschöpft kehrte sie in das Hostal zurück und ließ sich auf ihr Bett fallen. Bevor sie einschlief, suchte sie auf Google nach einer Übersetzung für ein paar deutsche Sätze auf Paschtu, der Sprache, die man in Afghanistan sprach.
Sie wurde erst wieder am frühen Abend wach und versuchte noch einmal, Paula zu erreichen. Ihr Handy war noch immer ausgeschaltet. Antonia sah sich vom Bett aus auf dem winzigen Röhrenfernseher ihres Zimmers eine alte Derrick-Folge in spanischer Synchronisation an und fiel bald wieder in einen unruhigen Schlaf.

Um sieben Uhr morgens erwachte sie voller Energie. Sie musste unbedingt herausbekommen, wo Amolador in Madrid wohnte. Und zwar so bald wie möglich, wenn sie Florian nachmittags treffen wollte. Die freundliche Receptionista des Hostals suchte mit ihr online im Telefonverzeichnis von Madrid. Es gab tatsächlich einen Eintrag zu Miguel Amolador in der Calle Casino.

„In der Nähe findet sonntags der Flohmarkt statt. Da müssen Sie hin. Es ist immer sehr voll. Viele Touristen. Am besten geht man früh hin. Und passen Sie auf Taschendiebe auf", empfahl ihr das Mädchen. Antonia notierte sich Amoladors Adresse. Dann bat sie die Angestellte um einen weiteren Gefallen und ließ sich die Sätze, die sie auf Paschtu gegoogelt hatte, ausdrucken.

Das Haus in der Calle Casino Nr. 9 lag gegenüber einem kleinen Park. Es war ein hübsches, gelb getünchtes Gebäude mit Balkongittern im Jugendstil und bunt bepflanzten Blumenkästen. Über einer der vier Klingeln an der Tür stand auf einem Messingschild Amolador José. Vielleicht der Name von Miguels Vater. Antonia nahm auf einer Parkbank Platz, von der sie das Haus gut im Blick hatte.

Während sie ihr Handy checkte, um zu sehen, ob Florians Flugzeug in Hamburg schon gestartet war, öffnete sich in der Nr. 9 eine Balkontür, und hinter der Brüstung erschien, wie ein Mime, der seinen Auftritt hatte, Loser, einen Zigarillo rauchend. Sie sprang auf und versteckte sich hinter einer Platane, damit er sie nicht entdeckte.

Sie hatte also recht gehabt. Loser wollte untertauchen. Sie beobachtete, wie er nach ein paar Zügen den Balkon wieder verließ. Danach erschien eine alte Dame und goss Blumen.

Antonia verließ ihren Beobachtungsposten, sie brauchte dringend einen Kaffee. Sie hatte Glück. Nicht weit vom Haus befand sich eine Bar. Sie ging hinein, setzte sich ans Fenster und bestellte eine Zimtschnecke und einen Espresso zum Frühstück.

Der junge Mann hinter dem Tresen trug ein Hemd mit offenem Kragen, sein Hals und seine Arme zierten jede Menge bunter Tattoos. Das erinnerte sie daran, dass sie nach ihrem Krankenbesuch bei Lewald noch einmal Brigitte Wasmuth anrufen wollte. Sie suchte in ihren Kontakten auf dem Handy und rief Brigittes Studio in Köln an, während sie den Eingang der Nr. 9 im Blick behielt. Es war erst halb zehn und vermutlich war das Nagelstudio noch geschlossen. Dann hob aber doch jemand ab. Eine gelangweilte Stimme meldete sich und Antonia hatte das Kaugummi kauende Punk-Mädchen mit den blau gefärbten Haaren vor Augen. Die Mitarbeiterin reichte sie wortlos an Brigitte Wasmuth weiter.
„Hallo Frau Wasmuth, Antonia Babe hier. Ich hätte da noch eine Frage. Ist Ihr Sohn Jonas mal mit einem Freund, einem Dr. Lewald, bei Ihnen im Laden gewesen?"
Am anderen Ende war es ruhig. Nach einer Pause antwortete Brigitte Wasmuth, sie kenne keinen Lewald. „Da müssen Sie was verwechseln! Jonas war schon mal mit Freunden hier, aber nie mit einem Arzt!"
„Dr. Lewald ist kein Arzt. Jonas nimmt bei ihm Spanisch-Unterricht, wie ich von Frau Kahlschlag hörte. Und er geht manchmal mit ihm zusammen in einen Club. Lewald hat so ein spanisches Wappen auf dem linken Oberarm …"
Am anderen Ende der Leitung war es wieder eine Weile still. Dann schien sich Frau Wasmuth zu erinnern. „Ach, der! Jonas war mal mit einem Freund hier, der ein Wappen auf dem Arm hatte. Aber der hieß nicht Lewald und war auch kein Doktor. Ist aber schon ein paar Monate her. Der Mann sprach ganz gut Spanisch. Er erzählte mir, er habe lange in Andalusien in einer Bar gearbeitet und dann mit einem Kumpel eine eigene Bar aufgemacht. Da sind wir natürlich ins Plaudern gekommen."
Antonia war verwirrt. Ob die Wasmuth da nicht etwas verwechselte? Sie ließ sich den Mann beschreiben und die Beschreibung traf in etwa auf Lewald zu.
„Aber wie hieß der Mann? Arbeitet er an der Uni?"

Brigitte Wasmuth sagte etwas zu ihrer Mitarbeiterin, offenbar hatte sich eine Kundin eingefunden und es ging um eine Terminabsprache.
„Was sagten Sie?"
Antonia wiederholte ihre Frage.
„Er hat sich Donnie genannt. Er jobbt in einer spanischen Kneipe, irgendwo bei Königswinter. Will aber vor dem Winter wieder zurück nach Spanien."
In Antonias Kopf pulsierte erneut das Blut. Der Kopfschmerz kam zurück. „Aber Sie haben diesem Mann etwas gestochen?"
„Ja, klar. Deshalb war er doch hier!"
„Und was?"
„Genau weiß ich das nicht mehr!"
Frau Wasmuth wurde erneut durch eine Frage ihrer Mitarbeiterin unterbrochen. Antonia hörte, wie sie „Ja, am besten morgen Nachmittag um drei Uhr!" sagte. Dann sprach sie wieder in den Hörer. „Also, genau weiß ich nicht, wie das hieß, aber es waren mehrere Wörter, ja! Es war kein Deutsch, auch kein Spanisch. Irgendwas mit Quitten, glaube ich. Ich hab nicht gefragt. Er hatte es mir auf ein Blatt Papier geschrieben und ich hab's gemacht."
Eine spanische Stimme meldete sich auf Antonias Handy. Offenbar war das Guthaben ihrer Prepaid-Karte fast erschöpft.
„Gut, vielen Dank, Frau Wasmuth. Ich melde mich eventuell nochmal bei Ihnen."
Antonia brach etwas von ihrer Zimtschnecke ab und tunkte sie in ihren Kaffee. Entweder hatte Lewald sich bei der Wasmuth als jemand anderes ausgegeben oder es handelte sich tatsächlich um einen ganz anderen Mann. Zurück in Deutschland könnte sie Brigitte Wasmuth ein Foto von Lewald mailen und fragen, ob er derjenige war, der sie im Studio unter dem Namen Donnie aufgesucht hatte. Gegen halb zwölf Uhr, Antonia hatte sich inzwischen ein Sandwich bestellt und drei Tassen Espresso getrunken, hielt ein Taxi vor der Nr. 9 und eine elegante junge Frau mit kirschrot gefärbtem Haar, teurem Kostüm und hochhackigen Schuhen stieg aus.

Antonia zog den Zeitungsausschnitt hervor, den Paula ihr gegeben hatte. Kein Zweifel. Die Frau, die jetzt vor dem Haus stand und ihr Handy zückte, war identisch mit Losers Tanzpartnerin auf dem Foto. Offenbar rief sie den Professor an, denn kurze Zeit später öffnete sich die Tür des Wohnhauses und Loser trat auf die Straße. Die beiden schienen sofort Streit anzufangen. Dann ergriff Loser den Arm der Rothaarigen und kam mit ihr auf das Café zu.
Erschrocken sprang Antonia auf und setzte sich an einen Tisch im Nebenraum. Der tätowierte Barmann sah ihr erstaunt nach. Antonia tat so, als suche sie eine Zeitung und verbarg ihr Gesicht hinter einer drei Tage alten *El País*.
Loser und seine Begleiterin nahmen am Fenster Platz und sprachen aufgeregt miteinander. Offenbar stritten sie heftig. Die junge Frau zerknüllte eine Papierserviette und warf sie wütend auf den Tisch, während Losers Kopf die Farbe eines Hummers annahm. Das Paar unterbrach kurz seine Auseinandersetzung, als der Barmann den Kaffee brachte. Antonia war heilfroh, dass nicht auch Amolador mitgekommen war. Er war flink und ein guter Beobachter, *ihm* wäre sie bestimmt aufgefallen. Vorsichtig lugte sie über den Rand der Zeitung. Losers Freundin, deren Augen sich zu Schlitzen verengt hatten, setzte nach einem Schluck ihre Tasse mit einem Ruck ab und bedachte den Professor mit einem lauten Wortschwall. Es klang nicht freundlich und Antonia sah, wie Loser unwillkürlich den Kopf einzog. Zehn Minuten und zwei Cortados später brach das Paar auf. Antonia beeilte sich zu zahlen. Durch das Fenster sah sie, wie Losers Freundin grußlos in ein Taxi stieg, während er, ohne ihr nachzusehen, ein Tabakgeschäft ansteuerte.
Antonia folgte ihm mit gesenktem Kopf. Bis Loser in dem kleinen Laden verschwunden war, betrachtete sie intensiv die Auslagen eines Geschäfts für Babybekleidung. Als sie verstohlen zum Tabakwarenladen hinübersah, tauchte plötzlich einige Meter entfernt einer der beiden Afghanen auf. Es war der

jüngere der beiden Männer. Er stellte sich an einen parkenden Wagen und zündete sich eine Zigarette an. Antonia erstarrte. Der Mann musste Loser auch beobachtet haben. Sie betrat den Laden mit der Babybekleidung und versuchte zwischen rosa Hütchen und Taufkleidchen Losers Handynummer zu finden, um ihn zu warnen. Am anderen Ende läutete es sechs oder sieben Mal, aber niemand hob ab.

Eine Verkäuferin trat zu ihr und zeigte auf ein himmelblaues Babyhütchen, auf dem mittig eine gelbe Ente prangte. „Es muy lindo, verdad?"

Antonia nickte. Dann fragte sie hastig, ob sie das Telefon des Ladens benutzen dürfe, es sei sehr wichtig. Die Frau sah sie befremdet an, reichte ihr aber an der Theke einen Hörer. Mit zitternden Händen suchte sie nach dem Zettel mit der Adresse Amoladors und wählte seine Telefonnummer. In diesem Augenblick öffnete sich gegenüber die Tür des Tabakladens und Loser trat mit einem kleinen Paket und einer Zeitung unter dem Arm auf die Straße. Antonia warf den Hörer auf die Ladentheke und rannte, dabei einen Ständer mit pinkfarbenen Babyschlafsäcken zu Fall bringend, hinaus. Die Verkäuferin rief ihr etwas nach, aber sie sah sich nicht um.

Die Sonne blendete sie für einen Augenblick, dann sah sie, wie der Afghane seine Zigarette wegwarf und etwa zwanzig Meter hinter Loser herging. Aus einer Seitenstraße tauchte jetzt auch der zerbeulte Ford auf, in dem Antonia die beiden Männer schon einmal gesehen hatte. Sie überlegte einen Augenblick, ob sie Loser eine Warnung zuschreien sollte, denn sie ahnte, was die beiden vorhatten. Ihre Kehle war jedoch wie verschnürt. Sie lief schneller, bis sie den jungen Mann eingeholt hatte. Dann lief sie ein Stück an ihm vorbei, um sich blitzschnell umzudrehen und ihm den Weg zu versperren. Der junge Afghane blieb verdutzt stehen, seine Augen funkelten sie wütend an. Seine Faust umschloss einen stumpfen Gegenstand, der wie ein Meißel aussah.

Antonia wich etwas zur Seite. Dann trat sie jedoch auf den

Mann zu und legte beschwichtigend ihre Hand auf seinen Arm. „Don't!" stieß sie hervor. „Lass es!" Dann ergänzte sie auf Englisch: „Ich bin von der Polizei. Der Mann ist vielleicht ein Mörder und wir wollen ihn in Deutschland einsperren."
Sie holte den Zettel heraus, auf dem die gleichen Worte in Paschtu standen, und hielt ihn dem Mann hin. Aus dem Augenwinkel sah sie, wie der Ford auf ihrer Höhe anhielt. Der Afghane überflog die Zeilen, dann sah er Antonia fragend an. Antonia zeigte auf die Bar, in der sie vor kurzem gesessen hatte und machte dem Mann ein Zeichen, ihr zu folgen. Der Mann ging zum Auto, sprach kurz mit seinem Kumpel, dann schloss er sich Antonia an. In der Bar stellte er sich als Bashir vor. Seine Augen weiteten sich erstaunt, als Antonia ihm erklärte, sie habe sie im Café Gijón gesehen und auch in Bonn sei sie ihnen gefolgt. In holprigem Englisch erklärte er Antonia, dass sein Bruder und er nach Spanien gekommen seien, um Loser, der schuld sei am Tod seiner Familie, vor ein Gericht zu bringen. Dieser Mann sei bisher von niemandem bestraft worden. Er sei vor Jahren mit der Legia in ihrem Tal gewesen und man habe dort bei Kämpfen auch Alte, Frauen und Kinder nicht geschont. Sein Bruder und er würden so lange nicht ruhen, bis Loser seine Strafe bekommen hätte. In Bonn sei er ihnen entwischt, aber in Madrid würde ihm das nicht gelingen. Überrascht stellte Antonia fest, dass die beiden Losers Pläne kannten. Sie wussten, dass er nach Kalifornien fliegen wollte. Aber, und hier wurde die Stimme Bashirs bestimmt, er würde nicht wieder in die USA fliegen. Dafür würden sie sorgen.
Loser hatte eine Todesdrohung von den beiden Afghanen bekommen. Sie hatten ihm die erste in Madrid geschickt, weshalb er nach Bonn geflogen war. In Bonn hatte man ihm eine weitere Botschaft mit dem gleichen Inhalt in den Briefkasten seiner Villa geworfen, woraufhin er wieder nach Madrid zurückgekehrt war.
„Was ist mit seinem Boot? Habt ihr das zerstört?"
Bashir schüttelte den Kopf. Ein Ausdruck der Zufriedenheit

glitt über seine düsteren Züge. „Mit Hilfe von Freunden aus Köln haben wir sein Boot gefunden. Es sollte niederbrennen, aber die Freunde haben die Aktion nicht durchgeführt. Jemand war vor ihnen dagewesen und hatte schon ganze Arbeit geleistet."

Antonia hörte fasziniert zu. Dann fragte sie den jungen Mann, ob es Berichte oder Dokumente über die Vorfälle in seinem Tal gebe. Er verstand sie zunächst nicht, aber dann nickte er heftig. Dinhach, Dinhach, sagte er zweimal. Dann noch einmal. Bis Antonia das Wort *Court*, Gericht, verstand. Er meinte den Internationalen Gerichtshof in Den Haag, der Kriegsverbrechen behandelte.

Also gab es offizielle Quellen. Wenn Bashir Recht hatte, und Loser in die Vorfälle verwickelt war, würde ihm Kalifornien auch nicht helfen. Aber in diesem Moment kam es für sie darauf an, dass sich die beiden Brüder nicht unglücklich machten. Sie musste verhindern, dass Bashir Loser etwas antat, und redete auf ihn ein, dass sie ihn gerne zusammen mit seinem Bruder treffen wolle. Loser solle an die deutsche Polizei ausgeliefert werden.

Sie wusste, dass sie sich auf dünnem Eis bewegte. Loser hatte vermutlich nichts mit dem Mord an Kahlschlag zu tun und wenn in Deutschland niemand Klage gegen ihn erhob, dann würde er auch für seine Vergangenheit in der Legion nicht behelligt. Es sei denn, jemand zeigte ihn an. Plötzlich klangen ihr Lewalds Worte im Ohr. Er habe Loser in der Hand. Das war es! Lewald wusste von Losers Vergangenheit und erpresste ihn womöglich. Sie hatte ein paar Sekunden gedankenverloren aus dem Fenster gesehen, als Bashir aufstand und sagte, er wolle die Toilette aufsuchen. Antonia bestellte noch zwei Kaffee. Als der Kellner sie brachte, kam Bashir plötzlich zurück und lief an ihr vorbei auf die Straße. Vor der Bar sprang er in den verbeulten Ford, in dem sein Bruder mit laufendem Motor auf ihn gewartet hatte.

Wie hatte sie nur so naiv sein können, zu glauben, die beiden würden ihr, einer Deutschen, die womöglich mit Loser unter einer Decke steckte, vertrauen? Wie sollte sie jetzt weiter vorgehen? Die beiden schienen zu allem entschlossen. Sie musste Loser warnen.

Inzwischen war es fast zwei Uhr. Florian hatte ihr eine SMS geschickt. Er war gerade im Hotel angekommen. „Wo bist du?" Antonia rief ihn an und stammelte etwas von Flohmarktbesuch, sie nehme sich ein Taxi und sei gleich bei ihm.

Es hätte so ein schönes Wochenende sein können, wenn Antonia frei von Sorgen gewesen wäre. Sie besuchten das Museum für moderne Kunst und machten einen Spaziergang im Retiro-Park. Für den Abend hatte Florian eine Opernaufführung im Teatro Real vorgeschlagen, bei der das altmodische Opernglas von Carmens Großtante zum angemessenen Einsatz kam. Antonia war jedoch die ganze Zeit in Gedanken bei Loser, der vielleicht in Lebensgefahr schwebte. Sie hatte in der Opernpause, als Florian Getränke besorgte, immer wieder auf ihr Handy geschaut. Sie hatte schon dreimal eine SMS mit dem Wortlaut „VORSICHT! Ihre Verfolger kennen Ihre neue Adresse!" an ihn abgeschickt. Aber es kam keine Reaktion. Vielleicht benutzte er das Handy nicht mehr und hatte ein anderes. Oder er hatte ihre Nachricht bekommen und sich aus dem Staub gemacht.

Den Nachmittag und Abend über wurde sie von den gemeinsamen Unternehmungen abgelenkt, aber am nächsten Morgen erwachte sie schweißgebadet. Florian erschrak, als er sie auf der Bettkante sitzen sah, bleich und verschwitzt, sich die schmerzenden Schläfen reibend. „Was ist? Ist dir der Wein nicht bekommen?"

Antonia sackte in sich zusammen und fing leise an zu weinen. Dann erzählte sie dem erschütterten Florian die Geschichte von Paulas Professor, den sie kennengelernt hatte und hinter dem sowohl in Bonn als auch in Madrid zwei Afghanen her waren, um ihn zu entführen oder umzubringen.

Florian ließ sich neben ihr nieder und schüttelte den Kopf. „Ich hab's geahnt, dass du wieder in einer Sache steckst. Du warst gestern nicht du selbst."
Dann stand er auf und ging zum Telefon.
„Was machst du?"
„Die Rezeption soll mich mit der Polizei verbinden!"
Antonia sprang auf und stürzte sich auf das Telefon. „Das kommt nicht in Frage. Wir müssen die beiden Männer von ihrer Absicht abbringen oder Loser warnen! Die Polizei würde alles kompliziert machen. Wer weiß, wie lange die uns festhalten!"
„Wie willst du ihn warnen? Er wird sich doch wundern, woher du seine Verfolger kennst und dann selbst die Polizei anrufen!"
Antonia sah Florian an. Als er so entschlossen zum Telefon gegangen war, war ihr eine Idee gekommen. „*Du* rufst ihn an! Ich habe die Telefonnummer von Amolador, bei dem er wohnt. Du bittest auf Englisch darum, mit Loser zu sprechen. Denk dir einen Fantasienamen aus. Und dann sagst du ihm, du wüsstest, dass er verfolgt würde. Die Verfolger seien heute vor dem Haus gewesen, in dem er sich jetzt befindet. Er soll vorsichtig sein und Madrid verlassen. Er hat, so viel ich weiß, Freunde auf dem Land. Aber das sagst du natürlich nicht. Er kennt deine Stimme nicht. Bitte, Florian, es würde mich wirklich beruhigen."
Florian tat wie ihm geheißen und wählte Amoladors Nummer. Eine alte Dame meldete sich. Sie schien ihn nicht zu verstehen und holte einen jüngeren Mann ans Telefon. Florian bestand darauf, mit Professor Loser zu sprechen, obwohl der Mann behauptete, der Professor sei nicht da, er sei in Bonn. Erst als Florian davon sprach, es sei dringend, es gehe um Leben oder Tod, entstand am anderen Ende eine Stille. Dann meldete sich Loser. Florian sagte seinen Spruch auf, ließ sich durch Losers Fragen nicht unterbrechen und sagte wie in einem schlechten Film, seine Identität tue nichts zur Sache. Dann legte er auf.

Antonia fiel ihm um den Hals, aber Florian wehrte sie ab und ließ sich langsam auf dem Bett nieder. „Du lockst mich mit dem Versprechen eines unbeschwerten Wochenendes nach Madrid und dann das! Womit habe ich das verdient?"
Womit habe ich *dich* verdient, sollte das eigentlich heißen. Sie hätte ihn da nicht hineinziehen dürfen. Was für sie nicht galt, die Trennung von Freizeit und Arbeit, war für Florian notwendig. Er hielt sein striktes, stundenlanges Üben nur durch, wenn er sich in seiner freien Zeit entspannte.
„Es tut mir leid, Florian."
„Ja, dir tut es leid, aber ich kann so ein Leben nicht fortsetzen. Weißt du noch, dass ich auf Rügen fast das Opfer dieser Irren geworden wäre? Und in Venedig hätte es fast dich erwischt. Ich halte das nicht länger aus!"
Antonia ließ den Kopf hängen. „Aber du hast doch immer gesagt, du könntest eine langweilige Frau nicht ertragen."
„Ja, aber auch keine, die mit unserem Leben spielt!"
Zwei Stunden später, Antonia hatte ein „Bitte nicht stören"-Schild an die Hoteltür gehängt, war Florian wieder der Alte. Die beiden gingen beschwingt in eine Bar frühstücken und fuhren dann mit der U-Bahn zum Rastro, dem Madrider Flohmarkt. Über dem Anprobieren von Second-Hand-Jacken, dem Wühlen in alten Vinyl-Platten und dem Kauf eines Stierkampfplakats aus den sechziger Jahren vergaß Antonia eine Weile ihre Sorgen.
Am frühen Abend fuhren sie gemeinsam zum Madrider Flughafen. Antonia verabschiedete sich zärtlich von dem Freund und versprach, am nächsten Wochenende nach Hamburg zu kommen.

10

An der Kapelle des Dorffriedhofs wurden förmliche Reden gehalten. Der amtierende Dekan, viele Dozenten des Seminars für Germanistik und alle Angestellten des Spanischen Seminars, sogar Frau Schwade, waren erschienen, um Kahlschlag die letzte Ehre zu erweisen.
Antonia erkundigte sich bei der Sekretärin gespielt teilnahmsvoll nach Professor Losers Gesundheitszustand, als sich der Zug der Trauergäste zum Grab hin bewegte.
Frau Schwade war kaum zu bremsen. „Der Arzt hat gesagt, er muss sich dringend schonen. Ich hab es ja immer schon gewusst, Frau Babe! Der Chef arbeitet zu viel. Wenn der so weitermacht … und dann noch die jungen Frauen! Er ist ja nicht mehr der Jüngste! Ich hatte mal einen Onkel, der hat es auch übertrieben, erst bekam er einen Stent, dann noch einen …"
„Haben Sie mit dem Chef denn gesprochen?", unterbrach sie Antonia.
„Ja, klar. Heute morgen. Er meint, er hat was mit dem Herzen und ist deshalb raus aus Madrid und aufs Land gefahren. Niemand außer mir darf ihn da anrufen und ich darf seine Nummer keinem geben! Ich soll auch der Polizei gegenüber schweigen. Ich habe gesagt, ich bin verschwiegen, auf mich können Sie sich verlassen!"
Antonia war erleichtert. Loser war also nichts geschehen. Offenbar war ihm durch Florians Anruf das Pflaster in Madrid zu heiß geworden.
Frau Schwade kniff sie jetzt in den Arm und flüsterte ihr ins Ohr: „Jetzt sehen Sie sich mal unseren Alexander an! Sieht der nicht gut aus in seinem dunklen Anzug? Wenn die Chantal sich den nicht wieder greift, ist sie ganz schön dumm. Sie hat sich mit dem Miguel gestritten, deswegen ist der auch heute nicht hier. Sie will nicht so mit der Sprache raus, aber der Miguel ist nach Spanien, zu seiner Mutter. Und ganz wichtig: Die Chantal hat ihr Facebook-Foto geändert. Auf dem alten war

sie mit dem Miguel zusammen, auf dem neuen ist ein Selfie von ihr mit ihrem Hund. Der Alexander sieht doch wirklich schmuck aus, oder? Der Dr. Lewald dagegen, bei dem ist Hopfen und Malz verloren, fehlt nur noch der Strohhut …"

Alexander wirkte tatsächlich sehr elegant, während Lewald in seinem abgetragenen Leinenjackett eher nach Ferien als nach Begräbnis aussah. Die Juniorprofessorin Chantal Flimm in schwarzem Kostüm und Stiefeln hielt sich tatsächlich ziemlich nah bei Alexander auf. Jonas Kahlschlag, der Adoptivsohn des Verstorbenen, hatte seinen rundlichen Bauch in eine Anzugjacke gezwängt. Die Witwe Kahlschlag trug eine Sonnenbrille und wirkte neben dem täppischen Jonas sehr klein und zart. Sie war während der Messe sehr gefasst gewesen, musste sich aber, als der Sarg in das Grab gesenkt wurde, auf den Arm ihres Sohnes stützen.

Antonia hatte sich aus Bosheit den Schal umgelegt, den Jonas neulich vor ihr auf den Tisch geworfen hatte. Als sie vor ihm stand und ihr Beileid aussprach, strich sie mit der Linken demonstrativ über das Hahnentrittmuster.

Dann erkannte sie am Grab den alten Kustos, Dr. Schleuder, der jetzt ein paar Worte mit der Witwe sprach. Als er den Weg zum Ausgang nahm, ging Antonia zu ihm hin. „Dr. Schleuder! Ich grüße Sie! Haben Sie schon herausbekommen, wie der zweite Name des Kandidaten Lurs war?"

Der alte Mann schüttelte den Kopf. „Ich fahre gleich ins Institut und werde sehen, was ich tun kann. Ich arbeite an einem Aufsatz ..."

„… zur frühmittelalterlichen Lyrik. Ich weiß! Aber es wäre wirklich wichtig für mich!"

Zum Umtrunk nach der Beerdigung hatte nur Lewald eine Einladung erhalten. Antonia, Paula und Alexander gingen erleichtert zum Friedhofsparkplatz und stiegen in Alexanders roten Mini.

Auf der Rückfahrt sah Antonia, dass ihr Handy einen Anruf gespeichert hatte. Er kam von Kriminalhauptkommissar

Schneider. Sie hörte die Mailbox ab: „Sie hatten recht, Frau Babe. Das Mordopfer Schulte war tätowiert, und zwar auf dem Rücken und an den Oberarmen. Aber das Wappen, das Sie mir gezeigt haben, hatte er nicht. Nur Anker, Herzen und den üblichen Mist. Melden Sie sich bitte bei mir, wenn es etwas Neues gibt!"

„Wer war das?", fragte Alexander neugierig.

Antonia zuckte mit den Achseln. „Das war die Polizei. Das andere Mordopfer war tätowiert und hat lange in Spanien gelebt. Das ist alles, was man über ihn weiß. Aber es war offenbar derselbe Täter wie bei Kahlschlag, denn man hat an beiden Opfern identische Wollfasern gefunden!"

Paula sah sie erschrocken an. „O mein Gott, dann ist es ja doch ein Serientäter!"

Alexander sah ebenfalls betroffen aus. „Durch deine Insider-Infos rücken einem die Morde ziemlich auf die Pelle. Was war das denn für Wolle? Amolador trägt im Winter immer so einen schrecklichen Folklore-Pulli aus den Anden!"

Paula zog laut die Luft ein. „Und wenn es Cashmere war, Alex? Bist dann *du* verdächtig?"

Das Geplänkel der beiden ging noch eine Weile weiter, dann setzte Alexander die beiden Frauen vor dem Haus der WG ab. In der Küche stand Nabil am Herd und briet Auberginenscheiben und Knoblauch. Bevor sie sich zu Tisch setzte, erhielt Antonia einen weiteren Anruf. Er kam von Dr. Schleuder.

„Frau Babe, Sie hatten doch nach dem ‚E' gefragt! Ich habe soeben einen unserer ehemaligen akademischen Räte angerufen. Dr. Schmalhans kannte Dr. Lurs noch persönlich, er war sogar mit ihm befreundet. Lurs' zweiter Name lautet Ewald."

Antonia sah für einen Moment das Gesicht des jungen Mannes auf dem Foto. Donatus Ewald, was für ein pompöser Vorname, dachte sie. Sie bedankte sich bei Dr. Schleuder und wünschte ihm viel Glück für seinen Aufsatz.

In der folgenden Nacht hatte sie einen Traum. Sie spielte mit Florian Scrabble. Sie gewann normalerweise sehr oft bei diesem Spiel, aber im Traum verlor sie mehrfach. Florian grinste sie triumphierend an und sie warf das Scrabble-Spiel wütend vom Tisch, so dass alle Buchstaben durcheinander flogen. Dann saß Florian plötzlich im Arkadenhof der Universität an einer Orgel und spielte die Melodie aus *Spiel mir das Lied vom Tod.*

Der Kommandant hatte aufgerufen, das Lager gründlich zu säubern. Man würde weiterziehen. Der größte Teil der Aufgaben war erledigt, die Mission musste von der Zentrale aus fortgesetzt werden. Man würde nach und nach Europa von dort aus im Sinne des Erzengels kolonialisieren. Es gab Kräfte im Osten Deutschlands, die mit seinen Plänen übereinstimmten und man würde mithilfe dieser Kampfgenossen allmählich ein weltumspannendes Netz aufbauen. Der Sieg war nicht mehr weit, schließlich hatte man nicht nur Michael, sondern auch seine Brüder Raphael, Gabriel und Uriel an der Seite. Alle Erniedrigten und Geknechteten, allen denen man jemals Unrecht getan hatte, würden sich erheben und diejenigen, die glaubten, sie seien wie Gott, dem Untergang weihen.

Zwei Tage später saß Antonia wieder vor dem Schreibtisch von Kriminalhauptkommissar Schneider, diesmal um ihm ihre Rechercheergebnisse im Mordfall Kahlschlag mitzuteilen. „Sie werden es nicht glauben, Herr Schneider, aber nach diesem Traum habe ich dann in der WG ein Scrabble-Spiel gefunden, das da im Regal verstaubte. Dann habe ich den Namen *Donatus Ewald Lurs* in Buchstaben gelegt und plötzlich gesehen, dass ich den Namen nur rückwärts lesen muss, um auf *Urs Lewald* zu kommen. Dann habe ich gestern Frau Wasmuth ein Foto von Lewald geschickt. Er hat sich als Donnie ausgegeben und *Quis ut deus*, den Spruch von der Michaelsstatue, auf den Arm tätowieren lassen. Ich habe ihr die Worte als SMS geschickt und sie hat mir bestätigt, dass er sie sich hat stechen lassen. Ich meine, wer macht denn so was? Es sieht

doch so aus, als wolle er die Tat verewigen! Und plötzlich wusste ich auch, an wen mich der junge Mann auf dem Foto im Universitätsmuseum erinnerte. Dr. Lewald oder Dr. Lurs, wie er eigentlich heißt, trägt heute keine Brille mehr und seine Haare sind jetzt seitlich gescheitelt und dunkel gefärbt. Sein Gesicht hat sich in den zwanzig Jahren sehr verändert. Es ist eingefallen und kantig geworden. Deswegen war ich zunächst skeptisch."
„Sind Sie sich da sicher?"
„Ganz sicher war ich mir erst, als ich Urs Lewald gestern im Hofgarten traf und ihn fragte, ob er einen Verwandten an der Bonner Uni gehabt hätte. Ich hätte ein Foto im Uni-Museum entdeckt, und eine Person darauf hätte große Ähnlichkeit mit ihm. Ich bin ihm heimlich gefolgt und er ist tatsächlich als Erstes ins Museum gegangen. Er versuchte, seinen Namen unter der Tafel zu verändern. Er ist bestimmt der gesuchte Täter! Sie sollten mit dem Zugriff nicht länger warten!"
Schneider nickte, sah sie jedoch skeptisch an. „Das ist alles sehr interessant. Nur sind Ihre Mutmaßungen noch keine Beweise für den Mord an Kahlschlag. Vielleicht hat sich Herr Lurs wegen seiner Vergangenheit geschämt und ist deshalb hier unter dem Namen Lewald wieder aufgetaucht. Er hätte ein Rachemotiv, ja, aber was ist mit den anderen, die der Täter niedergeschlagen hat?"
„Ich glaube, er ist krankhaft empfindlich. Außerdem ist er für den Lehrbetrieb nicht qualifiziert ..."
„Das soll ja öfter vorkommen. Ich habe eine studierende Tochter und höre da so manches. Das macht den Mann aber nicht zum Mörder! Und überlegen Sie doch mal, Frau Babe, hat er sich denn dann selbst niedergeschlagen? Wohl kaum!"
Antonia wurde für einen Moment unsicher. „Aber wäre es nicht möglich, dass er von sich ablenken will? Vielleicht hat er jemanden beauftragt."
Schneider lehnte sich in seinem Sessel zurück und faltete die Hände über seinem Bauch. „Wir können natürlich in diese

Richtung ermitteln. Wenn Sie uns jetzt noch die Mordwaffe bringen, wäre das fabelhaft."

Antonia schwieg. Sie hatte mehr Lob von Schneider erwartet. Die Spur zu Lewald hatte sie ganz alleine verfolgt und sie hatte einen bedeutsamen Zusammenhang in Lewalds Lebensgeschichte entdeckt. Sie war enttäuscht und ärgerte sich, dass sie dem Kommissar ihre Ergebnisse mitgeteilt hatte. In diese gespannte Stille hinein läutete das Telefon. Schneider ließ es klingeln. Antonia stand auf und wollte sich verabschieden, als das Telefon erneut ging. Diesmal hob Schneider ab. Während er horchte, öffnete und schloss sich sein Mund ein paar Mal wie bei einem Karpfen. Dann fluchte er leise. „Ist nicht wahr, oder?"

Langsam, wie in Zeitlupe, legte er den Hörer auf.

„Man hat Lewald eben tot im Institut aufgefunden. Wahrscheinlich erschossen!"

Antonia fuhr mit KHK Schneider zurück zur Universität. Sie fühlte sich schlecht. Sie hatte den schrulligen Lewald gemocht und war davon überzeugt, dass er statt ins Gefängnis in die Psychiatrie gehörte. Wenn es die Afghanen waren, die ihn umgebracht hatten, war es auch ihre Schuld. Vielleicht waren sie hinter Loser *und* Lewald her. Lewald war in Afghanistan gewesen, das hatte er selbst gesagt. Sie hätte ihre Beobachtungen der Polizei früher mitteilen müssen.

Schneider deutete ihre Schweigsamkeit anders. „Ich kann verstehen, wie Sie sich fühlen müssen, Frau Babe. Drei Morde und zwei Überfälle in der Uni. So was steckt man nicht so leicht weg."

Vom Überfall auf mich ganz zu schweigen, dachte Antonia.

Im Flur des Instituts trafen sie auf eine völlig aufgelöste Paula. Sie war kreidebleich und stammelte: „Schon wieder ein Toter! Ich muss hier weg!" Dann führte sie KHK Schneider und Antonia zu Frau Schwade, die blass und zusammengesunken auf ihrem Schreibtischstuhl saß. Eine Polizistin war bei ihr und versuchte sie zu beruhigen.

Frau Schwade schaute hoch. Ihre Stimme zitterte. „Ich wollte ihm die Post bringen, da hab ich ihn gefunden. Den Kopf auf dem Schreibtisch, alles voller Blut!“ Dann starrte sie wieder mit weit aufgerissenen Augen vor sich hin. Paula ging zum Telefon und rief Frau Schwades Mann an, damit er seine Frau abholte, während Kommissar Schneider den Tatort aufsuchte. Kurze Zeit später waren der hintere Flur und die Zimmer der Professoren abgesperrt. Ein Polizeiarzt und Personal der Spurensicherung füllten den Raum und gingen ihrer Arbeit nach. Antonia und Paula blieben bei Frau Schwade. Antonia fragte die Sekretärin vorsichtig, ob der Mörder etwas mitgenommen habe. „War alles wie sonst im Zimmer, Frau Schwade?“

Frau Schwade nickte. Dann antwortete sie mit einer Verzögerung.

„Das Apple-Notebook war weg, aber dann hat Alexander es im Kabuff gefunden. Sämtliche Dateien waren gelöscht.“

Antonia spürte, wie ihr Puls schneller schlug. Sie war noch geschockter als Paula, hatte die Ermordung Lewalds doch alles, was sich bisher für sie zusammengefügt hatte, in Frage gestellt. „Paula, lass uns mal im Kabuff nachsehen!“

Paula bestand darauf, bei Frau Schwade zu bleiben, bis ihr Mann eintraf.

Zehn Minuten später betrat der aufgeregte Ehemann das Sekretariat und nahm seine Frau in die Arme. „Josi, wat machst du denn?“

Frau Schwade brach in lautes Schluchzen aus.

Paula gab Antonia ein Zeichen und zog sie auf den Flur. „Das Kabuff ist da hinten!“

Der obere Teil des Flurs mit den Professorenzimmern war jetzt von der Polizei abgesperrt, vom unteren bog in der Nähe des Ausgangs ein langer Gang ab, in dem bewegliche Regale mit Nachschlagewerken standen. Zwei Türen zwischen den Regalen führten zu den Zimmern der studentischen Hilfskräfte und der Studentenvertretung. Sie standen offen und die

Räume waren leer, denn man hatte die Studenten gebeten, das Institut zu verlassen. Ganz am Ende des Gangs schob Paula eines der Regale zur Seite und eine weitere Tür erschien. Sie öffnete sich in einen schmalen, fensterlosen Raum mit einer Liege und einem Schrank.

Paula machte Licht. „Lewald hat hier seine ersten Nächte verbracht, als er noch keine Wohnung in Bonn hatte. Er ging fast jeden Tag hierhin, wahrscheinlich um zwischen seinen Veranstaltungen ein Schläfchen zu machen!"

Für Lewald schien der Raum jedoch auch ein Platz gewesen zu sein, an dem er, wie in seinem Zimmer, alle möglichen technischen Geräte gehortet hatte. Die Liege war mit Kabeln, Steckern und Kleingeräten bedeckt.

Antonia öffnete den zweitürigen Schrank, aus dem ihr der penetrante Parfümgeruch entgegenschlug, den sie von dem teuren Schal kannte. Hier hingen ein alter Schirm, ein weiterer Schal sowie zwei Krawatten, die alle nach *Bois du Portugal* rochen und die Paula als *Losers alte Klamotten* identifizierte. Antonia schaute auch unter die Liege, dann in ein paar Kartons mit alten Lexika, die an der Wand gestapelt waren. Über dem Duft des schweren Parfüms lagerte noch ein anderer, beißender Geruch. Etwas wie Chlor.

„Hier riecht es ziemlich nach Putzmittel! Es kommt vom Boden! War der Putzdienst vor kurzem hier drin?"

Paula schüttelte den Kopf. „Nein, die kommen erst übermorgen. Aber es riecht nie so, wenn sie geputzt haben. Vielleicht hat Lewald hier gewischt."

Antonia nickte. „Kann sein. Der litt unter Anosmie. Das sind Menschen, die keinen Geruchssinn haben!"

Dann schloss sie die Türen des Schranks.

„Es muss Lewalds Mörder gewesen sein, der die Dateien gelöscht und dann das Apple-Notebook hierhin gebracht hat. Nachdem er Lewald erschossen hat. Aber warum hierhin? Was hat er hier gesucht?"

„Vielleicht wollte er sehen, ob Lewald hier noch mehr Hardware gelagert hat."

Die Schranktür, die Antonia gerade geschlossen hatte, öffnete sich wieder. Sie versuchte es noch einmal und sah, dass eine der Türen unten nicht bündig schloss. Der Schrankboden war nicht ganz eben und schien sich verzogen zu haben. Sie hob die Tür leicht an und versuchte noch einmal sie zu schließen. Dabei fiel ihr Blick auf den Boden. Sie kniete sich hin und betrachtete ihn näher. Am rechten Rand und in der Mitte gab es deutliche Kratzspuren. Antonia versuchte den Boden anzuheben. „Hier ist etwas drunter. Ich brauche ein Messer oder eine Feile!"

Paula kramte in einer der Kisten und fand ein hölzernes Lineal. „Versuch es damit!"

Antonia schob das Lineal in den Zwischenraum zwischen Leiste und Schrankboden und der Boden ließ sich leicht abheben. In dem schmalen Fach, das sich jetzt auftat, entdeckte sie einen alten Laptop. Als sie ihn hochhob, war er schwerer als die gängigen Notebooks. Es schien ein älteres Modell zu sein. „Vielleicht war es das, was der Mörder gesucht hat."

Antonia ließ sich auf der Liege nieder und öffnete vorsichtig das Gerät, als ob ein böser Geist daraus entweichen könnte. Paula schob Verbindungskabel und Mehrfachsteckdosen zur Seite, setzte sich und sah zu, wie Antonia den Laptop startete. Mit einem Blick auf die verschmutzte Tastatur murmelte sie: „Igitt, die hat aber auch schon bessere Tage gesehen!"

Der Bildschirm leuchtete auf und zeigte eine Reihe von Icons, die sämtlich zu gängigen Computerspielen führten. Alexander hatte sich einmal darüber mokiert, dass einer der wenigen Berührungspunkte zwischen Lewald und ihm die Leidenschaft für Ballerspiele sei.

„Das Gerät scheint Lewald gehört zu haben!"

Antonia öffnete den Ordner *Eigene Dateien*. Hier waren nur wenige Namen gespeichert.

„Was ist das denn?", fragte Paula plötzlich aufgeregt. Eine Datei trug den Namen Paula.

Als Antonia sie anklickte, fanden sich dort eine Vielzahl von

– teilweise stark verschwommenen – Fotos, die Lewald offenbar von Paula ohne deren Wissen in der Uni gemacht hatte. Paula in der Cafeteria, Paula am Kopiergerät, Paula im Gespräch mit Studenten.
„Dieser Stalker!", rief sie empört aus, während Antonia die anderen Dateinamen durchging.
„Was haben wir denn hier?" Am Ende der Reihe stand der Dateiname *Diario*.
„Das klingt nach Tagebuch, oder?"
„Lewalds Tagebuch?", schniefte Paula verächtlich. „Das ist bestimmt todlangweilig. Wahrscheinlich hat er nur notiert, bei wem er wieder was abgestaubt hat."

Antonia hatte bisher noch keinem aus der WG davon erzählt, dass Lewald eigentlich Lurs hieß und mit der Universität schon einmal zu tun hatte. Mit zitternden Fingern öffnete sie die Datei. Es folgten pedantische Einträge zu Seminaren, zu spanischen Fußballergebnissen und zu Telefonaten, die er mit Spanien geführt hatte. Sie überflog die Notizen und verharrte bei den Einträgen Ende März.
„Hör dir das an!", rief sie aufgeregt aus.
„*24. März: Im Hofgarten hielt mich jemand am Arm fest, es war Jürgen Schulte aus Algeciras. Er hat die Kneipe vor fünf Jahren aufgeben müssen und lebt jetzt auf der Straße.*
27. März: Heute Jürgen wieder im Hofgarten getroffen. Er war ziemlich betrunken und bettelte mich an. Ich gab ihm fünf Euro und ging schnell weiter. Hoffentlich verschwindet er bald.
28. März: Jürgen lauerte mir im Arkadenhof auf und schrie wie verrückt, als ich an ihm vorbeigehen wollte. Die Leute um uns herum haben neugierig geguckt. Ich versuchte ihn zu beruhigen. Ich habe ihm 500 Euro versprochen, wenn er aus Bonn verschwindet. Treffe ihn heute Abend spät im Hofgarten. Ich hasse ihn. Ich muss ihn zum Schweigen bringen. Er gefährdet meine Identität und dann war alles umsonst."

„Sieh dir das an, Paula! *Dann war alles umsonst* hat er unterstrichen!" Antonias Stimme überschlug sich fast.
Paula, die nicht wusste, was Antonia wusste, sah sie ratlos an. „Ja? Was denn? Was war umsonst?"
Antonia antwortete nicht und las weiter vor. Ihre Stimme klang vor Aufregung dünn und brüchig.
„*29. März: Der große Tag naht. K. ist zu Losers Abschiedsfeier eingeladen. Ich bin mit der Schwade die Gästeliste durchgegangen. Er hat zugesagt.*"
Antonia sprang auf. „K.! Damit ist Kahlschlag gemeint. Und der große Tag …"
Hier brach sie ab und setzte sich wieder hin. Dann las sie mit überlauter Stimme vor:
„*Le jour de gloare est arrivé. Er wird büßen, so wie Köttenbrink büßen musste. Keiner ist wie Gott, auch der Herr Dekan nicht.*"
„Gloire wird mit i geschrieben", bemerkte Paula trocken. „Und wer ist Köttenbrink?"
Antonias Herz raste. „Paula, das ist Lewalds Geständnis! Ich glaube, er hat nicht nur Kahlschlag und Schulte, sondern auch Köttenbrink, seinen Doktorvater, umgebracht! Drei Morde, ich fasse es nicht!"
Paula schaute sie verstört an. Sie schien erst langsam zu realisieren, dass sie seit zwei Semestern mit einem Serienmörder Dienstgespräche geführt hatte. Leise sagte sie: „So was aber auch!" Ihr Gesicht war blass geworden. „Stell dir vor, wenn der so rabiat war, er hätte aus Eifersucht Nabil etwas antun können." Dann schien ihr Pragmatismus Oberhand zu gewinnen. „Dann ist es ja gut, dass er es hinter sich hat. Lebenslänglich wäre doch keine gute Perspektive. Was steht denn da noch?"
Antonia rollte nervös den Cursor hin und her. „Der nächste Eintrag ist der 9. April. Da steht:
Gehe wie auf Wolken. Große Euphorie! Beide Einsätze waren erfolgreich! Weiter heißt es:
11. April: Die Bullen lassen nicht locker. Zwei Verhöre bisher! Meinetwegen."

Antonia lehnte sich zurück. „Also hatte die Kripo Lewald doch in Verdacht."
Sie schaute wieder auf den Bildschirm und glitt mit dem Cursor an Lewalds Eintragungen entlang. „Oh, Paula, hier geht es um dich. Hör zu:
18. April: Paula, diese Schlampe, mit dem Marokkaner im Hofgarten erwischt. Den nehme ich mir auch noch vor. Ich habe den Bullen zweimal gesteckt, dass ich diesen Typ im Fall Kahlschlag verdächtige. Er hat kein Alibi, wie mir Paula sagte. Das passt wie bestellt, wunderbar!"
Paula zeigte jetzt doch eine für sie ungewohnt starke Gefühlsregung und sprang auf.
„Soll das heißen, *er* hat Nabil beschuldigt? Dieser Mistkerl! Wenn er noch lebte, der könnte was erleben …"
„Zu spät!" Antonia überflog ein paar weitere Notizen. „Das ist ja interessant. Hier schreibt er, er habe wieder mit dem Erzengel gesprochen, und dann beschreibt er eine Art Kampfschauplatz im Gebirge, so als sei er auch gerade dort!"
„Wie?", fragte Paula. „Nachdem er mit einem Erzengel gesprochen hat?"
Antonia nickte. „Ja, und er hat an Kampfhandlungen teilgenommen, schreibt er. Offenbar sind in seinem Kopf ein paar Ebenen durcheinandergeraten. Er schreibt, es sei drei Uhr nachts und der Erzengel habe das Zimmer über den Balkon verlassen. Und dann ist er auf dem Schlachtfeld als Soldat. Das Leben in der Legion sei nicht leicht."
„Ui, dann wäre er wohl in der Klapse gelandet, was?"
„Bestimmt. Aha, hier geht es um mich. Der nächste Eintrag ist vom 19. April:
Ich habe Jonas Geld versprochen, wenn er die lästige Detektivin einschüchtert. Die Jungs aus Siegburg wollen sich um Losers Boot kümmern. Hat mich eine schöne Stange Geld gekostet. Ich hoffe, sie lassen sich nicht erwischen."
„Das geht also auch auf sein Konto? Der Überfall auf dich? Und die Jacht?"

„Offenbar!“, antwortete Antonia grimmig. „Am 21. April schreibt er:
Jonas hat mir versichert, dass sein Kumpel und er die Schnüfflerin überfallen und eingeschüchtert haben. Ich hoffe, das reicht, bevor ich andere Maßnahmen ergreifen muss!“
Paula hielt sich erschrocken eine Hand vor den Mund. „Ogottogott!“
Antonia schwitzte und zog sich ihren Mantel aus. Sie überflog die nächsten Zeilen und murmelte: „Ach, so ist das gelaufen:
22. April: Jonas war heute im Institut. Ich hatte das Geld nicht. Ich habe ihm Losers Schal gegeben und gesagt, er soll ihn verkaufen. Loser hat mir gegenüber damit geprotzt, der Schal sei aus London und hätte vierhundert Euro gekostet. Etwas anderes hatte ich nicht. Den Schal hatte ich bei beiden Einsätzen dabei. Ich habe ihn sowohl an Schulte als auch an Kahlschlag gerieben, als sie tot waren. Damit der Verdacht auf Loser fällt. Ein genialer Schachzug! Jetzt hat ihn Jonas und der Verdacht fällt auf ihn und wenn Jonas sagt, er hat ihn von mir, kann ich immer noch beweisen, dass der Schal von Loser stammt. Donatus Ewald ist eben ein Genie!“
Antonia spürte, wie ihr Schweißperlen auf die Stirn traten. „Stell dir vor, Paula! Auf diesem Schal habe ich mich auch verewigt.“
Paula blickte sie verwirrt an. „Versteh ich nicht. Warum wollte er den Chef belasten?“
Antonia antwortete nicht, sondern las mit hochrotem Kopf weiter vor.
„25. April: Die Bengel hat mich heute zum x-ten Mal belästigt. Puta! Ich hasse ihre Stimme, habe sie eine alte Kuh genannt und dann aufgelegt. Ich werde ihr einen Denkzettel verpassen müssen.
27. April: Auf dem Weg ins Dekanat beim Hausmeister vor der Tür eine Rohrzange mitgehen lassen und zack! Die ruft nicht mehr so schnell an!“
Paula kroch etwas in sich zusammen. „Du meine Güte! Und

ich habe noch mit ihm zusammen über das Dekanat gelästert. Die Bengel ging mir ja auch auf die Nerven, andauernd hat sie angerufen und gefragt, wo die Gutachten bleiben!"

Antonia unterbrach sie. „Hör zu! Hier geht es um uns und um Bärwinkel:

3. Mai: Die Schnüfflerin Antonia hat meine Wohnung besichtigt. Schade, dass sie schnüffelt, sie ist ganz patent. Sie hat mich zu Paula zum Abendessen eingeladen. Die Gitana hat Geburtstag und wird singen. Ich freue mich! Morgen kommt allerdings der Idiot Loser nach Bonn, da kann ich nicht lange bleiben.

4. Mai: Loser ist gerade mit seinem Intimus Bärwinkel zum Essen gegangen. Der feine Herr Bärwinkel! Er hat damals verlauten lassen, meine Habilitationsschrift sei die Arbeit eines Irren! Das wird er mir büßen, einen Donatus Ewald Lurs beleidigt man nicht ungestraft!

7. Mai: Ich war zwei Tage im Hospital. Jonas hat mir in der Uni aufgelauert und mich im Flur niedergeschlagen. Weil ich ihm kein Geld gegeben habe. Sobald es mir wieder besser geht, wird er das büßen. Vielleicht schon beim nächsten Besuch im Tattoo. Einen neuen Taser kann ich mir leicht besorgen. Den anderen habe ich auf Bärwinkels Schreibtisch gelassen. Bei diesem Einsatz hatte ich die Handschuhe an, die ich in Losers Wandschrank gefunden habe, so dass sich nur dessen DNA auf dem Gerät befindet. Man stelle sich die Kollegen vor, wenn herauskommt, dass Loser den Bärwinkel getasert hat! Mit dem neuen Taser warte ich auf Jonas im Tattoo. Wenn er aufs Klo geht, folge ich ihm und dann verschmore ich ihm die wenigen Synapsen, die er in seinem Spatzenhirn hat!"

Paula war erschüttert. „Meine Güte, der Kerl war ja so was von gefährlich! Ich frage mich, wie er so ein Doppelleben so lange durchhalten konnte?"

Antonia machte eine Lesepause und holte tief Luft. „Das Gefährliche waren offenbar seine Allmachtsphantasien! Er muss wohl geglaubt haben, er kommt mit allem durch! Hör dir das an:

Die Bullen haben mich im Krankenhaus wegen des Überfalls befragt. Nachmittags Bärwinkel, abends der Überfall auf mich. Da hat Jonas mir vielleicht sogar einen Gefallen getan. Aber es wird Zeit, dass ich wieder nach Spanien komme. Nur noch die Sache mit Loser klären, dann habe ich ausgesorgt. Meinen Seelenfrieden habe ich schon. Die Schurken haben ihren gerechten Lohn bekommen. Jetzt fehlt mir nur noch ein bisschen Kohle."
Antonia hatte vor Anspannung ihre Schultern hochgezogen. „Hier ist sein letzter Eintrag. Von vorgestern:
9. Mai: Heute Kahlschlag beerdigt. Damit ist meine Mission erfüllt. - Loser, das Schwein, rief mich heute aus Madrid an. Er will sich nicht für meine Professur in Córdoba einsetzen. Ich sei in Bonn zu schlecht gewesen, es habe Beschwerden gegeben. Der kann was erleben. Ich habe ihm am Telefon gesagt, wenn er nicht spurt, gehe ich zur Presse und mache alles über seine Zeit in Afghanistan publik."
Antonia starrte wie in Trance vor sich hin. Paula zupfte sie am Arm. „Ist es das, was ich denke? Hat er den Chef erpresst?"
Antonia sah auf. Ihre Augen glänzten. „Hab ich doch richtig gelegen mit meiner Vermutung! Ich muss den Laptop Schneider übergeben, ich hätte aber gerne eine Kopie des Tagebuchs!"
„Ichhbnstick!", sagte Paula und zog einen USB-Stick aus ihrer Jackentasche.
Antonia kopierte sich die Datei und wollte den Laptop schließen.
Paula bestand jedoch auf einer Kopie der Datei mit dem Namen *Paula.* „Ich möchte sehen, wo mich dieser Typ überall heimlich fotografiert hat!"
Antonia kopierte auch diese Datei, dann klemmte sie sich den Laptop unter den Arm und lief zur Absperrung vor Lewalds Zimmer. Kriminalhauptkommissar Schneider stand auf der anderen Seite. Er unterhielt sich mit dem Polizeiarzt, der die Leiche gerade untersucht hatte. „Tja, liebe Frau Babe. Es hat ihn wohl heute in aller Frühe erwischt! Der Doktor meint, noch vor acht Uhr!"

Antonia hielt ihm den alten Laptop Lewalds hin. „Hier ist alles drauf, Herr Schneider. Lewalds Geständnis. Er war es! Mord in drei Fällen und die Überfälle auf Bengel und Bärwinkel. Lewalds Mörder wiederum vermute ich am Flughafen. Er wird wahrscheinlich die 13:00 Uhr-Maschine nach Madrid nehmen."
Sie erzählte dem erstaunten Schneider, was sie über Loser wusste. Dann, ohne seine Reaktion abzuwarten, wandte sie sich an Paula. „Ich muss raus, an die frische Luft."
Im Arkadenhof trafen sie auf Nabil, und Antonia, die normalerweise nicht rauchte, bat ihn um eine Zigarette. Sie fühlte sich erschöpft und ausgelaugt. Aber sie kannte diesen Zustand schon. Die Genugtuung darüber, das Rätsel gelöst zu haben, würde sich erst später einstellen.

Abends versammelten sich alle um den Küchentisch der WG. Antonia klappte ihr Notebook auf und las den anderen noch einmal jeden Punkt des Lewaldschen Tagebuchs vor.
Carmen nickte mehrmals und murmelte fast beifällig. „So viel Temperament hätte ich dem Lewald gar nicht zugetraut. Kein Wunder, dass er die Cantes Flamencos mochte …"
Paula wirkte bedrückt. „Ich muss mir jetzt einen neuen Doktorvater suchen, jetzt, wo man Loser verhaftet hat."
KHK Schneider hatte das Institut über Dr. Hauhechel informiert, dass man Professor Loser am Flughafen festgenommen habe. Er habe ein Ticket nach Bogotá, Kolumbien bei sich gehabt.
Loser hatte noch im Gebäude einen Herzanfall simuliert, später jedoch ein Geständnis abgelegt.
Antonia hatte Schneider darauf hingewiesen, dass es einen ehemaligen Freund von Lewald alias Lurs, einen pensionierten Akademischen Rat namens Schmalhans, gab. Auch dass Loser von zwei Afghanen verfolgt wurde, hatte sie dem Kommissar bei einem letzten Besuch in seinem Büro gestanden.
Von Schneider erfuhr sie, was der pensionierte Dr. Schmal-

hans über seinen ehemaligen Kollegen Lurs zu Protokoll gegeben hatte. „Ihre Vermutung war goldrichtig, Frau Babe. Dr. Urs Lewald hieß in Wirklichkeit Donatus Ewald Lurs. Er hat bei einem Professor Köttenbrink promoviert und nach dessen Weggang seine Stelle als Mitarbeiter in Bonn verloren. Lurs hat sich dann noch eine Zeitlang mit einem Stipendium über Wasser gehalten und dann seine Habilitationsschrift eingereicht. Die Kommission, die Professor Kahlschlag zum Vorsitzenden hatte und zu deren Sitzungen Köttenbrink aus Heidelberg anreiste, stellte schwere Mängel fest und hat die Arbeit nur knapp durchgehen lassen, weil sie überwiegend aus Zitaten zum Thema bestand. Der mündliche Vortrag soll sehr schwach gewesen sein und wurde von der Fakultät ganz abgelehnt. Lurs soll dann, als man ihm das Ergebnis mitteilte, randaliert und Kahlschlag und die ganze Fakultät unflätig beschimpft haben. Man musste ihn vor die Tür schaffen und er hat Hausverbot bekommen. Er muss aber in den nächsten Tagen Bonn verlassen haben, denn man hat ihn nicht mehr gesehen. Er hat sich dann lange Zeit in Algeciras aufgehalten, wo er in derselben Kneipe wie Jürgen Schulte arbeitete. Dr. Schmalhans hat manchmal von ihm Post aus dieser Zeit bekommen. Lurs ist in Algeciras in Kontakt mit der Fremdenlegion gekommen und war auch ein paar Monate in Afghanistan. Dort hat man wohl nicht viel mit ihm anfangen können und er kehrte nach Algeciras zurück und machte in der Kneipe weiter. Bei der Legion hat er auch Loser wieder getroffen, den er ja noch aus Bonn kannte. Loser war der einzige gewesen, der sich bei seinem damaligen Verfahren für ihn eingesetzt hatte. Deshalb hat er sich an ihn geklammert."
Antonia hatte aufmerksam zugehört. Was sie aber am meisten interessierte, war Losers Rolle in der Fremdenlegion.
Schneider machte eine Pause und schaute zum Fenster seines Büros. Dann nahm er einen Schluck Kaffee aus seiner Bürotasse, auf der ein Schriftzug ihn als besten Papa der Welt auswies. „Da ist der Loser irgendwie reingeschlittert. Er war Ehrenmit-

glied der Legion und hatte dort einen spanischen Freund, einen hohen Offizier namens Sanchez. Sein Cousin lehrt an der Universität in Madrid." Antonia erinnerte sich an den Empfang für die deutschen Doktoranden und den Dekan gleichen Namens.

„Loser", fuhr der Kommissar fort, „hat diesen Freund auf dessen Einladung hin in Kabul besucht und dabei auch einmal bei Kampfeinsätzen begleitet. In der Zeit von Losers Aufenthalt sind in einem afghanischen Dorf in den Bergen viele Zivilisten bei Kämpfen mit Legionären umgekommen. In der Wohnung von Lurs bzw. Lewald haben wir gestern ein Schreiben gefunden, in dem er versichert, Loser hätte den Angriff geleitet. Es sei so etwas wie eine Mutprobe gegenüber den Offizieren der Legion gewesen. Losers Freund Sanchez ist damals bei einem Schusswechsel ums Leben gekommen. Es ist jedoch unklar, ob Loser bei den Schießereien beteiligt war. Aber bei den Afghanen hat man da keinen Unterschied gemacht. Loser und Sanchez waren die Namen, die den Beteiligten dort vorlagen. Da Sanchez tot war, hielt man sich an Loser. Die beiden jungen Männer, die hinter ihm her waren, waren Brüder und stammten aus diesem Dorf. Sie haben der spanischen Polizei inzwischen offen gesagt, sie hätten vorgehabt, Loser zu entführen und in ihrem Land vor ein Gericht zu bringen. Sie gehören einem Verein an, der Kriegsverbrechen in Afghanistan aufklären will."

Antonia nickte. All ihre Erlebnisse mit den beiden Männern bekamen im Nachhinein einen Sinn. Sie sah den Kommissar fragend an. „Wusste Loser von den beiden Afghanen?"

„Er hat ausgesagt, er habe in Madrid anonyme Anrufe und Drohbriefe bekommen. Spätestens als man sein Haus in Bonn beschmiert hat, konnte er wegen der Schriftzeichen einen Zusammenhang mit Afghanistan herstellen!"

„Aber warum hat er Lewald erschossen? Ich meine, es ging bei Lewalds Erpressung doch nur um eine Stelle. Er hätte sie ihm doch besorgen können und dann hätte er Ruhe gehabt!"

„Nun", sagte Schneider, „die Erfahrung lehrt, dass eine Erpressung oft zur nächsten führt. Lewald wusste, dass Loser seine Zeit in Afghanistan unbedingt geheim halten wollte. Er ist von Algeciras nach Córdoba gereist, als Loser dort Gastprofessor war und hat ihm die Lektorenstelle für Deutsch abgepresst. Später hat er ihn erneut erpresst, damit er die Vertretungsstelle in Bonn bekam, um sich an Kahlschlag zu rächen. Loser duldete es, dass Lewald mit gefälschten Papieren in Bonn angetreten ist."
Antonia schaute hoch. „Womit sich Loser noch erpressbarer gemacht hat!"
„Richtig. Aber Losers eigentliches Mordmotiv war, Lewald nicht in die Hände der Polizei fallen zu lassen. Lewald hat ihm kurz nach seiner Ankunft in Bonn gestanden, dass er der Mörder Kahlschlags sei und deswegen so bald wie möglich aus Bonn verschwinden müsse. Jetzt war Loser alarmiert. Wenn Lewald der gesuchte Mörder war, würde er im Falle einer Verhaftung auch ihn, Loser, verraten. Lewald hatte ja nichts mehr zu verlieren. Deshalb musste er sterben. Durch drei Schüsse aus Losers schallgedämpfter P8."
„Eine P8? Benutzt man die nicht bei der Bundeswehr?"
„So ist es. Loser hat sie in seiner Bonner Villa aufbewahrt. Auch in Madrid hat er eine Waffe in seiner Wohnung deponiert, wie man uns von dort mitteilte. Es spricht vieles dafür, dass er Dreck am Stecken hat. Weshalb hatte er sonst Angst?"
Antonia schüttelte den Kopf. „Meines Erachtens waren beide, Lewald und Loser, hochgradig gestört!"
Der Kommissar nickte. „Ich bin kein Psychiater, aber was Lewald betrifft, nun ja. Unser Gutachter hat aufgrund der Auswertung seines Tagebuchs den Eindruck, dass Lewald unter einer multiplen Persönlichkeitsstörung litt. Er war mehrere Personen, Dozent, Soldat der Legion, manchmal auch, so nehmen wir an, der Erzengel Michael. An seiner Leiche fand man auf dem Rücken eine großflächige Tätowierung von Engelsflügeln, in der Lendengegend einen besiegten Drachen. Und aus

einem Plan, den wir in seiner Wohnung fanden, geht hervor, dass er vorhatte, eine Art deutsche Legion zu gründen, die das Böse mithilfe des Erzengels Michael vom deutschen Vaterland abwenden sollte. Die Steuerungszentrale sollte in seiner Berghütte in Córdoba liegen."

Beim letzten gemeinsamen Essen in der WG gab es ein lautes Gejohle am Tisch, als die anderen von Lewalds Plänen hörten. Alexander stand auf und salutierte: „*A mí la legión*! Commander Donatus Ewald Lurs an Raumstation: 17 Legionäre nach Bonn-Beuel. Ab zum Tanz ins Tattoo!"

Antonia wusste auch zu berichten, dass die Mordkommission in Lewalds Wohnung eine genaue Schilderung des Tathergangs gefunden hatte.

„Lewald alias Lurs hat beobachtet, wie der alte Kahlschlag seinen Mantel suchte, um die Feier zu verlassen. Er ging vorweg und wartete auf Kahlschlag im Treppenhaus. Dann lockte er den alten Mann unter dem Vorwand, er wolle ihm ein neues Notebook für seinen Sohn Jonas mitgeben, in das Kabuff. Dort hat er ihn von hinten erschlagen und so lange liegenlassen, bis alle gegangen waren. So konnte er relativ schnell wieder auf der Feier erscheinen."

Paula schrie erschrocken auf. „Im Kabuff? Das war der Tatort? Und wir beide haben da friedlich gesessen!"

Antonia lächelte. „Er hat ja danach gründlich aufgewischt!" Dann fuhr sie fort: „Gegen Ende der Feier hat er sich dann dort mit dem Toten eingeschlossen und als alle gegangen waren, hat er ihn in einer Plastikhülle zur Michaels-Statue geschleift. Nicht ohne sich vorher einen Overall mit Kapuze und Handschuhe anzuziehen."

Alexander runzelte die Stirn. „Aber es hieß doch immer, der Mord sei in der Tiefgarage passiert?"

„So sollte es ja auch aussehen. Er hat alles genau beschrieben: Nachdem er Kahlschlag erschlagen und in den Flur geschleppt hatte, hat er etwas vom Blut des Opfers auf dem Boden vor

Kahlschlags Auto verteilt. Dann zog er sich dort unten um, spazierte in aller Seelenruhe aus der Tiefgarage und entsorgte Overall, Überschuhe, Handschuhe und Plastiksack in einem Mülleimer. Das hat die Ermittler vor ein Rätsel gestellt, denn zwischen Tiefgarage und der Erzengel-Statue gab es keinerlei Spuren. Lewald muss die Tat sehr lange geplant haben!"

„Wahrscheinlich in den Glutnächten von Algeciras oder in seiner Hütte hoch über Córdoba", räsonierte Alexander. „Ach, Paula!", fuhr er theatralisch fort, „hättest du den Mann doch nur erhört, vielleicht wären all diese Morde gar nicht passiert!" Dabei streifte er Antonia mit einem seltsamen Blick.

Paula blieb ernst. Als sie Antonia ein zweites Mal Pasta auf den Teller häufte, fragte sie: „Hast du diesen Jonas jetzt endlich angezeigt?"

„Nein! Wir haben uns auf freiwillige Sozialstunden, die er zu leisten hat, geeinigt. Schneider hat ihm gedroht, dass das Auge des Gesetzes von nun an streng über ihn wacht!"

Am Ende des Abends packte Antonia ihren Koffer und verabschiedete sich, indem sie allen für die Zeit mit ihnen dankte. „*Die schönen Tage in Aranjuez*", zitierte sie, und alle fielen im Chor ein: „*sind nun zu Ende!*"

Dann umarmte sie jeden und jede herzlich. Alexander flüsterte sie zum Abschied ins Ohr: „Wärm die Sache mit Chantal nicht wieder auf, so was geht nie gut!"

Am nächsten Morgen, einem Sonntag, nahm sie in aller Frühe den Zug nach Hamburg, um Florian endlich beim Packen zu helfen.

Anmerkung

Die Autorin betont, dass die Handlung frei erfunden ist. Insbesondere handelt es sich nicht um ein Abbild der Bonner Universität, an der sie selbst unterrichten durfte.
„Es handelt sich um die Verdichtung von Eindrücken, die ich an vier verschiedenen Universitäten während meiner akademischen Laufbahn gewonnen habe. Das Spanische Seminar im Roman ist fiktiv und hat mit der realen Universität Bonn nichts zu tun.“

Weitere Krimis in der Edition Lempertz

De Lege Artis

ca. 224 Seiten,
ISBN: 978-3-96058-204-5
9,99 €
erscheint ca. Juli 2018

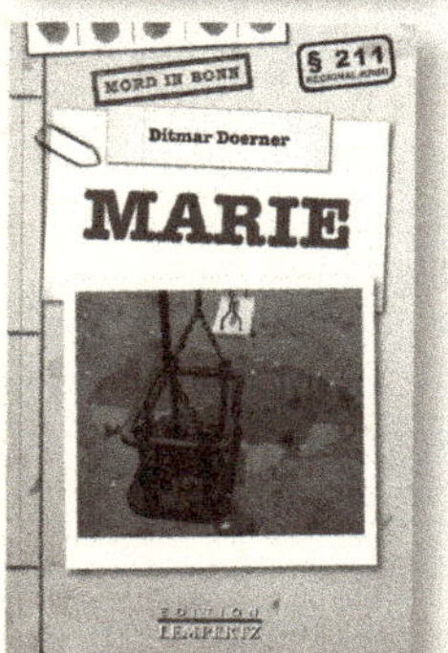

Marie

ca. 264 Seiten,
ISBN: 978-3-96058-200-7
9,99 €
erscheint ca. Juli 2018

Brandmord

ca. 264 Seiten,
ISBN: 978-3-96058-205-2
9,99 €
erscheint ca. August 2018

Alle Krimis auch als E-Books!